응답하라 베이비!

시대정신이
바뀌어야
우리가 산다

시대정신이 바뀌어야 우리가 산다

초판인쇄	2022년 02월 14일
초판발행	2022년 02월 18일

지은이	나치수
발행인	조현수
펴낸곳	도서출판 프로방스
마케팅	최관호
IT 마케팅	조용재
교정교열	권 표
디자인 디렉터	오종국 Design CREO

ADD	경기도 고양시 일산동구 백석2동 1301-2
	넥스빌오피스텔 704호
전화	031-925-5366~7
팩스	031-925-5368
이메일	provence70@naver.com
등록번호	제2016-000126호
등록	2016년 06월 23일

정가 16,800원
ISBN 979-11-6480-174-9 03810

응답하라 베이비!

시대정신이
바뀌어야
우리가 산다

나치수 지음

P 프로방스

"은퇴, 아직도 할 일이 남아 있다"

35년이 넘는 공직생활은 도전과 응전의 연속이었다. 은퇴한 이듬해인 2017년 1월부터 8월까지는 자유인으로 온전히 하고 싶은 것을 할 수 있었다. 우선 매주 시간표를 짰다. 2~3일은 도서관에서 독서하기, 1~2일은 역사·문화 탐방, 주말에는 기획전·공연·영화 관람 등으로 정했다. 이외에 규칙적인 운동, 1회용품 덜 쓰기, 약속시간 지키기, 신호등 지키기, 쓰레기 분리, 이웃 배려, 술 덜 먹기 등 몇 가지를 생활 수칙으로 삼았다.

더불어 평소에 관심이 많았던 미래학, 사회학, 자서전, 신문 칼럼 등을 주로 읽었다. 특히 기울어가는 조선을 개혁하고자 했던 정조대왕과 다산 선생의 다양한 자료를 모았다. 역사·문화 탐방으로 수원 화성행궁과 융건릉, 다산 실학박물관(남양주)과 초당(강진), '오리 정승' 이원익 종가(광명), 추사 박물관(과천), 함석헌 기념관, 김수영 문학관(도봉구) 등을 견학했다.

새로운 시작을 위해 대학, 공공기관 등 7곳에 지원했다. 면접에 떨어지기도 하고 면접은 합격했지만 조건이 맞지 않아 포기하면서, 요즘 취업난에 어려움을 겪고 있는 청년들의 실망감을 이해할 수 있었다. 2017년 9월부터 고향의 동신대학교에서 5년째 미래 세대를 가르치고 있다. 사회생활과 행정, 현대사회와 윤리, 인간과 환경, 현대사회학 등의 「현장기반학습(Praxis Based Learning)」을 통해 다양한 지역 문제를 경험하고 있다.

우리는 지난 60년 동안의 피땀 어린 노력으로 산업화—민주화—정보화라는 선진국 조건, 즉 트리플 크라운을 달성했다. 세계 일곱 번째로 50-30클럽(인구 5천만+국민소득 3만 달러 이상)에 가입하는 쾌거를 이루었다. 치열한 교육열로 많은 인재를 양성했고, 과학기술을 기반으로 선진국과 추월 전을 전개하여 대성공을 이룩했다. 이에 따른 부작용도 적지 않다.

세계 10위권 경제대국임에도, 국민 삶의 만족도 순위가 경제협력개발기구(OECD) 최하위권으로 나타났다. 한국개발연구원(KDI) 경제정보센터가 발간한 〈나라경제〉 5월호에 따르면, 최근

3년(2018~2020) 평균 국가 행복지수는 10점 만점에 5.85점이었다. 이는 전체 조사 대상 149개국 중 62위에 해당하는데, OECD 37개국 가운데서 35위에 그쳤다.

오늘날 우리 사회에서, 공부란 대부분 입시 공부나 취직 공부를 의미하게끔 되어 버렸다. 교육에 대한 논의도 입시제도에 대한 논의를 의미하고 있다. 정작 성숙한 시민이 되기 위해서는 무엇을 어떻게 배워야 하는지에 대한 논의는 실종되고 있다. 일찍부터 입시에 정열을 바친다는 점에서 교육열이 강한 나라이지만, 진정 무엇을 어떻게 공부해야 하는지에 대해서는 묻지 않는다는 점에서 교육에 냉담한 나라이기도 하다. 입시에 초미의 관심을 보이는 것은 그것이 계층이동과 직결되기 때문이다.

흔히 교육은 '백년대계(百年大計)'라고 한다. 그만큼 오랜 시간을 두고 차근차근 살펴야 한다는 뜻이다. 우리나라 입시제도는 안정을 추구하기 위한 수정 및 개정이었다고 하지만 시행착오적 과정을 반복해 왔다. 학벌주의가 경쟁 과열로 이어져 교육계는 물론 사회 전반에 폐단을 낳게 되었다. '대증요법(對症療法)식' 정책은 성공하기 어렵다. 특권으로 불평등하고 경쟁만능으로 서열화한 교육정책을 바꾸어야 한다. 무너진 교육사다리를 복원해 공평한 학습기회를 제공할 수 있어야 한다. 노력보다 배경이 중요한 현실을 바꾸어야 한다.

'과학기술은 국가지도자의 관심을 먹고 자란다.'는 경구가 있다. 우리는 지난 60여 년 동안의 국가 발전을 통해 대통령의 적극적인 리더십 없이는 과학기술의 발전을 기대하기 어렵다는 것을 체험해 왔다. 대부분의 대통령이 과학기술의 중요성과 우대정책을 주장했지만, 정치적 논리에 의해 늘 우선순위가 뒤로 밀리고 이전에 발표한 공약이나 약속도 물거품이 되는 것이 다반사였다. 조직 개편이나 과학기술 정책은 10년 이상, 30년 50년을 바라보는 장기적 안목에서 추진되어야 한다.

국가R&D 100조 원 시대를 앞두고 있다. 질적 성장의 모멘텀을 찾고 4차 산업혁명 시대의 혁신성장을 견인할 수 있도록 국가 R&D 시스템 전반을 고도화해야 한다. 나아가 경제성 위주의 연구개발에서 벗어나 신종 전염병, 미세먼지, 치매, 안전 등 국민이 일상에서 느낄 수 있는 '국민생활(사회문제)' 기술개발에 집중해야 한다. 새로운 패러다임을 구축해야 한다.

최근 우리 사회는 매우 중요한 도전과제에 직면해 있다. 저출산·고령화, 사회통합과 갈등해결, 공정과 정의, 남북문제, 에너지와 환경문제, 청년실업, 지방위기, 지속가능한 성장과 복지

국가 등 반드시 해결해야 할 과제들이다. 2000년대 초반부터 시작된 사회양극화와 갈등은 공동체적 가치를 심각하게 훼손하고 있다. 소득격차가 확대되면서 교육 불평등 또한 급격히 확대되고 있다. 희망의 대명사인 청년들의 한숨이 날로 깊어가고 있다. 준비되지 못한 다문화사회도 극복해야 할 중요한 과제다.

오래 전부터 신성장동력을 발굴·육성해야 한다고 했지만, 역대 정부는 단기성과에 급급하고 장기적인 청사진이 없었다. 정권마다 장기 전략을 만들었지만 정권이 바뀌면 목표와 방향이 하루 만에 달라졌다. 코로나로 야기될 사회·경제적 변화가 더 중요하다. 각종 사회문제 해결과 국민 삶의 질 향상에 교육과 과학기술이 답을 찾아 줄 것을 요구받고 있다.

2022년 상반기에는 제20대 대통령선거와 제8회 전국동시지방선거가 예정되어 있다. 선거 공약에는 과거에 보지 못했던 과제들로 채워질 것이다. 코로나19로 인해 달라진 삶의 문제들이 대통령선거와 지방선거 향배를 결정할 시대적 과제가 될 것이다. 코로나 방역과 백신 접종으로 대표되는 '생명권', 기본소득 보장과 증세 문제로 연결되는 '생존권', 부동산 문제를 포함한 주거와 일자리 부족 등을 포괄하는 '생활권' 등의 3대 과제가 가장 핵심으로 꼽힌다. 이제 정치는 본래 목적인 보통사람들의 삶의 질을 높이는데 기여해야 한다.

베이비부머들은 산업화와 민주화의 전사로서 각자 걸어온 길은 달라도 모두가 열심히 살았다. 그래서 누구보다 주도적이고 능동적인 성격을 지녔고 자신의 아이디어와 경험을 바탕으로 사회를 변화시킬 수 있는 역량을 갖추고 있다. 그들 고유의 능력을 발휘해 어려운 사람들을 돕는다면 그 자체로 사회에 기여하는 것이다. 이것이 미래 세대인 청년들을 위한 길이고 베이비부머들의 자존감을 찾는 데에도 도움이 될 것이다. 나는 오늘도 이력서를 쓴다. 응답하라 베이비!

2022년 2월

저자 **나치수**

"세대정신으로부터 시대정신으로!"

나치수 박사의 역저 〈시대정신이 바뀌어야 우리가 산다〉의 출간을 진심으로 축하하면서, 추천의 글을 헌정할 수 있게 된 것을 매우 기쁘게 생각합니다.

만 30년 동안 동고동락해 온 동료의 출간 자체가 저에게 큰 자극이었지만, 역저의 내용을 읽는 순간 무엇인가 독자들에게 덧붙이고 싶은 말이 있던 차에 추천의 글을 쓸 기회가 생겨 망설이지 않고 맡게 되었습니다. 이 책을 읽는 독자 여러분은 정말로 앞으로의 인생에 큰 행운의 기회를 불러들일 수 있을 분들이라는 말로 추천의 글을 시작합니다.

나치수 박사의 능력은 어디서부터 어디까지인가?

이 책을 읽으면 누구나가 느낄 수 있듯이, 나치수 박사의 피땀 어린 도전과 그 도전을 실현시킨 능력에 대해 경의를 표하게 됩니다. 60여년의 인생 자체가 평범하지 않은 도전과 스스로의 능력에 의한 성취의 시간이었으며, 그 마르지 않는 능력의 원천, 행동의 원동력에 대해 경의를 표하게 됩니다. 나치수 박사는 이에 기초해 자신의 도전과 역량 발휘의 순간순간을 항상 보다 나은 미래를 향한 출발점으로 승화시키면서 우리 독자들에게 깨달음을 주고 있습니다. 이 책은 우리 선배들과 우리들의 발자취이면서 우리 다음 세대와 미래 세대에게 절대 좌절하지 말고 도전하라는 이정표를 제시하고 있습니다.

베이비부머 세대의 소명의식과 과제

나치수 박사는 이 책에서 베이비부머 세대가 태생적으로 안고 지내온 소명의식이 무엇인지, 그 소명의식을 완수하기 위해 어떤 노력을 했는지를 자세히 밝히고 있습니다. 그러면서 나 박사는 이러한 노력이 끝나서도 안 되고, 또 끝나지도 않을 것임을 분명히 하면서, 지금 이 시대를 사는 우리와 우리 다음 세대, 그리고 그 뒤를 이를 후속 세대 모두가 이에 적극적으로 동참할 것을 권유하고 있습니다. 이러한 나 박사의 생각은 실로 나라를 위한 충정의 발로라는 것은 이 책을 읽는 독자 누구나가 쉽게 발견할 수 있습니다.

세대정신으로부터 시대정신으로!

나치수 박사는 이 책을 통해 본인이 베이비부머 세대로서 가지고 있는 세대정신을 밑바탕으로, 보다 나은 내일을 향한 시대정신으로 발전시켜 나가고 있습니다. 아니, 자신의 세대정신까지도 미래를 향한 시대정신으로 승화시키고 있습니다. 실로 놀랄 만한 자세이며, 같은 베이비부머 세대의 일원으로서 존경심을 불러일으키게 됩니다. 미래를 향한 시대정신이다 보니 냉정한 쓴 소리와 과감한 제안을 서슴지 않는 것도 나 박사의 강한 세대정신의 발로입니다. 베이비부머 세대 모두가 다 나치수 박사 같은 세대정신을 갖고 있다면 우리나라의 미래는 의심할 나위 없이 밝으리라 확신합니다. 저도 이 책을 읽고 나니, 세대정신으로부터 시대정신을 올바로 이끌어내야겠다고 굳게 결심하게 되었습니다.

이 책은 비단 베이비부머 세대의 후속 세대에게만 도움이 되는 책이 아닙니다. 이 책은 이 시대를 공유하고 있는 우리 모두, 또 베이비부머 세대가 이루어놓은 바탕위에서 미래를 설계하고 만들어갈 후속 세대 모두가 다시금 소명의식과 과제를 점검할 수 있는 기회를 제공하고 있습니다. 누구나가 한번쯤 읽고 생각해 보고 다시금 반추하는 강렬한 메시지를 가진 이 책을 읽어 보시고 같이 토론하기를 적극 추천하는 바입니다.

2021년 12월 남산에서 서울을 내려다보며

이화여자대학교 교수/제23대 과학기술부 차관 **박영일**

" '뉴노멀' 이 일상이 되고 있다 "

'뉴노멀'이 일상이 되고 있다. 초저금리의 금융시장, 청년실업을 양산하는 고용시장, 이로 인한 세대 간 양극화 심화, 저출산이 불러올 인구구조 변화 등에 이미 둔감해지고 있다. 여기에 예기치 않게 찾아온 코로나19로 인한 글로벌 팬데믹은 비대면 디지털 소통이라는 새로운 뉴노멀을 불러오고 있다.

뉴노멀은 기존의 경험과 지식으로 이해나 설명이나 예측이 어려울 때 편리한 탈출구이기도 하다. 결국 정상과 비정상의 구분이 모호해지면서 미래의 불확실성이 커지고 있고, 국가사회는 물론 개인도 삶의 좌표를 정하기가 점점 어려워지고 있다. 이러한 예측할 수 없는 변화와 불확실성의 근저에는 4차산업혁명과 디지털 대전환을 주도하는 신기술 혁신이 자리하고 있다. 바이오, 로봇, 자율주행차 등은 그나마 현실감이 있지만, 인공지능, 빅데이터, 클라우드컴퓨팅이 어우러져 가속화되고 있는 디지털 대전환은 어느 방향으로 어느 정도 발전하여 어떤 결과로 이어질지 예단하기조차 어려울 정도다.

과학과 기술이 만들어가는 새로운 세상을 바라보는 시선은 복잡하다. 세대별, 분야별, 계층별, 각자가 처한 상황에 따라 다를 수밖에 없다. 은퇴하였거나 은퇴를 준비 중인 한국의 베이비부머 세대에 예측하기 어려운 변화와 불확실성은 새로운 도전이다. 지능정보사회 진입 초기라는 문명사적 전환기에 무엇을 준비해야 할지 고민스러울 수밖에 없다. 자칫하면 부의 재편과정에서 낙오되어 노후 삶을 걱정해야 할 수도 있고, 아니면 그저 방관자로서 남은 삶을 마감할 수도 있다. 최소한 미래사회가 어떤 모습으로 다가오고 있는지, 우리 사회가 직면하고 있는 문제가 무엇인지 읽고자 하는 노력과 열정이 없다면 단순히 시대 흐름에 뒤처지는 것을 넘어 실존적 어려움에 봉착할 수도 있다.

필자는 은퇴를 준비하면서 더욱 힘차게 삶의 자전거 페달을 밟고 있다. 우리 사회가 직면하고 있는 다양한 문제에 대해 고민하고, 연구하면서, 깨어 있고자 하는 의지는 '오늘도 이력서를 쓴다' 라는 말로 함축된다. 다음 정부의 화두로 제시한 코로나 방역과 백신접종으로 대표되는 '생명권', 기본소득 보장과 증세 문제로 연결되는 '생존권', 주거와 일자리 부족을 포괄하는 '생활권'은 우리 사회가 안고 있고, 해결해야 할 문제에 대한 필자 나름의 식견과 혜안을 엿보게 한다.

또한, 이 책에는 평범하지만, 최선을 다해 살아왔던 베이비부머 세대를 대변하는 서사가 있다. 대한민국 성장기에 많은 기회를 누렸지만, 한편으로 노부모를 봉양하고 아이들을 키우면서 자신의 노후를 스스로 책임져야 하는 낀 세대로서의 애환도 있다. 그러면서도 어느 세대보다도 우리 사회에 대한 애정과 관심이 넘치기도 한다. 같은 베이비부머 세대로서, 공직을 같이 걸어온 동료로서 필자의 노력에 경의와 새로운 도전에 성원을 보낸다.

2021년 12월

한국과학창의재단 이사장/전 교육과학기술부 차관 **조율래**

이 책은 비단 베이비부머 세대의
후속 세대에게만 도움이 되는 책이 아닙니다.
이 책은 이 시대를 공유하고 있는
우리 모두, 또 베이비부머 세대가 이루어놓은 바탕위에서
미래를 설계하고 만들어갈 후속 세대 모두가
다시금 소명의식과 과제를 점검할 수 있는
기회를 제공하고 있습니다.

Contents
차례

Part
01

[교육]
개천에서 용이 나는 사회 만들기

Part 02 [과학기술]
세상을 바꾸는 공기와 같은 것

Part
04 ｜ [좋은 공동체]
지속 가능한 사회를 위하여

누구나 마음껏 능력을
발휘할 수 있는 교육정책으로의
전환이 필요하다.

01 _ 대증요법(對症療法)식 교육정책을 바꿔야

우리나라 부모들의 교육열은 세계적으로 유명하다. 1945년 해방 이후 6.26 전쟁의 잿더미 속에서도 빠르게 산업화와 근대화를 이뤘다. 부모들이 자신보다 더 나은 환경을 자식에게 물려주기 위한 수단이 바로 교육이었다. 자신은 못 먹고 못 입어도 자식에겐 더 나은 교육과 더 나은 간판을 달아주기 위해 힘쓰는 게 우리 부모들이다. 대학을 흔히 '우골탑'이라 부르는 것도 농가에서 가장 큰 재산인 소를 팔아서 자식을 대학 보낸 것에서 나온 말이다.

2013년 한국갤럽의 교육문제 조사(자유응답)에 따르면, 우리나라 사람들이 심각하게 생각하는 교육문제로 ▲사교육 위주/학원/과외 문제-36 ▲경쟁/입시 위주 교육 -16 ▲입시제도/정책 일관성 부족-11 ▲학교 폭력/ '왕따' 문제-8 ▲공교육 부실-8

▲교육비/등록금-7 ▲인성교육 부족-7 ▲교권 추락/침해-6 ▲주입식 교육-5 등으로 나타났다. 결과는 대체로 일반적인 정서와 부합한다고 할 수 있다. 여기서 거론되는 모든 교육문제들이 서로 얽혀 있음을 알 수 있다. 그 점이 교육문제를 풀기 어렵게 하는 이유이기도 하다. 더불어 강력한 경쟁 상황에서 사교육 팽창, 입시의 공정성, 주입식 교육, 허약한 인성교육, 학교폭력 등 교육현장의 많은 문제를 야기하고 있다. 최근 정치권에서 일어나고 있는 교육의 공정성은 결코 건드려서는 안 되는 민심의 '역린'이 됐다. 지난 박근혜정부를 무너뜨린 '최순실게이트'와 문재인정부의 공고했던 지지율에 가장 큰 균열을 냈던 '조국사태'는 우리 교육의 한 단면을 그대로 보여주고 있다. 학교생활기록부 종합전형이 얼마나 형식적으로 운영됐는지 알 수 있다. 학생들의 실력보다는 학부모의 사회·경제적 지위에 따라 출발선이 달라질 수 있다는 우려에 교육과 입시가 공정할 것이란 믿음이 깨진 것이다.

국가고사, 연합고사, 학교장 고사 등 입시제도는 사회적 관심도가 높고 학교교육 운영에 막대한 영향을 준다는 점에서 교육정책의 핵심을 이루고 있다. 그러므로 시험을 통한 선발 시기·방법·조건에 대해 법규나 행정관례 등의 안정된 형태를 취해야 한다. 최근 우리 교육은 대학입시와 밀접한 관계에 놓여 있다.

인성과 사회성을 다루는 원초적 교육보다는 주입식 암기교육, 경쟁교육, 자사고와 특목고 확대, 학교의 입시학원화 등으로 나타났다. 과거 입시제도는 교육적인 관점보다 정치적 · 사회적 관점에서 운영되어 왔다.

흔히 교육은 '백년대계(百年大計)'라고 한다. 그만큼 오랜 시간을 두고 차근차근 살펴서 정책이 수립되고 수행되어야 한다는 뜻이다. 저출산에 따른 학령인구 감소, 고령화, 양극화, 청년실업, 성(性)격차, 다문화 등 악화되는 사회적 갈등을 해소하고 구성원 사이의 협력과 시너지를 위해서는 교육의 책무가 막중하다. 누구나 마음껏 능력을 발휘할 수 있는 교육정책으로의 전환이 필요하다.

조령모개식 입시제도

입시제도는 학교의 수용 능력 한계와 학교 간 선호도 차이 때문에 교육 운영에서 차지하는 비중은 여전히 크다. 아울러 경제적 · 사회적 영향력도 크기 때문에 교육 외적인 요인의 작용도 많이 받게 된다. 따라서 입시제도는 선발 기능의 타당성과 공정성을 보장하고 가정의 경제적 부담을 감소시키는 등 여러 가지 요인을 고려하여 시행되어야 한다.

8 · 15광복 이후 중 · 고등학교나 대학의 입시제도나 교육행정

은 '조령모개식(朝令暮改式)'이라는 비판을 받을 만큼 많은 변화와 수정을 보여 왔다. 이것은 입시제도의 불안정성을 의미하는 것이기도 하며, 입시정책이 사회여론에 지나치게 민감하게 반응하였음을 뜻하는 것이다. 그간 입시제도가 많은 문제점을 안고 시행을 반복해 왔다는 것이다

중·고등학교 입시제도는 초기에는 일제강점기의 제도를 답습하였다. 1951년 이후 제도 개선을 위한 필요와 관심이 높아짐에 따라 많은 변천을 거듭하게 되었다. 주로 국가고사제와 공동출제, 무시험전형이 주기적으로 반복하여 총 10차례 변천이 있었다. 1969년부터 시행된 중학교의 무시험 추첨 배정제도, 1974년부터 고교평준화정책에 따라 시행된 고입선발고사에 의한 추첨 방식은 이후 비교적 안정된 상태를 유지했으나 여기에도 많은 문제점과 부작용이 따랐다. 2017년 12월 22일까지 존재했던 시험으로 고입선발고사라는 이름보다는 연합고사라는 이름으로 많이 불린다.

대학입시제도도 8·15광복 이후 여러 차례의 변천을 거듭하여 왔다. 주로 국가고사제와 대학별 시험제가 주기적인 반복을 하여온 것으로, 시대적 상황과 교육정책이 내세우는 명분에 따라 유형을 달리하면서 변천하였다. 학력고사 이전 시기인 1946년부터 1981년까지는 대학별 단독시험 또는 대학입학자격고사 병

행이 반복되었다. 1982년부터 1993년까지는 대입학력고사와 대학별 고사를 통해 학생을 선발하였다. 1994년부터는 학력고사를 폐지하고 대학수학능력시험, 대학별고사, 내신을 반영하는 등 총 8차례 변천이 있었다.

우리나라 입시제도는 안정을 추구하기 위한 수정 및 개정이었다고는 하지만 시행착오의 과정을 반복해 왔다. 또 자녀들에게 경쟁력이라는 무기를 주고 싶어 하는 부모들의 학벌주의 심리가 경쟁의 과열로 이어져 교육계는 물론 사회 전반에 폐단을 낳게 되었다. 여러 문제가 복잡하게 얽혀 있는 경우, '대증요법(對症療法)식' 정책은 성공을 거두기 어렵다. 그동안 외형상으로는 상당한 변화가 있었지만 본질적인 문제는 바뀌지 않고 있다.

학력주의, 교육팽창과 교육경쟁

성공적인 경제발전을 이룩하고 일정한 수준의 민주주의를 성취한 국가에서 나타나는 특징이 있다. 길어진 기대 수명과 여러 사회제도가 맞물려 삶이 하나의 주기로 파악된다. 가족 안에서 유년기를 보내다가 아동기에서 청년기에 걸쳐 학교에 다니고, 청년기에서 장년기 동안 직장생활을 하다가 노년기에 은퇴하는 생애주기가 형성되는 것이다. 근대화 과정에서 교육기간은 점점 길어진다. 교육과정을 주도한 국가는 국민들에게 정체성을 불어넣은 동시에 산업적 능력을 육성하는 데 역점을 둔다.

초등교육이 일단락되자 사람들은 중등교육을 받고자 했고, 중등교육이 충분히 확장되자 고등교육을 받고자 했다. 그 이유는 근대사회의 많은 문제 해결에 교육이 기여했기 때문이다. 이 과제를 해결하는 이데올로기가 바로 '업적주의(meritocracy)'이다. 불평등한 대우는 그가 성취한 업적에 따른 것이라고 주장하는 것이다. 자격증 제도를 도입하고, 공식 학력을 능력과 업적의 지표로 받아들이는 것이다. 학력주의가 자리를 잡으면서 남보다 더 좋은 지위를 얻기 위해서는 한 단계 높은 교육을 받아야 했다. 그 결과 현재 OECD 국가의 평균 교육 연한인 15년을 넘고 있다. 인구 대부분이 생애의 15년 정도를 학교교육에 바치는 것은 전통사회에서는 생각할 수도 없는 일이었다. 최근에는 '평생교육' 개념이 등장하여 초등학교 이전부터 생애 말기까지 인간의 삶 전체를 교육과 연결하는 방향으로 나가고 있다.

해방 후 우리 사회는 유례없이 빠른 교육팽창을 겪었다. 교육은 평등한 교육과 서열이 매겨진 교육이 경쟁적 입시를 통해 연결되어 있다. 중학교가 평등교육으로 바뀌자 서열화 된 고등학교 진학이 병목이 되었고, 고등학교가 평등교육으로 바뀌기 시작하자 서열화 된 대학이 병목 지점으로 작동됐다. 경쟁은 평등과 서열이 연결되는 지점에서 매번 격렬하게 일어났다. 그 결과 객관식 선다형 시험문제가 오랫동안 실시되고, 창의력 없는 주입식 교육이 중등교육의 일반적인 풍경이었다. 학력을 통한 보상이 입시경쟁을 거쳐 들어간 '명문' 학교에 집중되었고, 그로 인해 입시경쟁에 가족의 모든 자원을 쏟아 붓는 행태로 발전했다.

입시에 매몰되는 강남 쏠림현상

2014년 입시 무료 컨설팅을 해주는 '하늘아빠의 교육연구소' 블로거 김만식씨가 「강남엄마도 모르는 사교육의 비밀」이라는 책을 펴냈다. 대한민국 최고라고 자부하는 강남 엄마들의 사교육 이야기를 담은 책이다. 주된 내용은, 강남 엄마들이 수집한 방대한 양의 사교육 정보를 가지고 있지만, 공유를 꺼리는 폐쇄성 때문에 문제가 발생한다는 것이다.

최근 교육정책이 강남 쏠림 현상을 심화시킨다는 지적이 끊이지 않고 있다. 아무리 교육현장을 열심히 살핀다 해도 교육의 현실이란 관계자들이 직접 겪거나 자녀가 겪은 것 이상을 뛰어넘기는 어렵다. 사교육이라고 다 나쁜 것은 아니다. 사교육의 나쁜 측면을 알아야 좋은 측면을 제대로 활용할 수 있고, 공교육의 부족한 점을 보완할 수 있다. 하지만 갈수록 '나쁜 사교육'이 늘어나고 있어, 사교육을 잘 활용하기 위해서는 옥석을 가려내는 지혜가 필요하다. 최근의 초등학교 1·2학년 방과 후

영어수업 폐지, 외고·자사고 폐지, 학생부 종합전형 확대 등은 과잉 교육을 억제하고 우수 학생의 쏠림현상을 일반고로 분산하기 위한 것이라고 생각된다. 하지만 현실에서는 의도대로 구현되지 않고 있다는 것이 문제다.

이런 현실을 무시한 채 모든 지역의 일반고나 사교육 환경, 경제력이 마치 강남 수준인 것처럼 전제하고 정책을 펼친다면, 교육정책에 대한 신뢰는 물론 강남 집값도 잡을 수 없다.

2021년 4월 7일 치뤄진 서울시장 재보궐 선거에서 야당의 후보는 "문재인 정부의 '자사고 죽이기'는 강남 집값 띄우기 정책"이라고 꼬집었다. 획일주의의 전형이라고 비판하며, 학군이나 학교 때문에 이사 다니는 일이 없도록 '우리 동네 자사고' 시대를 열겠다고 약속하기도 했다.

더 평등하고 인성을 키우는 교육

해마다 2만여 초중고생들이 이런저런 연유로 해외 유학을 떠나고 있다. 최근엔 코로나19로 인해, 계획했던 조기유학을 마치지 못하고 귀국하는 가정이 많다고 한다. 버락 오바마 미국 대통령은 몇 차례나 한국의 높은 교육열을 칭찬했다. 그렇다면 교육열이 뜨겁고 미국이 본받아야 할 나라라는데, 왜 우리 아이들은 오히려 미국으로, 외국으로 나가는 것일까? 지금 우리 사회는 더 좋은 사회적 지위를 얻기 위해 지나친 교육경쟁에 몰두하고 있기 때문이다.

지금까지의 교육은 암기를 통해 경쟁적으로 지식을 습득하는데 초점을 맞춰 왔다. 특권으로 불평등하고 경쟁만능으로 서열화한 교육을 창의력과 인성을 키우는 교육으로 바꾸어야 한다. 급격하게 무너진 교육사다리를 복원해 누구에게나 공평한 학습기회를 제공할 수 있어야 한다. 경쟁을 아예 없애는 것은 매우 어려운 일이다. 하지만 경쟁을 완화하고 재분배하여 의미 있는 경쟁으로 바꾸는 것이 필요하다.

교육 패러다임 변화는 우리와 우리 자녀들의 삶을 바꾼다. 학생들이 자유롭게 자신의 꿈을 이룰 수 있도록, 그리고 꿈을 실현시킬 기회가 모두에게 주어질 수 있도록 교육을 변화시켜 나가야 한다. 공교육을 정상화하고, '개천에서 용이 나는 사회'를 만들어야 한다.

02 _ 점점 심화되는 교육 불평등

한 사회의 교육은 기본적으로 생존과 진보에 필요한 기능을 수행해야 한다. 기본적 기능은 크게 사회화와 산업사회의 인력양성과 배치에 있다. 교육의 팽창과 교육에 대한 정치적 통제는 근대국가의 성장과 밀접한 관계를 맺고 있다. 불행히도 우리 교육의 역사는 교육의 본질적 가치의 실현과는 무관하게 발전되어 왔다. 오랜 식민지 교육, 분단 교육, 정권지지 교육, 발전 교육 등 비교육적 교육에 치중해 왔던 것이다. 또한 자본주의의 효율, 경쟁의 아름다움, 결과의 불평등에 대한 정당화 등 차별적인 교과과정이 행해져 왔다. 아울러 경제·사회 발전에 필요한 생산 도구나 지위 획득을 위한 동기가 극대화 되었다.

현대사회학의 세계적 석학인 앤서니 기든스는 "교육은 정치적이고, 문화적이며, 사회적인 문제"라고 했다. 에밀 뒤르켐은 "교육을 통해 아이들이 사회에서 공유되고 있는 가치를 이해하기 때문에, 교육이 아이들을 사회화하고, 개별화된 개인을 결속시키는 데 중요한 역할을 한다."고 주장했다. 건강이 그렇듯이 교육은 모두에게 권리로 주어져야 할 사회적 공익으로써 개인이 잠재력을 발휘하는 데 아주 중요하다.

그러면 어떻게 교육을 제공할 것이며, 누가 그 비용을 부담해야 하는가? 국가가 세금으로 부담하고 이를 모두에게 무료로 제공해야 하는가, 아니면 개인이 자기 가족의 교육비를 직접 내야 하는가? 이는 중요한 정치적 · 경제적 판단으로 계속 논의해야 할 숙제다.

우리나라 교육의 문제점을 해결하기 위해 시도한 다양한 교육개혁은 크게 두 가지로 볼 수 있다. 첫째는 더 평등하게 교육받을 권리를 추구하는 것이고, 둘째는 더 우수한 교육을 받는 것이다. 평등성과 수월성 추구로 지칭되는 두 방향의 개혁이 이루어지기 위해서는, 교육기관에서의 성취가 향후 직업 선택이나 경제적 보상에 미치는 영향이 크지 않아야 한다. 학업성취와 시험성적이 경제적 보상과 매우 밀접하고 차별적이라면 두 방향의 교육개혁이 이루어지기 어렵다.

최근 교육개발원이 발표한 '교육 분야 양극화 추이'에 따르면,

가장 심각한 분야로 사교육비와 사교육 참여(66.8%), 유형별 고등학교 입학 기회(42.7%), 학부모 관심과 지원(37.8%) 순으로 나타났다. 양극화의 사회적 요인으로는 소득과 자산(53.9%)을 가장 많이 꼽았다. 양극화 이슈는 대학입시에서 점차 유아 및 취업 단계까지 확대되는 것으로 나타났다.

평민 지식인 키운 서당교육

1866년 병인양요에 참여한 프랑스 해군 장교 장 앙리 쥐베르가 쓴 「조선 원정기」에 의하면, "조선인들은 그들만의 고유한 문자를 가지고 있다.… 우리의 자존심을 상하게 하는 하나의 사실은, 아무리 가난한 집이라도 집안에 책이 있고 글을 읽을 줄 모르는 사람이 거의 없다는 것이다"라는 내용이 있다.

18세기 중후반에서 19세기 전반에 걸쳐 조선의 서당 수는 2만여 개, 훈장은 2만 1천여 명, 학생은 26만여 명에 달했다고 한다. 조선후기 사회 변화를 서당의 대중화를 통해 살펴볼 수 있다. 조선의 서당은 단순히 아동 교육장이 아니었다. 지금으로 치면 초등학교뿐 아니라 중고등학교, 심지어 대학교의 역할까지 했다. 성균관·향교·서원의 기능과 구별되는 서당은 조선후기로 갈수록 더 많아졌다.

서당의 대중화와 지식유통체계의 확산과 함께 주목해야 할 것은 '새로운 지식층'의 등장이다. 양반 중심에서 '평민지식인'이 등장하고, 사서삼경이나 제가백가 같은 고등서책까지 비교적 쉽게 구해 독서할 수 있게 되었다. 김홍도의 그림 '서당'은 조선후기의 풍속을 사실적으로 묘사했다. 훈장 아래 9명의 학생이 둘러 앉아 있는데, 연령과 신분이 제각각이다. 오늘날 우리의 높은 교육열을 되돌아보게 한다.

서열화와 교육 불평등

더 평등한 교육을 추구하기 때문에 중학교 무시험 진학과 고교 평준화의 교육개혁이 이루어졌지만, 영재교육을 빌미로 생긴 국제중학교, 특수목적고등학교(특목고), 자율형사립고등학교(자사고) 등으로 다시 서열화가 시작됐다. 대학의 평준화 주장도 약간 있었지만, 전혀 이루어지지 않았다. 이유는 다들 내 자식 만큼은 좋은 학교에서 우수한 교육을 받고 싶고, 좋은 지위와 보상을 받고 싶기 때문이다.

좋은 중고등학교를 늘린 정책은 대학 서열이 남아 있는 상태에서는 경쟁을 완화하는 효과를 낳을 수 없었다. 그 대신 일반 고등학교가 더 나빠지고 평등한 교육을 받을 권리로 이어지지 못한 결과만 초래한 것이다. 반면에 우수한 교육을 향한 교육개혁은 사교육비와 대학입학 전형의 공정성 시비를 줄이는 것에 집중되었다. 하지만 공정성 시비를 없애기 위한 객관식 시험은 주입식 교육을 만들고, 우수한 교육을 위해 대학수학능력시험(수능)을 도입했다. 학교 교육은 사고력을 평가하는 통합교과 시험 문제에 대응하지 못했고, 수능에 대한 비판은 논술, 입학사정관 제도, 학교생활기록부(학생부) 전형을 도입했다.

이러한 시험제도는 사교육을 더 팽창시켰다. 더 나은 학생부 작성 능력을 갖춘 교사가 생겨났고, 다양한 교과 및 비교과 활동을 공급하는 특목고와 자사고에 유리한 제도가 등장했다. 대학 수준에서 엄격하게 서열화한 학력주의가 남아 있기 때문에 교육경쟁 자체가 완화되지 않고 있다. 대학입시제도 등 강력한 교육경쟁이 교육개혁 시도를 좌절시켜 온 것이다.

사교육에 매달리고 통제받는 아이들

얼마 전 문재인 대통령이 청와대 직원들에게 「90년생이 온다」는 책을 선물했다. 1980년대에 태어난 저자가 1990년대에 태어난 신입사원들과 교류한 경험을 담아낸 책이다. "새로운 세대를 알아야 미래를 준비할 수 있고, 그들의 고민도 해결할 수 있다."는 메시지를 담은 책이다. 그만큼 이들이 지금까지와는 다르게 생각하고 행동하는 세대라는 것이다.

1990년대 생은 한국뿐 아니라 미국에서도 새로운 세대 군을 형성했다. 1980년부터 2000년 사이에 태어난 이들은 이전 세대와는 확연히 다른 모습을 보인다. 1988년생인 저자는 「밀레니얼(Millennial) 선언」에서, 동세대의 눈으로 매우 비판적으로 분석하고 있다.

어린 아이들이 부모와 학교로부터 사사건건 감시당하고 통제받고 있다. 경쟁적으로 학습량을 늘린 탓에 너무 많아진 숙제는 이제 노동이 됐다. 바쁜 아이들은 놀지 못한다. 놀 수 없는 아이들은 감정을 다스리는 법을 배우지 못한다. 경쟁에 내몰리고, 학자금 대출에 허리가 휘며, 무급 인턴이라는 착취에 노동 가치를 제대로 인정받지 못한다. 행복할 수 없다.

2016년에 시행된 중학교 자유학기제가 사교육시장의 파이를 키우는 '풍선효과'를 낳고 있다. 중간·기말고사가 없는 자유학기제 시행이 자칫 아이들을 공부와 멀어지게 할 것이라는 학부모들의 염려 때문에 방학 동안 예비 중학생들의 사교육 활동이 더욱 늘어나고 있는 것이다. 한 곳을 누르면 주변이 부풀어오르는 정책의 풍선효과처럼 자유학기제가 일으킨 사교육 수요에 '행복한 방학'을 지내야 할 예비 중학생들의 부담만 커지고 있는 것이다.

유아부터 고등학생까지 주말, 연휴도 없이 학원에 매달리고 있다. 아이들은 책상 앞에만 앉아 있다 보니 키가 크지 않아 성장

호르몬 주사를 맞고 있다. 또 대한민국에서 제일 좋은 학교를 나오고 제일 공부를 잘했다는 1타 학원 강사, 개인 과외교사의 도움을 받기 위해 매월 엄청난 사교육비를 들인다. 그 결과 사교육의 부담은 교육의 빈익빈 부익부로 이어지고, 출산율 저하에도 엄청난 영향을 미치며 부모들의 안락한 노후도 빼앗아가 버린다. 가장 많은 사교육비를 지출하는 나라, 긴 시간 공부 시키는 나라, 원하는 대학에서 원하는 공부를 마음 놓고 할 수 없는 나라, 그러면서도 대학에 가장 많이 들어가는 나라. 이제 멈춰야 할 때다.

'자기 찬스로 각자의 꿈을 이룰 수 있는 사회'는 김동연 전 경제부총리가 이사장으로 있는 사단법인 '유쾌한 반란'의 비전이다. 판잣집 소년 '흙수저 신화'로 널리 알려진 그는 노력보다 배경이 중요한 현실을 바꾸고, '자기 찬스', '소질 찬스'로 각자의 꿈을 이루도록 하자는 것이다. 제21대 대통령 선거에 출마한 김 부총리는 저서 「대한민국 금기 깨기」에서, "경쟁을 부추기고 보상을 강조하다 보니 학생들 간에 불신과 갈등이 심해진다.… 학교가 점점 정글이 되어가면서 대부분 학생들은 자신이 행복하지 않다고 생각하게 된다."고 주장하고 있다. 국가가 공교육을 질식시키고 있다는 것이다.

교육의 공공성과 책무성을 높이기 위한 다양한 정책이 중요하다. 경쟁 위주의 교육을 완화해야 한다. 공교육은 모두 같은 조건이기 때문에 경쟁력은 곧 과도한 사교육을 뜻한다. 사교육을 줄이고 공교육을 살려야 한다.

공교육의 개혁, 혁신학교

최근 서울 모 학교의 혁신학교 전환 번복 사태는 여러모로 시사적이다. 우리 교육의 과거와 현재, 미래를 있는 그대로 보여주고 있으며, 공교육의 개혁이 얼마나 힘든 과정인가를 깨닫게 해준다. 그만큼 공교육의 개혁이 시급하다는 방증이기도 하다. 2009년 김상곤 경기도교육감이 처음 도입한 혁신학교는 2010년 전국동시지방선거에서 진보계열 교육감이 당선된 지역을 중심으로 전국으로 확산됐다. 2017년 문재인 정부 출범 후 혁신학교 정책은 국정과제로 채택됐다. 전국 17개 모든 시도에서 혁신학교를 지정·운영 중이다. 첫해 경기도에 13개교가 도입된 뒤 2020년 9월 기준 전체 초중고 1만 1,710개교 중 1,721곳 (14.7%)으로 늘어났다.

혁신학교가 처음부터 기피대상이 된 것은 아니다. 도입 초기에는 토론식 수업, 현장학습 등 다양한 교육프로그램을 자율적으로 할 수 있어 인기를 끌었다. 하지만 이후 중·고등학교 학부모들이 '시험 없는 학교에 보낼 수 없다'는 반대로 기피 대상이 됐다. 전인교육을 지향한다는 취지는 좋지만, 이런 교육을 실시하는 것이 입시 위주의 현실에 적절하냐는 것이었다.

교육청이나 고등학교 교사들은 대부분 혁신학교 지정에 찬성하는 것으로 나타났다. 혁신학교가 공교육 개혁의 마중물이 될 수 있다는 것이다. 대학입시에서 수시 비중이 70%에 달할 정도로 전형이 다양해 아이들이 수능에만 매달리지 않고 학교에서 여러 활동을 하며 자신만의 방향을 찾는 것도 바람직하다고 생각하기 때문이다.

03 _ 고교학점제가 성공하려면

        고교학점제는 고등학생들이 대학생처럼 원하는 과목을 선택해 배울 수 있게 하는 정책이다. 문재인 대통령이 후보시절 내세웠던 선거공약에 따라 추진되고 있는 정책으로, 최근 주요 교육의제로 떠오르고 있다. 교육부 홈페이지 인기검색어 상위에 올라와 있을 정도다. 고교학점제는 교육과정 운영에서 학생의 선택 폭이 확장될 수 있다는 데 의의가 있다. 더 나아가 교육과정의 수평적 다양화를 통해 고등학교 서열화, 대학입시의 과열을 완화하는데 도움이 될 것으로 예상하고 있다.

문재인 정부의 교육정책 설계자로 불리는 김상곤 교육부 장관은 2017년 7월 취임사에서 경쟁만능주의와 특권교육, 서열화한 학교체제를 강하게 비판했다. 이듬해 교육부는 고교학점제 연구·선도학교의 다양한 모델을 발굴하고, 고등학교 서열화를 해소하기 위한 체제 개편을 단계적으로 추진하겠다고 발표했다. 고교학점제는 자율형사립고(자사고)의 일반고 전환, 대학입학제도 개선 등과 연계되어 있어 상당 기간 논란의 중심에 있을 것으로 보인다.

자사고는 2007년 대선 당시 이명박 한나라당 후보가 공약한 '고교다양화 300 프로젝트'에서 출발한다. '학교 만족 두 배, 사교육 절반'을 내세우며 "국가의 획일적 통제에서 벗어나 교육과정, 교원인사, 학사운영 등을 학교가 자유롭게 운영하고, 그 책무성을 학생과 학부모의 선택에 의해 평가를 받게 하는 사립 고등학교 운영모형"으로 등장했다.

이후 10년 동안 자사고를 보는 두 개의 시선은 '고교 서열화 VS 하향평준화'이다. 논쟁적인 교육 이슈에서 진보와 보수를 가르는 기준이기도 하다. 그리하여 보수와 진보정부를 거치며 폈다가 쇠락하는 롤러코스터 신세였다.

2019년 7월 서울시교육청이 8개 자사고를 운영성과 평가점수 미달을 이유로 지정 취소를 결정하고 교육부가 승인하면서 후폭풍이 거세다. 2021년 2월 서울행정법원이 서울시교육청의 자사고 지정 취소 처분이 위법하다는 판결을 했다. 며칠 후 한국교원단체총연합회 회장이 국회 정문 앞에서 '교육도 학교도 무너진다! 일방적 교육정책 폐기 촉구'라는 모토로 기자회견을 가졌다. 교총 회장은 이날 ▲고교학점제, 미래교육 실현은 공염불 ▲법원 판결 수용해 자사고 등 폐지 정책 철회 등 6가지를 발표했다.

자사고의 일반고 전환

2008년 3월 20일 당시 교육과학기술부는 대통령 업무보고에서 자율형사립고 100개 등 300개의 다양화된 고교를 만들어 학생의 선택권과 학교의 자율성을 확대하겠다고 보고했다.

2008년 10월에 발표한 '자율형사립고등학교 추진 방안'에 따르면, "고교 다양화를 통한 학생 및 학부모의 학교 선택 기회 확대, 학교운영 자율권을 가진 사립고를 확대함으로써, 학생 및 학부모들이 원하는 교육을 자유롭게 실현 할 수 있는 학교 탄생에 대한 교육 수요를 적정 공급"이라고 적시하고 있다. 긍정적 요소로 다양화와 선택 자율성 등을, 부정적 요소로 격차와 사교육, 귀족학교, 서열화 등을 제시하고 있다.

2010년 최준렬 공주대 교수가 발표한 논문 '이명박정부의 자율형사립고 정책에 대한 평가'에 따르면, 학생과 학부모의 선택권이 확대되고 사학의 자율성이 증가하며 교육과정을 다양하게 운영할 수 있다는 점은 긍정적으로 평가했다. 반면에 평준화가 해체되며 귀족학교가 출현해 교육의 불평등이 심화되고, 학생과 학부모의 사교육비 부담이 크게 증가할 것이라고 평가하였다.

교육 시민단체인 '사교육걱정없는세상'과 더불어민주당 오영훈 의원실은 2017년 전국 17개 시·도 중학교 3학년 학생 7,382명을 대상으로, 더불어민주당 김해영 의원은 2019년 전국 자사고 신입생 및 학부모를 대상으로 한 조사결과를 발표했다. 학비부담금이 일반고보다 2.5~4.04배 높게, 학력 격차도 일반고에 비해 10.3배 높은 것으로 집계됐다.

2019년 7월 6일, 교육·시민사회단체 회원들이 청와대 분수대 앞 광장에서 기자회견을 열고 '자립형사립고의 폐지와 일반고 전환을 공약한 문재인 대통령의 이행을 촉구'한 이후에도 자사고의 문제점에 대한 진보진영의 공격이 쏟아지고 있다.

교육부는 2018년 '고입 동시 선발'을 시행하여 자사고와 일반고의 모집 시기를 합쳤다. 자사고 지원자의 일반고 중복지원도 금지했다. 이 조치에 반발한 자사고들이 헌법소원을 냈고, 결국 헌법재판소의 결정에 따라 중복지원 금지는 유예하고, 동시 선발만 이뤄졌다. 이번 자사고의 재지정 평가와 취소는 이런 큰 흐름 속에서 진행되고 있는 것이다.

2019년 시·도 교육청의 재지정 평가와 교육부 동의를 거쳐 자사고 지정이 취소됐던 전국 10개 자사고가 모두 일단 자사고 지위를 유지할 수 있게 됐다. 법원이 2021년 경기 안산동산고와 부산 해운대고에 이어 서울 지역 8개 자사고 측이 조희연 서울 시 교육감을 상대로 낸 자사고 지정 취소 처분 집행정지 가처분 신청을 받아들였기 때문이다. 10개 자사고와 학부모들은 시도 교육청들이 재지정 평가에서 자사고에 유리한 지표 비중은 줄이고, 불리한 지표 비중은 늘려 사실상 '자사고 폐지를 위한 평가'를 했다고 반발해 왔다.

고교학점제 전면 시행

고교학점제는 고등학교 교육의 패러다임 전환을 위해 고교체제 개편, 수업·평가의 혁신, 대학입학제도 개선 등을 종합적으로 연계하여 추진한다. 고교학점제의 실행을 위해서는 고등학교 입학 동시 실시, 자사고 등의 일반고 전환, 고교체제 개편 등 현행 학사제도 전반의 변화가 필요하기 때문에 단계별로 추진된다. 2020년 마이스터고에 도입하였고, 2022년 특성화고와 일반고에 부분적으로 도입되고, 2025년에는 모든 고등학교에서 시행된다.

현행 고등학교에서 적용하고 있는 '단위제'는 초·중학교 학년 제와 대학교의 학점제 사이 중간쯤에 끼여 있는 제도라고 할 수 있다. 실제에 있어서는 단위제가 학년제처럼 운영되고 있는 학교가 대부분이다. 고등학생이 자신의 학습능력과 적성에 맞는 수업을 스스로 선택하여 이를 이수하고, 이수한 학점을 합하여 기준을 넘으면 졸업이 가능한 제도이다.

입시·경쟁 중심 교육에서 벗어나 자기 주도적 학습의 장점으로서, 입시·수능 준비가 아닌 학생 진로와 성장을 돕는 유연한 교육과정이 운영된다. 또한 학교 안팎의 자원을 활용한 다양한 수업과 성취 기준에 의한 평가를 할 수 있게 하는 것이다.

〈고교학점제 도입에 따른 학교 현장의 변화〉

	과거 모습	변화된 모습
학 생	교사중심의 일률적 교육과정 학급별 시간표	학생 선택형 교육과정 학생별 시간표
교 사	소속학교 내 수업 운영	학교 간 교류 수업, 온라인 수업, 학교 밖 전문가 참여
지역사회	학교 교육과 괴리	학교-지역사회가 교육공동체 형성
학교공간	강의식 수업 중심의 획일적 공관	다양한 수업을 지원하는 지능형 교육환경

그러나 고교학점제 도입의 근거에 대해서는 비판적으로 생각해 볼 필요가 있다. 고등학교 교육은 진로·적성 교육을 중심으로 실행되어야 한다. 학생들의 선택권 못지않게 제대로 된 배움의 권리도 중요하다. 또한 고교학점제가 과연 학생들의 학습의욕을 고취시킬 수 있을까 하는 것이다. 수업을 열심히 듣는 학생은 거의 모든 과목에서 수업을 열심히 참여하지만, 그렇지 않은 학생들도 있기 때문이다.

교육 주체 자율에 기반한 교육

고교학점제가 성공하기 위해서는 교육의 '패러다임 전환'이 필요하다. 고등학교 평준화의 원칙하에 최대한 다양한 교육과정 운용이 중요하다. 교육과정을 간소화하고 필수 과목을 축소해야 한다. 그리고 학생과 교사의 자율권을 확대해야 한다. 지금까지의 자율화는 대부분 시·도교육감이나 교장의 자율권을 늘리는 것이었다. 이는 '물고기를 잡아서 먹여주는' 교육에서 '물고기를 잡는 법을 배우게 하는' 교육으로 바꾸자는 것이다. 조금만 지나면 활용 가치가 떨어지는 많은 지식을 전수하는 교육에서 지식을 탐구하고 협업하는 역량을 높이는 교육으로 전환하는 것이다. 미래 교육으로의 대전환을 차근차근 준비해야 한다. 2021년 4월, 교육부는 '모두를 아우르는 포용 교육 구현과 미래 역량을 갖춘 자기 주도적 혁신 인재 양성'을 비전으로 하는 2022년 개정 교육과정 추진계획을 발표했다. 교육부에 따르면, 2025년부터 모든 고등학교에 적용될 고교학점제 도입 기반을 마련하고, 지역의 분권화와 학교·교사의 자율성을 강화하여, 학생 한 명 한 명의 소질과 적성을 고려한 맞춤형 교육 및 초·중등 교육과정 전반을 미래 교육체제로 바꾸겠다는 것이다.

개정 교육과정의 주요 방향으로 ▲고교학점제에 부합하는 학생 지원 교육과정 개발 ▲자기주도성 미래 역량 함양이 가능한 교육 구현 ▲지속가능한 미래를 위한 교육내용 강화 ▲지역분권화 및 학교·교사 중심의 교육과정 운영 체제 구축 ▲디지털·인공지능(AI) 교육환경에 맞는 교수·학습 및 평가체제 구축 등이다.

이러한 교육과정 개정, 미래형 교과서 개발, 대학입학제도 개선 등이 순조롭게 추진되고 고교학점제 도입이 성공하기 위해서는 이데올로기적 편견이 개입해서는 안 된다. 특히 고교학점제가 대학 입학 측면에서만 평가받는 것은 경계해야 한다. 학생·학부모·교사 등 각계각층과 소통·공감하는 과정도 중요하다. 다양한 교육을 통해 진로·진학의 기회를 학생들 스스로 선택하게 해야 한다. 여기에 따르는 인적·물적 자원도 충분히 투입해야 할 것이다.

〈교육과정 개정 관련 추진 일정〉

구분	2021년	2022년	2023년	2024년	2025년
교육과정	총론 주요사항 발표('21.하)	개정 교육과정 고시('22.하)	교육과정 후속지원 (해설서 평가기준 등)	초등학교 적용 시작	중·고등학교 적용 시작
고교학점제	마이스터고 적용('20.~)	특성화고 도입 일반고 일부 도입	→		전체 고교 본격 시작
교과서	기초연구추진 국정, 검정 체제	교과용도서 구분고시('22.하)	교과용 도서개발	초등학교 보급 시작	중학교·고등학교 보급 시작
대입 학점제	대학입학제도 개편 방안 검토			2028년 대입 방안 발표('24.상)	

04 _ 단순하고 공정한 대학입시제도를

대학입시제도는 고등학교 졸업예정자 및 졸업자 등이 대학에 들어가기 위해 시험을 치르는 제도로, 주로 대학수학능력시험(수능) 및 학교생활기록부(학생부)의 성적, 기타 요소를 바탕으로 선발하고 있다. 대학수학능력시험은 대학 입시에서 가장 많은 영향을 미친다. 최근에는 학생부의 영향력이 증대되었다. 학생부는 학생의 학적을 기록한 장부이다. 학교 성적뿐만 아니라 학교에서의 특별 활동, 행동 특성, 신체적 발달 사항 등이 기록된다. 이외에 반영요소로 비교 내신과 대학별 고사가 있다. 대학교 자체적으로 실시하는 대학별 고사는 주로 논술 시험을 실시하나, 일부에서는 면접, 적성, 실기 등 다양한 평가 방식을 적용한다. 최근에는 입학사정관제도의 도입이 늘고 있다.

교육경쟁을 완화할 개혁에 성공하지 못한 대가는 아이들이 하루 15시간씩 학교와 학원에서 미래에 필요하지 않을 지식을 위한 시간의 낭비다. 경쟁 과잉의 현재 교육체제를 바꾸어야 한다. 이를 위한 중요한 과제가 대학입시제도를 바꾸는 것이다. 단기적으로 효과가 커 보이는 입시제도 개선이 아닌 근본적인 개혁이 필요하다.

오늘날 우리 사회에서, 공부란 대부분 입시 공부나 취직 공부를 의미하게끔 되어 버렸다. 교육에 대한 논의도 입시 제도에 대한 논의를 의미하고 있다. 이 과정에서 정작 성숙한 시민이 되기 위해서 무엇을 어떻게 배워야 하는지에 대한 논의는 실종되어 버렸다. 일찍부터 입시에 정열을 바친다는 점에서 교육열이 강한 나라이지만, 진정 무엇을 어떻게 공부해야 하는지에 대해서는 묻지 않는다는 점에서 교육에 냉담한 나라이기도 하다. 사람들이 입시에 초미의 관심사를 보이는 것은 그것이 계층이동과 직결되어 있기 때문이다. 상급학교 진학에 성공한다고 해서 대단한 보상이 주어지는 것은 아니지만, 진학에 실패했을 때 치러야 할 개인적·사회적 대가는 상당하다.

2018년 방영한 드라마 「스카이캐슬」이 우리 사회를 강타했던 것도 교육과 입시가 공정할 것이란 믿음 또는 성역을 깨부수는 내용이었기 때문이다. 드라마에 과장이 있겠지만, 연 1억 원이 넘는 '입시 코디'가 있다는 사실은 부모의 재력이 자녀의 대학이나 미래를 결정한다는 것을 의미한다. 2020년 1학기 SKY대학 신입생 중 장학금 신청자를 대상으로 소득구간을 나누자 9·10구간이 55.1%를 차지했다. 2017년 41.1%에 그쳤던 고소득층 비율이 2018년 51.4%, 2019년 53.9%로 해마다 상승하고 있다. 특히 SKY대학 의대 신입생의 경우 10명 중 7명 이상이 고소득층으로 나타났다.

변질된 대학수학능력시험

1982년부터 1993년도까지는 학력고사 위주로 학생을 선발하였으나, 1994년 학력고사를 폐지하고 대학수학능력시험이 실시되었다. 대학입시 위주로 이루어지는 고등학교 교육을 정상화하기 위한 입시제도로 변경된 것이다. 통합교과서를 바탕으로 사고력을 측정하는 문제 위주로 출제한다. 수험생의 선택권을 넓히는 한편, 출제 과목 수는 줄여 입시부담을 덜어주는 데 역점을 두고 있다. 2019학년도 시험 기준으로 시험과목은 국어, 수학, 영어, 한국사, 사회/과학/직업탐구, 제2외국어/한문 영역으로 구분되고, 수험생은 자신의 선택에 따라 전부 또는 일부 영역에 응시할 수 있다. 수학 영역은 가형과 나형 중 하나를 선택할 수 있다. 한국사 과목이 모든 수험생이 응시해야 하는 필수 과목(20문항, 시험시간 30분)으로 독립, 신설되었다. 수능에 대한 비판이 점점 강해지자 논술시험, 입학사정관제, 학교생활기록부 도입 등 다양한 평가 방식이 적용되고 있다.

비판 받는 학교생활기록부

줄여서 '학생부' 또는 '생기부' 로도 불리며, 입시에서는 '내신' 이라고도 부른다. 1995년 5월 31일 교육개혁에 따라 ▲학교에서 이수한 전 교과목별 성취수준과 석차 ▲교과별 세부능력 및 특기 ▲출결사항, 특별활동, 단체 활동, 봉사활동 ▲자격증 획득, 각종대회 참가 및 입상실적 ▲성격 및 품성 등 학생의 학교생활을 총체적으로 기록하는 종합생활기록부를 도입했다. 1996년 개선안에 따라 그 명칭을 '학교생활기록부' 로 변경하였다. 주로 해당 학생의 담임교사에 의해 작성되며, 고등학교 혹은 대학 입시에서 중요한 자료로 활용된다. 교육행정정보시스템(NEIS, 나이스)을 통하여 작성·관리된다. 요즘 대부분의 학교에서는 학교생활통지표를 제작하여, 학기말 방학에 학생에게 제공한다.

교육부와 한국과학창의재단이 운영하는 '학교생활기록부 종합지원센터' 에서는 학생부 작성 요령, 지역·학교 간 편차 해소를 지원하고 있다. 또한 교원·학생·학부모를 비롯한 국민적 관심이 증대됨에 따라 관련 민원 상담과 부정행위에 대한 신고를 처리하고 있다. 2020년에 접수된 민원 처리 결과에 따르면, 창의적 체험활동, 교과학습 발달, 자료 정정, 인적·학적사항, 출결사항, 수상경력, 자유학기제 활동 등 순으로 나타났다.

최근 부모의 경제력, 정보력에 따라 다른 결과를 낳는 '금수저 전형'이라는 비판이 제기되고 있다. 학생부에 기재될 '스펙'을 만들기 위한 사교육이 성행하고 있고, 상위권 학생들에게 실적을 돋보이게 해줄 교내 수상 등을 몰아주고 있어 개선해야 한다는 목소리가 크다. 또한 비교과 활동 부담에 대한 불만이 높다. 2017년 말 기준 3년간 학생부를 무단 정정하거나 조작하는 사례가 300건 넘게 적발되었다. 게다가 교사들의 업무 과중을 초래하며, 학생의 성장 발달보다 대학교 입학을 위한 기록이라는 지적까지 나오고 있다.

여론조사 결과로도 전 국민의 학생부 종합전형(학종)에 대한 인식이 좋지 않다. 리얼미터 여론조사에 따르면, 응답자 14.6%는 "학종을 완전히 폐지해야 한다.", 36.2%는 "학종을 감축해야 한다."고 응답했다. 현행 유지 및 확대 응답은 각각 19.3%와 18.0%로 나타났다. 학종과 관련해 개선해야 할 점으로 응답자의 32.1%는 '비교과 활동 반영 대폭 축소'를 꼽았다. 21.2%는 '대학의 정보 공개 강화', 18.7%는 '외부에서 공정성 감시',

14.2%는 '학교 · 담임교사 영향 축소'를 원했다.

악용되는 정원 외 특별전형

해당 조건에 맞는 인원은 별도의 추가 정원이 더 있는 것으로 보는 전형이다. 법적인 근거에 기반을 두어서 하는 전형이기 때문에 모집 인원의 최대치가 정해져 있다. 정원 내와 달리 정원 외 특별전형은 상대적으로 입학이 쉬운, 기회균등차원의 전형이 대부분이다. 총 모집 단위 인원 제한은 일반적으로 모집 단위 정원의 10%이나, 기회균형 모집단위 제한은 20% 이내이다. 농어촌특별전형, 특성화고특별전형, 재외국민특별전형, 기회균형특별전형(기초수급자 및 차상위계층), 장애인특별전형 등이 있다. 미국에서는 민권운동이 활발했던 1960년대에 '소수집단' 우대 정책이 도입되어 아이비리그 대학에 흑인과 소수민족 출신이 많이 입학 할 수 있었다. 한국판 소수집단 우대정책이라고 할 수 있는 농어촌 특별전형은 도시에 비해 상대적으로 교육 여건이 나쁜 농어촌 지역 학생들을 위해 1996년에 도입됐다. 재외국민 특별전형과 기초생활수급자 특별전형도 기본취지는 마찬가지다.

2012년 1월 감사원 발표에 따르면, 농어촌 · 재외국민 특별전형 등에서 부정입학 의혹이 있는 합격생 수백 명을 적발했다. 감사원은 각 대학의 느슨한 특별전형 기준이 원인이 된 것으로 보고 제도개선을 교육과학기술부에 요구했다. 해당 대학에는 입학취소 등의 조치를 하도록 통보했다. 경제·사회적으로 여유가 있는 사람들이 특별전형 제도를 악용했다는 것이 더 부끄러운 문제다. 도시 학생의 농어촌 특례입학 부정은 힘겹게 사다리를 오르는 어려운 처지에 놓인 학생들의 꿈을 훔치는 범죄이다.

인성을 키우는 공정한 입시제도

"대학이란 인간을 목수로 만드는 곳이 아니라 목수를 인간으로 만드는 곳입니다" 370년의 역사를 자랑하는 하버드대학에서 여성으로는 처음 총장이 된 드루 길핀 파우스트 교수가 2007년 제28대 총장 취임사에서 했던 말이다. 대학을 취업준비 기관으로 여기는 지금의 우리나라 대학을 생각하면 너무도 비현실적인 말처럼 들린다.

대학입시제도는 상급학교로 진학할 사람을 시험을 통하여 선발한다는 기본적인 목적에서 시행되지만, 여러 가지 교육적인 배려가 수반되어야 한다. 선발 자체의 타당성·객관성·공정성이 확보되어야 함은 물론, 교육체제가 지향하는 이념과도 부합하여야 한다. 또한 입시제도에 따라 하급 학교의 교육이 큰 영향을 받게 되므로 여기에 대한 고려도 필수적이다. 여기에 사회적 · 경제적인 요구와 정치적인 상황도 수용하여야 한다.

근본적으로 교육체제 내 입시제도의 위치와 성격이 우선 고려되어야 한다. 교육 외적인 요구에 이끌리면 상급학교 진학자를 선발한다는 교육제도의 취지가 손상될 수 있다. 과거 우리나라 입시제도를 관찰해보면 교육 외적인 요구에 따라 입시제도가 변경되었다가 다시 환원되는 현상을 발견할 수 있다. 우리나라의 입시제도는 학교의 자율에 의한 선발방식과 국가의 관리와 통제에 의한 선발방식 사이에서 변동을 거듭하여 왔다. 또한 정책의 변화가 극심했으며 교육 외적인 영향이 컸다고 볼 수 있다.

지금까지 대학입시제도는 '선발경쟁'과 '대학의 서열화'로서, 서로 독립적이면서도 서로 연관을 맺고 있다. 이를 개선해야 하는데 어떻게 개선할 것인지가 중요하다. 국가가 통제하거나 관리하는 방식보다는 학교가 공공성과 자율성을 확립해서 자체적으로 운영해 나가는 것이 바람직하다. 또한 단기간의 시행착오와 잦은 변경을 벗어나 장기적이고 발전적인 안목에서 정책이 수립되고 집행되어야 할 것이다.

궁극적으로는 경쟁을 줄이고 인성을 키우는, 스스로 꿈을 실현시켜 나가는 교육으로 변화해야 한다. 선발방식과 대학체제를 어떻게 개선할 것인지, 교육체제 전반의 논의가 중요하다. 복잡한 대입전형은 단순하게 바꾸고, 입시는 공정하게 관리하도록 필요한 대책이 마련되어야 한다.

05 _ 대학 절반이 사라진다

지금 우리나라 대학들은 안팎으로 큰 위기에 빠져 있다. 무엇보다 인구절벽에 의한 학생 수 감소로 대학의 존재 자체가 위태롭다. 1968년생이 태어났던 해에는 신생아가 거의 100만 명에 육박했는데, 2017년에 처음으로 30만 명대로 급감했다. 이 추세가 그대로 유지된다면 2038년에는 신생아가 20만 명대로 줄어들 것이라고 한다. 70년 사이에 신생아가 5분의 1로 줄어드는 세계에서 유례없는 현상이 우리나라에서 일어나고 있는 것이다. 신생아가 줄어드는 것은 대학에도 직접적인 영향을 미친다. 입학생의 감소로 많은 대학이 머지않아 문을 닫아야 할 형편으로서, 국내 대학이 인구절벽의 직격탄을 맞게 된 셈이다. 현재 대학입학 정원이 그대로 유지되면 2024년엔 전국 대학입학 정원의 25%(12만4000명)를 채울 수 없게 된다. 단순히

계산하면 351개 대학 중 87개 대학이 신입생을 1명도 못 뽑을
수 있다는 것이다. 신입생의 급속한 감소로 '벚꽃 피는 순서대
로 대학이 망한다(서울에서 먼 지역 대학부터 망한다는 의미)'는 말이
몇 년 뒤면 현실로 다가올 수 있다. 2021학년도 대입에서 정원
을 못 채운 대학이 속출하면서 추가모집 인원이 2만 6천여 명으
로 크게 늘었다. 특히 비수도권 대학의 추가모집이 전체의 90%
를 넘었다.

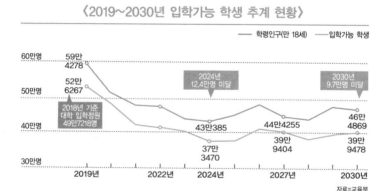

〈2019~2030년 입학가능 학생 추계 현황〉

2019년 8월 교육부가 발표한 '대학혁신 지원방안'에 따르면,
일률적 평가를 통해 대학 신입생 정원을 줄이지 않고, 대학 자
율에 맡기겠다고 했다. 향후 5년간 대학 입학 가능 인구가 15만
명 이상 급속도로 감소하기 때문이다. 이후 3년이 지난 2021년
5월 교육부는 다시 '대학 구조조정 방안'을 발표했다. 권역별로

'유지충원율'을 정하고, 기준에 미달한 하위 대학들에게 정원 감축을 권고한다는 것이다. 표현은 권고지만, 정부의 재정지원과 연계하기 때문에 대학들의 구조조정이 불가피할 것으로 보인다.

정부주도 대학 정원감축

교육부는 2013년 학령인구 감소에 대비하기 위해 '대학정원 16만 명 감축 프로젝트'를 발표했다. 당시 56만 명이던 대학입학 정원을 1단계(2015~2017학년도) 4만 명, 2단계(2018~2020학년도) 5만 명, 3단계(2021~2023학년도) 7만 명 등 총 16만 명을 줄여 40만 명에 맞추겠다는 것이다. 전국 대학을 대상으로 '대학구조개혁평가'를 실시해 A~E등급을 매기고, 재정지원과 연계해 등급에 따라 정원을 차등 감축하여 총 4만6천 명을 줄였다.

하지만 부실대학이 아닌 중 · 상위권 대학들까지 정부재정 지원을 받기 위해 정원을 줄이는 일이 벌어지면서 "멀쩡한 대학 정원 줄이도록 하는 게 교육부가 할 일이냐?"는 비판이 나왔다. 교육부는 2018년부터 평가 결과 상위 64% 대학은 정원을 줄이지 않고, 하위 36% 대학만 정원을 10~35%씩 줄이도록 방식을 변경했다. 그 결과, 정원감축 규모는 계획보다 크게 줄어들어 대학 구조조정이 지지부진하다는 비판이 커졌다.

지방대·전문대가 더 위기

교육부의 방향 전환을 두고 대학들의 평가는 수도권대학과 4년제 대학, 그리고 지방대와 전문대가 극명하게 갈리는 모습이다. 신입생 충원율로 평가하겠다는 교육부 계획에 수도권·4년제 대학들은 "자율이 강화됐다"며 환영하는 반면, 불리한 학교들은 "사실상 지방대·전문대 죽이기"라며 강한 우려를 나타내고 있다. 수험생을 지방대·전문대로 유인할 정책은 제시하지 않은 채 '대학에 맞게 정원을 줄이라'는 것은 지방대·전문대부터 입학 정원을 줄일 수밖에 없다는 지적이다. 얼마 전 지방에 규모가 큰 모 사립대학은 대학 기본역량진단 1단계 평가에서 자율개선대학에서 탈락한 후, 구조개혁에 나서는 등 2단계 평가에서 재정지원 제한 대학이라는 최악의 상황을 피하기 위해 안간힘을 쓰는 사례도 있었다.

교육부는 지방대·전문대와 지방자치단체가 지역 상황에 맞는 교육·연구 및 취업 연계 계획을 수립하면 정부가 재정적으로 지원하겠다는 구상을 내놨다. 하지만 지자체별로 재정과 교육 환경이 달라 지역별 격차가 클 것이란 우려부터 나온다. 사립대학 관계자들은 "1·2주기 평가 때는 나름대로 운영·혁신을 잘한 지방대·전문대는 높은 등급을 받기도 했는데, 아예 시장 논리에 맡기게 되면 지방대·전문대라는 이유만으로 고사(枯死)하게 될 것"이라면서 "재정 지원뿐 아니라 평가에서 보호장치가 필요하다."고 주장하고 있다.

지방대 위기가 커지면서, 2021년 5월에 교육부는 수도권 대학도 정원 감축을 권고하기로 했다. 8월에 발표한 '2021년 대학 기본역량 진단' 결과에 따라 52개 대학(수도권 19개)이 재정지원 대상에서 탈락하면서 후폭풍이 거세게 이어지기도 했다.

얼마나 살아남을까

'2021 대학혁신포럼' 기조연설자로 나선 토마스 프레이(미래학자, 다빈치연구소장)는 "2030년에 대학 절반이 사라질 것"이라고 전망했다. 인공지능과 디지털 기술의 유례없는 급격한 발전으로 인간이 기계에게 직업을 빼앗길 뿐 아니라, 대학마저 불필요한 시대가 열린다는 예상이다. 대학이 사라진다는 관측이란, 다시 말하면 지금까지 대학이 미래역량을 기르는데 별다른 역할을 하지 못했다는 의미이기도 하다.

눈을 돌려 우리 대학의 교육현실을 보자. 여전히 100~200명의 학생이 한 강의실에서 수업을 듣는다. 교수는 현장과 동떨어진 지식을 가르친다. 주입식 강의를 듣는 동안 학생들의 창의력은 줄어들고 있는 것이다. 교육전문가들은 "19세기 교실에서 20세기 선생이 21세기 학생을 가르치고 있다."고 걱정을 한다.

우리 대학 교육도 붕괴 위기에 처했다는 우려의 목소리가 점점 커지고 있다. 10년이 다 돼가는 반값 등록금에 대입전형료 인하, 입학금 폐지 등 획일적인 규제 때문이라는 지적이다. 반면에 대학의 부패하고 부도덕한 교수들이 장기적인 비전도 책임도 없이 학생들을 가르치고 있기 때문이라는 자성도 있다. 일률적인 반값 등록금 정책은 대학들의 투자 여력을 떨어뜨려 교육환경을 급속히 악화시켜왔음을 부인하기 어렵다. 등록금 의존도가 60%가 넘는 상황에서 재정이 열악해진 대학들은 지출비용부터 줄일 수밖에 없었고, 그 피해는 고스란히 학생들에게 돌아가고 있는 것이다. 서울시립대가 등록금을 사립대의 4분의 1 수준으로 낮춘 뒤 부실한 대형 강의가 늘자 학생들이 저지에 나선 사례까지 있었다. '연구와 교육'이 이뤄지는 대학을 입시기관으로 보는 정책은 실패할 수밖에 없다. 대학은 꿈을 꾸고 기르는 곳이며, 그 꿈에 우리의 미래가 달려 있기 때문에 누구를 뽑느냐가 아니라 누구를 얼마나 성장시킬 수 있느냐가 중요하다. 또한 대학이 기업의 인력양성소로 이해되고 있는 것도 문제다. 중학교, 고등학교가 입시기관으로 변했다면, 대학은 취업준비기관으로 변질되었다. 대학은 진리를 추구하는 대신에 졸업생 취업률과 자교 출신 엘리트 통계를 앞세운다. 취업도 중요하지만, 전적으로 취업 준비기관이 될 필요도 없는 것이다. 대

학의 역할과 위치를 잃어버린다면 10년 뒤 살아남을 대학이 몇
개나 될지 우려스럽다.

대학은 우리의 미래

10년, 20년 후 어떤 기술이 중요할지 예측하기 어렵다고 해서
과거 방식으로 지식을 주입하는 것은 의미가 없다. 기술이 빠르
게 발전하면서 많은 직장인들이 업무능력에 한계를 느끼고 있
다. 4차산업혁명이 현실로 다가오면서 회사가 직장인에게 원하
는 것도 빠르게 변하고 있다. 이제는 누구나 모바일 기기로 자
신이 원하는 지식과 정보를 얻을 수 있다. 대학이 기존방식으로
체계화된 지식을 가르치는 강의는 더 이상 설 자리가 없어지는
것이다.

문제는 우리 대학이 빠르게 변화하는 미래 사회를 이끌 인재를
제대로 키우고 있는가 하는 점이다. 4차산업혁명 시대에 필요
한 인재는 스스로 학습하고 창의적이며 융합적인 생각을 가져
야 한다. 하지만 우리 대학의 주된 교육 방식은 아직도 대형 강
의실에서의 주입식 교육을 벗어나지 못하고 있다. 대학생들은
관심과 적성보다는 취업률에 따라 전공을 선택하도록 내몰려
대학생활을 학점관리와 취업준비로 보낼 수밖에 없는 처지다.
미래에 대한 꿈도 희망도, 패기도 용기도 없는 지식인들이 양산

되고 있는 것이다.그럼에도 우리가 대학을 포기할 수 없는 이유는 우리의 미래가 여기에 달려 있기 때문이다. 인류를 한 걸음 더 나아가게 할 학문을 육성하고, 사회를 향한 책임을 완수하는 대학 본연의 모습으로 돌아가야 한다. 창의성, 도전의식, 도덕성을 고루 갖춘 미래형 인재를 교육하기 위해 학부 교육을 혁신적으로 개선하고, 미래 사회에 필요한 학문 후속 세대를 양성해야 한다. 실패를 두려워하지 않고 행동하고 책임지는 지성인을 길러 낼 수 있을 것인가. 대한민국의 미래가 대학에 달려 있다.

06 _교권이 바로 서야 인성교육도

2010년 이후 교육현장의 여건을 무시한 채 '학생인권조례'를 도입하면서 학생에 대한 체벌이 금지됨으로써 교권침해 사례가 급격히 늘어나고 있다. 그 조례에 따라 '학생인권종합계획'이 시행되어 학생의 의사에 반해 두발과 복장을 규제할 수 없고, 휴대폰 수거를 할 수 없으며, 절도 사건이 발생해도 소지품 검사를 할 수 없다. '교권보호'와 '학생인권'은 대척점에 있는 개념이 아님에도 불구하고, 학생인권만이 지나치게 강조되고 있는 것이다. 이에 대해 한국교원단체총연합회(교총)과 일부 시민단체에서는 강하게 반발하고 있다. "학생인권 강조 이전에 학교폭력과 교권침해 대책수립이 먼저"라는 입장이다. 교총이 발표한 '학생인권종합계획에 대한 입장'에 따르면, ▲최근 학교폭력과 교권침해의 강도가 더 세져 대책 마련이 시급하고 ▲교육현장에서 학생인권만 강조해 학생지도에 어려움을 느낀다면서 "교사의 정당한 교육활동이 학생인권을 이유로 침해당해서는 안 된다"고 했다.

최근 들어 더욱 놀라운 것은 '교권침해 보험'에 가입하는 교사가 급증하고, 실제 피해를 입어 보험금을 받아간 선생님도 줄을 잇고 있다는 것이다. 더케이손해보험 관계자에 따르면, "교권이 실추되고 소송으로 경제적 부담을 지는 사례가 늘자, 일선 교육현장에서 '보험을 출시해달라'는 요구가 많았다."고 한다.

근본적인 원인은 입시경쟁의 과열과 사교육 팽창이다. 이런 상황이 심화되면 공교육과 사교육 사이에 본말이 전도된다. 공교육은 마치 수돗물인 듯이 그리고 사교육은 생수인 듯이 여겨진다면, 공교육이 부실해지고 교권은 실추된다. 교권이 바로 서야 학생인권도 보장되는 것이다. 교사의 가장 큰 무기인 자존심이 무너진다면 정상적인 인성교육도 불가능하다.

추락하는 교권

가장 흔한 교권침해 사례는 교사가 학생이나 학부모에게 '언어폭력'을 당하는 경우다. 인권조례 도입 이후 체벌이 금지되면서 학생 지도에 어려움을 호소하는 교사가 적지 않다. 교직생활 경험과 자격증을 갖춘 전문상담사가 「교권보호 길라잡이」를 기초로 돕는다. 교사들이 수업과 생활지도뿐 아니라 변화된 교육현장에 대응하는 법을 배워야 할 상황이다.

2019년 9월 국민의힘(당시 자유한국당) 김한표 의원이 발표한 '최근 5년간 교권침해 현황' 자료에 따르면, 최근 5년간(14년~18년) 학생 및 학부모로부터 상해·폭행, 폭언·욕설, 성희롱 등 교권침해를 당한 교사가 15,103건에 달한 것으로 나타났다.

연도별 교권침해 현황을 살펴보면 14년에 총 4,009건이 발생했고, 15년 3,458건, 16년 2,616건, 17년 2,566건, 18년 2,454건이 발생했다. 교권침해 건수는 줄어드는 양상이지만, 교육 현장에서는 여전히 지속적으로 침해가 발생했다. 특히 학생에 의한 교권침해 건수와 비율은 줄어(14년 3,946건(98.4%) → 18년 2,244건 (91.4%))드는 반면, 학부모 등에 의한 교권침해는 건수와 비율은 지속적으로 증가(14년 63건(1.6%) → 18년 210건(8.6%))했다.

유형별로는 교사에 대한 폭언 및 욕설이 전체 8,834건으로 58.5%를 차지하고. 수업 방해가 2,670건 17.7%로 뒤를 이었다. 이어 성희롱은 604건(4.0%), 상해 및 폭행은 539건(3.6%)을 기록했다. 특히 교사 성희롱은 해마다 증가(14년 80건→18년 164건)하는 것으로 나타났다.

한국교원단체 총연합회에 따르면, 학부모나 학생의 모욕·명예훼손, 상해·폭행·폭언, 교육활동 간섭 등 교권침해로 상담을 요청한 교사가 최근 10년 간 2배 이상 늘고 있다. 교사들의 교권이 추락하다 보니 보험업계에서 내놓은 교권침해 보험 가입이 급증하고, 명예퇴직을 신청하는 교사도 계속 늘어나고 있다. 2017년 3천 652건이던 명예퇴직 신청 건수가 2020년 6천 689명으로 대폭 증가하였다.

보험에 가입하는 교사들

한국교직원공제회의 자회사인 더케이손해보험은 2017년 3월 '교직원 안심보장보험'을 출시하고, 2008년 4월 교권침해를 보장하는 특약을 만들었다. 이 특약은 교권보호위원회에서 교육활동 침해 행위로 심의 처리가 되면 최대 200만원까지 보장받는 내용이다. 신설 당시인 2018년 8건에 불과했던 교권침해 특약 보험금 지급 건수가 2019년에 105건으로 1년 새 크게 증가하였다. 교육활동 중 폭행, 협박, 명예훼손, 성폭력범죄나 부당한 간섭을 당하면 위로금을 주는 보험이 등장했다니 참 씁쓸하다. 실제 피해를 입어 보험금을 받아간 선생님도 줄을 잇고 있다. 2018년 4월 출시한 '교권침해 피해 특약'은 1년여 만에 3,000명 넘는 가입자를 모았다. 크게 홍보하지 않았는데도 2018년에 1,512건이 팔렸고, 2019년에는 상반기에만 1,499건이 계약됐다고 한다. 자신을 보호할 최소한의 안전장치를 원하는 교사들이 그만큼 많다는 뜻이다. 보험회사에 접수된 보험금 청구서들을 보면 눈을 의심하게 되는 사례가 적지 않다고 한다. 중학교 교사 A씨는 제자에게 "쉬는 시간이 끝났으니 교실로 들어가라."고 타일렀다가 학생으로부터 가래침에 "씨×!"이라는 욕설 세례까지 받았다. 초등학교 교사 B씨는 학교폭력 가해자로 판명된 학생의 부모로부터 수차례 협박을 받고 고소까지 당해 정신적 충격으로 병가를 냈다. 카카오톡 단체 대화 방에서 학생에게 공개적으로 모욕을 당한 교사도 있다.

김영란법과 교육현장

신학기가 되고 학부모 총회나 상담 기간을 앞두면 학교에서는 학부모에게 경고성 '떼문자'를 보낸다고 한다. 이런 살풍경이 교사와 학생들에게 긍정적인 것인지 의문이 든다.

부정청탁금지법, 이른바 '김영란법'이 시행(2016년 9월 28일)된 지 1년이 지나 서울시교육청이 실시한 설문조사를 보면, 김영란법이 교육 현장에 매우 긍정적인 영향을 주고 있다고 평가한 학부모가 10명 중 9명이다. 특히 학부모와 교직원 80%가 '촌지 관행이 사라졌다고 느낀다.'고 답했다. 대체적으로 환영하는 분위기다.

한국교원단체총연합회는 김영란법 시행 한 달여 앞두고 전국 유·초·중·고 교원 및 대학 교수 1,554명을 대상으로 모바일 설문조사 실시했다. 법 내용에 대해 '어느 정도 알고 있나?' 란 질문에 응답자 1,805명(69.8%)이 '대체로 알고 있는 편이다.', 202명(13%)이 '매우 잘 알고 있다.' 고 답했으나, '잘 모르는 편이다.' 는 응답자도 236명(15.2%)이었다. 또한 김영란법과 관련된 교육부 또는 시·도교육청 소관 '연수를 받았거나 향후 연수 계획을 안내 받은 적이 있느냐?' 는 물음에는 1,402명(90.2%)이 '없다.' 고 답했다.

교육활동에 '가장 제약을 받을 대상은?' 이란 질문에 '교사-학부모 간' 933명(60%), '교원-학교와 업체 간' 237명(15.3%), '교사-관리자 간' 149명(9.6%) 순이었다. 자유의견으로 "학생이나 학부모가 만든 선물을 주면 어떻게 해야 하나?", "학생이 교사에게 주는 음료수도 성적과 관련돼 처벌 대상인가?" 등 세부 질문이 많았다. 가장 필요한 학교문화의 변화 내용으로는 '평소처럼 정직하게 생활'(28.6%), '금품 안주고 안 받기'(23.9%), '더치페이 정착'(12.5%), '가급적 불필요한 행사 참석 않기'(12.5%) 등을 꼽았다.

씁쓸한 스승의 날

매년 5월 15일이면 매스컴에서는 '교권침해', '씁쓸한 스승의 날' 등 마주하기 어려운 기사를 쏟아낸다. 스승을 공경하며 은혜를 되새기는 뜻으로 만든 국가기념일 '스승의 날'이기 때문이다. 하지만 스승의 날을 앞둔 교사들 표정은 그리 밝지 않다고 한다. 흔들리는 교권 탓에 언제부턴가 달력 속에만 남아있는 날이 됐다. 제자 없이 '교사끼리 격려하는 날'이란 냉소가 나올 정도다. 학생들은 더 이상 교사를 신뢰하지 않고 교사들은 학생들을 지도하기가 힘들다는 하소연은 이제 전혀 새롭지 않은 우리 사회의 한 풍조로 고착화되었다.

실천교육교사모임의 설문조사 결과에 따르면, 교원 10명 중 8명 이상이 '스승의 날'을 교육 가치를 살피는 '교육의 날'로 바꾸는데 찬성했다. 스승의 날에 대해서는 34.5%가 '오히려 자긍심이 떨어진다'고 답했고, '보람을 느낀다.'는 사람은 5.8%에 불과했다. 내가 초등학교에 다닐 때에는 제자들이 감사하는 마음으로 스승에게 카네이션을 가슴에 달아드리고 어떤 친구들은 작은 선물을 하기도 했다. 스승의 날 행사에서는 풍금 소리에 맞춰 '스승의 은혜'를 합창하고, 감사 편지를 쓰기도 했다. 세월이 흘러 이제 그것은 호랑이 담배 피우던 시절 얘기가 되었다. 우리 교육의 현주소를 보는 것 같아 씁쓸하기만 하다.

'스승의 그림자도 밟지 않는다.'는 속담이 있다. 하지만 요즘에는 '스승의 그림자는 밟지 않지만 스승은 밟는다.'는 자조적인 말이 생겼다고 한다. 일본의 사상가 우치다 다쓰루는 "교사들이 편의점 점원이 되고 있다."고 지적했다. 학교가 교육 상품과 서비스를 파는 점포로 전락하고, 교사는 점포의 시간제 점원이 되고 있는 것은 아닌지 걱정스러울 뿐이다.

모두가 행복한 학교

교권이 추락하면 결국 교원들의 사기저하로 이어진다. 교원 개인의 문제를 넘어 학교 교육과 학생지도에 냉소주의와 무관심 등 악영향을 미치게 된다. 결국 그 피해는 오롯이 아이들의 몫이 되는 것이다. 사랑과 배움으로 가득해야 할 교실이 폭력으로 얼룩지면 교사와 학생 모두가 불행해질 수밖에 없다. 학생들의 미래를 책임지고 있는 선생님들은 물론 학생들을 위해서라도 교권 확립이 시급하다.

선생님은 학생을 믿어주고 학생은 선생님들을 신뢰하는 따뜻한 교육현장이 그립다. 학생 한 명 한 명을 포기하지 않고 존중받는 교육도 중요하지만, 교육을 담당하는 선생님 한 분 한 분의 인격을 지키기 위한 노력 또한 중요하다.

학생 체벌을 당연시 여기던 인식도 바뀌어야 한다. 상담과 격려가 우선이고, 체벌이 필요한 경우 벌점제 등으로 지도하는 것이 옳다. 우리나라에는 스승을 부모님으로 여길 정도로 제자가 스승을 존경하고 스승과 제자가 함께 성장했던 아름다운 문화가 있다. 선생과 학생 모두가 행복한 학교를 만들어야 한다. 우리 모두가 지혜를 모아야 할 때다.

07 _ 시한폭탄인 학교폭력

'중이병(中二病)'은 1999년 일본 심야 라디오 프로그램에서 처음 등장한 말이다. 진행자인 이주인 히카루가 방송에서 "나는 아직 중이병에 걸려 있다"고 말하고 나서 유행하기 시작했다. 중학교 2학년생에게 나타나는 이 병은 특유의 감성과 상상력, 반항심과 허세, 과대망상을 보인다. 요즘 중학생들의 행동은 대학생도 겁낼 정도다. 한때 북한이 쳐들어오지 못하는 이유가 중학생들 때문이라는 우스갯소리가 유행하기도 했다. 스페인에 있는 고대 알타미라 동굴 벽화에도 '요즘 애들은 버릇이 없다'는 말이 기록돼 있다고 한다.

2021년 2월 초, 프로 배구 여자선수가 중학생 시절 학교폭력 행위로 논란의 중심에 섰다. 선수는 과거 학교 폭력을 인정하면서 피해자에게 사과하겠다고 했지만 여론은 차가웠다. 결국 배구

협회는 국가대표 자격을 박탈하며 부적격 행동에 대한 '일벌백계'를 약속했다. 학교 폭력은 남자 배구, 농구에 이어 연예계로 이어졌다. 오디션 프로그램인 TV조선의 '미스트롯2', JTBC의 '싱어게인'에 출연한 가수가 의혹에 휩싸이고 중도에 하차하기도 했다.

교육부는 2월 24일 문화체육관광부와 함께 '학교운동부 폭력 근절 및 스포츠 인권보호 체계 개선방안'을 발표했다. 학교 폭력 가해자가 더 이상 선수나 감독으로 성공하지 못하도록 하겠다는 것이다. 앞으로 선수 등록이나 대회 출전 시 학교생활기록부 또는 학교 폭력 기록에 대한 학교장 확인서 제출을 의무화하는 등의 방안을 마련했다.

과거에도 학교폭력 논란 때문에 오디션에서 중도 하차한 출연자가 여럿 있었다. 유명한 프로 선수나 오디션 프로그램 참가자에서 이런 일이 반복적으로 나타나는 이유는 프로 경기나 오디션이 이 시대의 가장 핫한 프로그램이기 때문이다. 가해자가 이렇게 많은 사람들의 주목을 받고 화려한 스포트라이트를 받을 때 피해자는 극심한 고통을 느끼기 때문이다. 과거엔 TV 출연자에게 부당함을 느껴도 마땅히 그 뜻을 전할 곳이 없었지만 지금은 각종 인터넷 게시판, SNS 등 다양한 채널이 열려있다. 그런 주장이 제기되면 수많은 인터넷 매체가 경쟁적으로 보도하고 포털이 메인 페이지에 기사를 노출한다. 이런 환경 때문에 가해자가 대중에게 주목 받는 것에 대한 분노가 바로 이슈화되는 것이다. 사회적으로 이슈가 되고 있는 학교 폭력, 왕따(집단 괴롭힘)는 스포츠계나 연예계는 물론 영화 주제로 다뤄지기도 한다. 친구로부터 시작된 악몽의 잔상들과 섬뜩하게 뒤엉킨 소름 끼치는 사건을 그린 스릴러 영화 〈최면〉이 2021년 3월 말에 개봉되었다. 영화 〈검객(2020)〉을 연출한 최재훈 감독, 배우 이다윗, 김남우, 손병호 등이 출연하여 관심을 모았다.

끊이지 않는 학교폭력

학교폭력예방법에 따르면, '학교폭력'이란 학교 내외에서 발생한 상해, 폭행, 감금, 협박, 약취 · 유인, 명예훼손 · 모욕, 공갈, 강요 · 강제적인 심부름 및 성폭력, 따돌림, 사이버 따돌림, 음란 · 폭력 정보 등 신체적, 정신적 피해를 유발하는 행위로 정의하고 있다.

국회 교육위원회 정경희(국민의힘) 의원이 2020년 10월 발표한 '학교폭력대책자치위원회 심의 및 피 · 가해 학생 조치 현황'에 따르면, 2015년에 2만 8,393명이던 학교폭력 가해학생 수는 2019년에는 4만 1,183명으로 45% 증가했다. 연도별 가해학생 수는 2016년에 3만 2,947명, 2017년에는 4만4,346명으로 폭증했다가, 2018년에 4만 999명으로 다소 줄었지만 2019년에 다시 4만1,183명으로 늘었다. 이 기간에 초중고 전체 학생 수가 609만 명에서 535만 명으로 10% 감소한 점을 감안하면 가해학생 증가세는 더욱 두드러진다. 학생 1,000명 당 가해학생 수가 2015년의 4.7명에서 2019년에는 7.7명으로 64%나 늘어났다.

박찬대(더불어민주당) 의원이 2021년에 발표한 '최근 3년간 시·도교육청 학교폭력 신고 및 조치사항'에 따르면, 2020년 3월부터 8월까지 발생한 전체 학교폭력 7,181건 중 사이버폭력은 1,220건으로 전체의 17%에 달하는 것으로 나타났다. 2020년 유형별 현황으로는 ▲신체폭력 2,536건(35.3%) ▲사이버폭력 1,220건(17%) ▲기타 1,198건(16.7%) ▲언어폭력 1,124건(15.7%) ▲금품갈취 554건(7.7%) ▲강요 384건(5.3%) ▲따돌림 165건(2.3%)으로 사이버폭력이 신체폭력 다음으로 많이 발생했다. 코로나19로 비대면 수업이 이루어지면서 2018학년도에 9.7%, 2019학년도에 8%에 비해 급증한 것으로, 사이버 학교폭력 예방교육이 시급한 것으로 나타났다.

학교폭력과 학교생활기록부

인성이란 각 개인이 가지는 사고와 태도 및 행동 특성이다. 이런 특성을 가지고 학교생활을 하면서 학업 외에 다양한 소양이 다져진다. 즉 개인적 특성이 누적되어 나타나는 것이다. 이는 대학에서 학생을 선발할 때에 중요한 평가 항목이 되며, 좋지 못한 학생은 선발에서 제외되기도 한다. 특히 교사나 의사등 사람의 인생과 인명을 다루는 분야에서는 아주 중요한 덕목이다.

학업 외 소양과 개인적 특성은 학생의 학업 능력 및 지적 성취를 하도록 하는 내면적 가치관이며 학업 태도를 결정짓는 근본이다. 그러므로 학생이 참여하는 수업과 동아리 활동, 봉사활동 등에서 남을 먼저 배려하고 공동체를 위해 무엇을 할 것인가를 고민해야 한다.

학교폭력에는 어른들이 모르는 아이들만의 비밀스러운 세계가 숨어 있다. 어린이와 청소년은 또래 집단과 관계를 맺고 그 관계 속에서 성장한다. 아이들은 이 시기를 거치며 자기와 다른 아이들을 무리에서 밀어내려고 하면서도 자신 역시 또래 집단에서 밀려나면 심리적 안정을 얻지 못한다.

1990년대부터 학교폭력이 사회적인 관심사로 등장하였고, 2004년에 학교폭력 예방 및 대책에 관한 법률이 제정되었다. 교육부는 2012년 3월부터 학교폭력 가해 학생의 학교생활기록부(학생부)에 처벌 사실을 기록하도록 했다. 그리고 이 기록을 초·중학생은 졸업 후 5년, 고등학생은 10년간 보존해 고입·

대입 전형에 반영할 수 있게 했다. 교육부의 강화된 종합대책은 입시에 목을 매는 현실에서 얼마간의 효과를 기대할 만하다.

늘어나는 불복 소송

학생부 종합전형 확대 등으로 상급학교 입시에서 학생부가 차지하는 비중이 커지면서 학교폭력 징계처분에 불복해 소송을 제기하는 사례가 최근 급증하고 있는 것으로 나타났다. 가벼운 처분에도 학부모들이 자식의 학생부 '주홍글씨'를 지우기 위해 소송을 벌이게 된 것이다. 교육청 장학사에 따르면, "학교폭력 가해 학생의 학부모들이 자녀들의 불이익을 줄이기 위해 법률적 구제 수단을 최대한 활용하는 추세다."라고 한다. 가벼운 징계도 학생부에 기재하도록 강제하면서 학부모들이 소송에 나서고 있다는 것이다.

김병욱(더불어민주당) 의원이 2016년 9월 발표한 자료에 따르면, 학교폭력 처분과 관련해 행정소송이 벌어진 건수는 2012년의 50건에서 2015년에는 109건으로 4년 새 2배 이상 급등한 것으로 집계됐다. 연도별로는 2012년에 50건, 2013년에 63건, 2014에 년 80건으로 늘어나고 있다.

학생이 학교장을 상대로 소송을 제기하고, 교사와 교장이 이를 방어해야 하는 상황이 빈번하게 벌어지고 있다. 국회, 시도교육청 등을 중심으로 가해 학생의 반성과 개선을 고려하지 않고 가벼운 징계도 학생부에 기재하도록 해 소송이 늘어나고 있다는 비판이 제기됐다. 또한 학교폭력의 획일적인 학생부 기재 제도를 시급히 바꿔야 한다는 목소리가 높아졌다.

2019년 교육부는 가벼운 학교폭력은 피해 학생과 학부모 동의가 있는 경우 '학폭위'를 거치지 않고 학교가 자체 해결할 수 있도록 하기로 했다. 가벼운 폭력으로 ▲2주 미만의 신체·정신적 피해 ▲재산상 피해가 없거나 복구된 경우 ▲지속적 사안이 아닌 경우 ▲보복행위가 아닌 경우 등 4가지다. 하지만 가해 학생에게 면죄부를 주는 것 아니냐는 비판도 여전하다.

기록과 처벌만이 능사가 아니다

최근 학교 폭력은 청소년의 탈선이란 수준을 넘어서고, 사이버 폭력 및 미투 폭력 등이 늘어나고 있다. 학교폭력, 왕따 문제는 교육경쟁에서 원인을 찾을 수 있다. 경쟁이 과도해짐에 따라 사교육은 더 심해지고 학업성적에 대한 민감성도 높아진다. 내적 동기가 취약한 초등학교나 중학교 학생들이 경쟁 압박에 시달리게 되면, 스트레스가 심해지고 공격성이 심해진다. 교육문제가 심리문제로 이어지는 것이다.

최근 들어 외형적으로는 어느 정도 약화된 면이 있다. 2011년에 대구에서 중학생 권모 군이 상습적 괴롭힘으로 자살한 후부터 사회적 시각이 엄격한 처벌이 필요하다는 쪽으로 전환된 덕분이다. 하지만 스트레스와 공격성이 만연한 교실 분위기를 낳은 원인이 사라지지 않는 한 공격성은 다른 형태의 출구를 찾아 나갈 가능성이 크다. 스트레스와 공격성이 만연한 분위기를 낳는 원인을 찾아 개선해야 한다.

"정작 반성해야 할 사람은 어른입니다" 2019년 5월 31일 광주 서구문화센터 '사랑방 아카데미'에서 '호통판사'로 유명한 천종호 부산지방법원 부장판사가 한 얘기다. 천 판사는 "법의 잣대가 엄정하게 적용하는 것에는 예외가 없지만, 사회적 약자에게 따뜻한 시선을 보일 때 세상이 좀 더 정의로워질 수 있다는 믿음을 갖고 있다."라고 말한다. 비행소년 대부분이 피해자에서 가해자로 바뀌는 경우가 많다고 한다. 학교폭력 행위는 잘못된 것이며, 비난 받아야 하고 그에 상당한 처벌도 필요하다. 하지만 가해자가 잘못을 인정하고 진정한 반성을 하도록 교육 차원의 해결도 중요하다. 어른들의 보살핌과 사랑이 중요하다.

08 _ 21세기는 평생학습 시대

우리나라 최초 평생교육기관인 '한국방송통신대학(방송대학, KNOU)'이 1972년 3월 국립 원격대학으로 설립되었다. 2022년 50주년이 되는 방송대학은 영국 오픈 유니버시티에 이어 세계에서 두 번째로 생긴 평생학습대학이다. 배우고자 하는 모든 국민들에게 대학 수준의 다양한 교육 프로그램을 제공하고 있다. 예전에는 연령대가 높은 중장년과 노년층이었지만, 요즘은 20대 중반의 젊은 학생까지 다양한 계층이 이용한다.

이후 직업기술 인력양성, 실업계 고등학교와 전문대 졸업자 등에 대한 계속적인 교육을 위해 1982년 경기개방대학(현 산업대학)을 시작으로 19개 개방대학이 운영되다가 현재는 2개 대학만 남아 있다. 2000년 이후에는 정보통신기술 · 멀티미디어 기술 및 관련 소프트웨어 등을 이용한 사이버대학이 설립되어 20여 개가 운영되고 있다.

또한 2001년부터 교육부와 지방자치단체가 추진하는 평생학습도시 조성 사업이 지역사회 단위의 평생학습문화 확산에 기여하고 있다. 원하는 수준의 교육을 받지 못한 지역민들이 다시 교육을 받을 수 있게 '평생배움터'를 마련해 주는 것이다. 2008년에는 국가평생교육진흥원이 설립되어 학점은행제, 독학사학위제, 평생교육바우처, 평생학습계좌 등 언제 어디서나 원하는 교육을 받을 수 있는 다양한 제도를 운영하고 있다.

인구학자인 서울대학교 조영태 교수는 저서 「정해진 미래 시장의 기회」에서 15년 이상 지속된 초저출산 현상이 앞으로 더욱 심화될 것으로 전망하고 있다. 대입 수험생이 30만 명대로 급감하기 때문에 "19세부터 중년층까지 대학생이 된다."고 주장한다. 50만 명이 정원인 대학은 수요자 중심으로 바뀌고, 입학 대상과 커리큘럼을 확장할 것이라고 전망한다. 더불어 대학 간 격차는 더욱 심해지고 도산 위기는 고조될 것이라고 한다.

우리는 학교교육이 교육의 한 부분에 지나지 않음에도 불구하고, 마치 교육의 전부인 것으로 인식해 왔다. 가정교육, 사회교육을 포괄하는 교육 전체를 의미하는 새로운 개념이 필요하다. 1999년 제정된 '평생교육법'에는 각급 학교의 평생교육 활동을

권장하고 있다. 학교의 정규 교육 과정 이외에 성인들을 위한
다양한 교육이 확대 되어야 한다.

20세기가 학교교육 시대였다면 21세기는 평생학습 시대가 될 것
이다. '평생 배우고 익히면 즐겁지 아니한가(學而時習之不亦說乎)'

최초 평생학습기관, 방송대학

학문과 과학기술은 물론, 문화 · 예술 분야를 포함한 모든 생활
영역에 끊임없는 변화가 일어나고 있다. 1972년에 설립된 방송
대학은 ▲고등교육의 기회 제공 ▲국민교육의 수준 향상 ▲사
회교육의 확대 ▲분야별 인재 양성 원격교육으로 평생교육의
일익을 담당하고 있다. 기존 교육체제의 혁신을 위해 1981년에
초급대학 과정을 학사과정으로 개편, 1983년에 지역학습관 개
관, 2013년에 프라임칼리지 신설, 디지털미디어센터 구축 등
꾸준히 변화해 왔다.

재학생 가운데 70% 이상이 직장인이다. 한 학기에 3일 정도 주
말이나 야간시간을 이용해 출석수업에 참석하고, 수업은 방송
대학TV, 쌍방향 원격영상강의, LOD(Learning On Demand) 시스
템, 인터넷 강의 등 다양한 첨단 교육 매체를 통하여 이루어진
다. 대학원은 국내 최초 국립 사이버 평생대학원으로, 인터넷을
이용한 원격 교육만 실시되고 있다.

서울, 경기, 인천 등 전국 13개 시·도에 지역대학을 두고 있다. 각 지역에 49개 캠퍼스는 강의실, 도서관, PC실, 학생회실, 스터디 룸, 행정실 등을 갖추고 있다. 서울 종로구 대학로 본부에는 방송대학TV(OUN), 교수연구실, 본부 행정실, 도서관 등의 시설이 있다. 방송대학 등록금은 한 학기에 30만 원대(프라임칼리지 제외)이고, 전체 학생의 3분의 1이 장학금을 받는다. 개교 이후 입학생은 253만여 명, 졸업생 수는 56만여 명이고, 재학생은 14만여 명으로, 국내 최대 규모의 대학이며 세계적으로도 10대 원격대학(2014년 기준)에 속한다.

'알아야 면장을 한다' –평생학습도시

어린 시절 주변에서 '알아야 면장을 하지' 라는 말을 종종 들었다. 그때는 시장이나 군수 아래 한 고을인 면사무소를 책임지는 면장(面長) 으로 알고 있었다. 한참이 지난 후에야 그 속담의 의미는 면장(面長)과는 아무런 관련이 없다는 것을 알고 웃음이 나왔다. 공자(孔子)와 그의 아들 백어와의 대화에서 유래한 것이라는 사실을 알게 된 것이다. 공자는 아들에게 주남과 소남을 모르는 것은 "마치 '담장을 정면으로 마주 하고 서서(面牆)' … 아무것도 보이는 것이 없고 한 걸음도 나아갈 수 없다."고 훈계하였다. 면장(面牆)이란 담벼락을 마주 대하고 선 것과 같이 앞을 보지 못하고 식견 좁다는 뜻이다. 식견이 있어야 면장 상태를 벗어날 수 있다는 의미인 것이다.

20세기까지만 해도 할아버지, 할머니가 학교 다닐 때 알게 된 구구단 하나로 손자와 손녀의 초등학교 저학년까지는 충분히 가르칠 수 있었다. 그러나 산업화시대를 거쳐 정보화시대로 들어서면서 급격한 변화가 일어났다. 지식의 유통 기한도 짧아지고 어제와 오늘이 다르다 할 정도로 눈부시게 발전하고 있다. 학교 다닐 때 배운 지식만으로 살아가기에는 너무나 달라진 시대에 살고 있는 것이다.

'평생학습'의 사전적 정의를 보면 "학교교육이나 기업교육 이외에 일반인이 참여할 수 있는 평생교육"으로 정의하고 있다. 교육부 '평생학습진흥종합계획'에 따르면, 평생학습도시사업은 지역민들 스스로 배우고 성장하는 도시를 만들어 가도록 소양 함양, 교육 혁신, 지역 현안에 대처하는 학습지원을 강조하고 있다. 2001년부터 지역 단위의 평생학습문화 확산을 위해 매년 '평생학습도시 조성사업'을 선정하여 지정해 오고 있다. 평생교육의 생활화와 지역화를 도모하는 학습도시사업은 지자체가 지역 내 평생교육기반을 조성하도록 지원하는 것으로 20년 동안 지역사회 단위의 평생학습문화 확산에 기여하고 있다. 2020년에 8개 지자체가 추가되어 총 175개의 지자체가 평생학습도시를 운영하고 있다.

캠퍼스 없는 대학

기술이 빠르게 발전하면서 많은 직장인들이 업무능력에 한계를 느낀다. 대학에서 배운 것만으로는 부족하다는 얘기다. 애덤 메드로스 '에드엑스(EdX)' 최고운영책임자는 "인생의 특정 시기에 배운 지식으로 평생 일할 수 있는 시절은 지났다."며 "디지털 평생교육은 이미 학생 만족도와 성과 면에서 전통 교육을 능가하고 있다."고 말한다.

인공지능(AI)이 아무리 발전해도 대체할 수 없는 비판적 사고력, 창의적 문제해결능력, 소통능력, 협업능력을 기르는 게 중요하다. 누구나 자신의 능력을 마음껏 펼칠 수 있도록 돕는 교육시스템이 필요하다. 4차 산업혁명 시대를 헤쳐 나가는 가장 중요한 키워드는 '다양성'이다. 교육을 통해 능력을 어떻게 키우고 무엇을 할 수 있을지 고민해야 할 때다.

현대사회는 지난 수십 년 전에 비해 엄청난 변화를 가져왔다. 그러나 교실에서는 지난 30년 전에 기구를 이용하여 전통적인 방식으로 가르치고 있으니, 멀티미디어기기와 인터넷의 발달로 학생들의 기대치가 높아져 만족하기 어렵다. 온라인과 오프라인 교육의 장단점을 상호 보완하는 방식으로 새로운 교육모델을 개발해야 한다.

벤처기업가 출신인 벤 넬슨이 "기존 대학 모델을 바꾸겠다."며 2014년에 '미네르바스쿨'을 설립했다. 정해진 캠퍼스 없이 학기마다 전 세계 주요 도시를 돌아다니며 수업을 듣는 미네르바스쿨은 경쟁률도 높지만, 지원자들 수준이 아이비리그 대학만큼 우수하다고 한다. 미네르바스쿨 재학생들은 4개월마다 샌프란시스코를 거점으로 베를린, 런던, 부에노스아이레스, 서울 등 전 세계 주요도시를 옮겨 다니며 공부한다. 2020년에 첫 졸업생을 배출한 미네르바스쿨은 세계에서 가장 주목받는 대학이 됐다. 온라인 수업으로 다양한 지식을 쌓고 방문 국가의 대학·기업에서 인턴십과 팀 프로젝트를 진행하며 문제 해결력을 키운다. 김창경 한양대 교수는 "정해진 교실에서, 정해진 교수가, 정해진 진도를 나가는 기존 대학 교육은 한계에 봉착했다."며 "미네르바스쿨은 학생들을 모아놓고 스스로 문제를 해결할 수 있는 능력을 갖추도록 하겠다는 것"이라고 평가했다. 온라인 플랫폼을 통해 최신 기술을 비롯해 다양한 분야의 강의를 무료로 제공하는 무크(MOOC-Massive Open Online Course)는 기업들이 선호하는 인재 확보 통로가 되고 있다. 딥러닝 분야의 석학인 앤드류 응 스탠퍼드대 교수가 설립한 코세라와 세바스천 스런 '구글X' 초대 소장이 설립한 유다시티가 대표적인 MOOC로 꼽힌다. 2012년 설립된 코세라는 29개국 161개 대학·기관과 파트너십을 맺고 2,600개 안팎의 온라인 강의 코스를 제공한다. AI와 딥러닝, 자율주행차 등에 특화된 강의를 제공하는 유다시티(2011년)는 '실리콘밸리의 대학'으로 자리매김했다. 이민화 창조경제연구회 이사장은 "4차 산업혁명을 주도할 미래 인재를 팀 프로젝트 기반의 컨텍스트 교육과 무크 기반의 콘텐츠 교육의 융합을 통해 양성해야 한다."면서 "국내 대학들도 사회와 기업이 필요로 하는 인재를 양성하기 위해 기존 학제와 커리큘럼 혁신에 적극 나서야 한다."고 강조했다.

〈평생배움터(안)〉

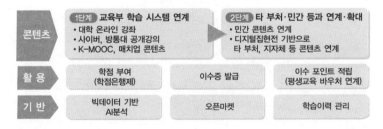

과학기술중심사회는
과학기술이 사회발전 견인차
역할을 하여야 한다.

Part
02

[과학기술]
세상을 바꾸는
공기와 같은 것

01 _ 과학기술중심사회가 되려면

'과학기술은 국가지도자의 관심을 먹고 자란
다.'는 경구가 있다. 또 '대통령을 보면 과학의 미래가 보인다.'
고 말한다. 현대사회에서 가장 중요한 국가적 사업으로 떠오른
과학기술 발전은 대통령의 과학기술 리더십에 좌우된다는 뜻이
다. 특히 선진국에 비해 산업 기반이 취약한 신생국이나 후발
국가의 과학기술 발전에는 국가지도자의 비전과 적절한 지원이
더욱 절실하기 때문이다. 2010년 한국정당학회(한국갤럽) 조사에
따르면, 우리나라 경제발전에 기여한 대통령으로 박정희, 김대
중, 노무현, 이승만, 전두환 대통령 순으로 나왔다.
실제 우리는 지난 60여 년 동안의 국가 발전을 통해 대통령의
적극적인 리더십 없이는 과학기술의 발전을 기대하기 어렵다는
것을 체험해 왔다.

박정희 대통령은 과학기술연구소(KIST, 66년)와 과학기술처(67년), 대덕연구단지(73년) 설립 등 굵직한 과학기술 업적을 남겼다. 김대중 대통령은 과학기술처를 과학기술부로 승격(98년)시키고 국가과학기술위원회를 설치했다. 또한 과학기술연구회 제도를 도입하고, 과학기술기본법을 제정했다. 노무현 대통령은 '과학기술중심사회'를 국정과제로 정하고, 과학기술보좌관을 신설하고 과학기술부총리 체제(2004년)를 만드는 등 전폭적 지지를 보냈다.

이후 이명박 정부는 교육인적자원부와 과학기술부를 통합해 교육과학기술부(2008년)를 만들었다. 과학기술정책은 교육 이슈에 밀려 존재감이 없는 처지가 되었다. 박근혜 정부에서는 '창조경제'를 슬로건으로 과학기술에 정보통신기술(ICT) 분야를 끌어다 슈퍼 부처인 미래창조과학부(2013년)를 탄생시켰다. 문재인 정부는 부처 명칭을 과학기술정보통신부(2017년)로 바꾸고 과학기술 종합조정을 강화하기 위해 '과학기술혁신본부'를 부활시켰다.

대부분의 대통령이 과학기술의 중요성과 과학자, 기술자에 대한 우대정책을 주장했지만, 실제에 있어서는 정치적 논리에 의해 늘 우선순위가 뒤로 밀리고 이전에 발표한 공약이나 약속도 물거품이 되는 것이 다반사였다.

과학기술중심사회는 과학기술이 사회발전의 핵심 역할을 하는 사회라고 할 수 있다.

나는 1991년 이후 25년 간 과학기술 분야에서 과학기술정책, 연구개발 관리, R&D예산 편성, 인사·감사 등 다양한 업무를 경험하였다. 그동안 무려 다섯 번에 걸쳐 떼었다 붙였다 하는 조직개편. 과학기술 정책 등을 보면서 허탈함과 아쉬움이 많았다. 조직개편이나 과학기술 정책은 10년 이상, 30년 내지 50년을 바라보는 장기적 안목에서 추진되어야 한다.

과학대통령, 박정희

1962년 1월 경제기획원은 박정희 대통령에게 제1차 경제개발 5개년계획에 대해 보고하였고, 박 대통령은 현재의 기술수준과 기술자로 목표 달성이 가능한지에 대한 '뜻밖의 질문' 을 제기했다. 산업화를 통한 경제발전을 이루기 위한 과학기술의 밑받침이 당시로는 불가능하다는 점을 박 대통령은 잘 알고 있었던 것이다. 이처럼 준비사항을 지적하는 박 대통령의 뜻밖의 질문과 관심은 대한민국 과학기술 근대화의 초석이 되었으며, 1962년 5월에 '제1차 과학기술진흥 5개년계획' 이 수립됐다.

이를 계기로 1962년 6월 경제기획원이 개편되면서 우리나라 과학기술진흥 행정을 전담하는 기술관리국이 창설되었다. 기술관

리국은 1967년부터 시작되는 2차 과학기술진흥 5개년계획 수
립을 총괄하였다. 1966년 한국과학기술연구원(KIST) 설립을 계
기로 연구개발이 활발하게 일기 시작했다. 한 해 뒤인 1967년 4
월 21일에는 과학기술정책 진흥 전문 부처로 과학기술처가 만
들어졌다. 경제성장이 과학기술에서 출발한다는 확고부동한 신
념을 갖고 있던 박 대통령은 KIST를 수시로 방문해 연구자들을
격려하는 등 과학기술에 남다른 애정을 과시했다.

주요 사업으로 ▲과학기술진흥법 제정 ▲한국과학기술원
(KAIST) 설립 ▲해외과학자 유치 ▲대덕연구단지 조성(1973~
1992년) ▲한국과학기술회관 건립 ▲국방과학연구소(ADD) 설
립 ▲원자력청 발족 ▲천체과학관 준공 ▲장거리자동공중전화
개통 등이다.

과학기술계는 경제정책이 우선인 개발도상국가에서 과학기술
이 자랄 수 있는 환경을 마련하고, 강력한 후견인 역할을 한 박
정희 대통령의 과학 리더십을 높이 평가하고 있다.

'과학입국'의 다짐, 김대중 대통령

김대중 대통령은 선거 기간 중 줄곧 우리나라의 '과학입국(科學
立國)'을 공약으로 내세웠다. 21세기의 지식혁명, 정보혁명 시대
를 맞아 지식의 핵심은 바로 과학기술이라고 주장하고, 지식정

보화 시대에는 과학기술 발전이 곧 국가경쟁력의 원천이라고 강조했다.

그러나 1997년에 외환위기를 맞아 국제통화기금 관리체제로 들어가면서 우리나라 과학기술계는 큰 타격을 받게 되었다. 정부조직 개편 과정에서 과학기술부는 다른 부처와 통합할 수밖에 없다는 소문이 파다하게 번져 나갔다. 이후 '과학기술 정책 기능을 국가 차원에서 체계화하는 방안을 모색' 하는 것으로 방향이 잡히면서 과학기술부로 승격은 되었으나, 정부 방침에 따른 20% 이상의 인력 감축이 이루어졌다.

1998년 4월 연구개발의 효율성 문제를 바로잡기 위한 정부출연 연구기관 구조조정 작업이 강도 높게 진행되었다. 정부의 구조조정 방침에 따라 행정·연구부서 인력과 조직을 20% 이상 줄이는 대폭적인 수술을 단행했다. 1998년 한 해 동안 16개 출연연구소에서 약 1천명이 퇴출 되었으며, 이 중에는 많은 연구 인력이 해외로 떠났다. 연구기관에 종사하는 과학기술인들은 1980년 전두환 정부 이래 정권이 바뀔 때마다 연구기관을 흔들어 댄다는 위기의식에 기회만 있으면 떠나려는 사람들이 늘어났다.

지식기반 사회를 효과적으로 추진하기 위한 장기 비전 및 전략, 과학기술 정책 목표를 설정하고 종합적인 개혁에 착수했다.

1998년 2월, 과학기술인들의 숙원이던 과학기술처를 부로 승격시켰다. 한편 과학기술계 연구기관을 국무총리실로 이관하여 기초기술연구회, 공공기술연구회, 산업기술연구회 등 3개 연구회 체제로 개편하고 강력한 경영혁신을 단행했다.

김대중 정부의 과학기술 주요 사업은 ▲국가과학기술위원회 발족 ▲과학기술 조정 기능 강화 ▲연구기관의 연합이사회 도입 ▲과학기술기본법 제정 ▲과학기술기본계획 수립 ▲21세기 프론티어연구개발사업 착수 ▲벤처기업 육성 ▲BK 21사업 등이다.

과학기술중심사회 구축, 노무현 대통령

참여정부의 출범과 함께 노무현 대통령은 '제2의 과학기술입국'을 선언하였다. '과학기술중심사회'를 12대 국정과제의 하나로 채택하고, 과학기술부를 부총리 부처로 승격(2004년 10월)시키고 과학기술혁신본부를 신설하는 새로운 행정체제를 구축하였다. 과학기술부가 국가 과학기술혁신 정책을 종합기획하고 조정·평가하는데 중심적인 역할을 수행할 효율적 체제를 만들었다. 또한 국가과학기술자문회의에 정보과학기술보좌관을 단장으로 한 '과학기술중심사회추진기획단'을 설치하여 로드맵을 작성하였다.

이를 달성하기 위해 혁신주도형 성장을 견인할 국가기술혁신 체계(NIS)를 구축하여, 5대혁신(주체·요소·성과·기반·시스템) 분야, 30개 중점추진과제를 확정(2004년 12월)하였다. 확정된 중점 추진과제는 관계부처, 국가균형발전위원회, 국정과제위 원회의 협력 하에 과학기술중심사회기획단에서 지속적으로 점검하였다.

국가 과학기술정책과 연구개발사업의 심의·조정을 강화하기 위한 주요 사업으로 ▲과학기술관계장관회의 설치·운영 ▲과 학기술 예측조사 ▲미래국가유망기술 선정 ▲국채발행을 통한 과학기술 투자재원 확충 ▲차세대 성장동력사업의 체계적 추 진 ▲대형국가연구개발 실용화사업 추진 ▲연구개발성과평가 법 제정 ▲이공계전공자 채용 목표제 도입 등이다.

미래를 준비하는 과학기술

과학기술중심사회는 과학기술이 사회발전 견인차 역할을 하여 야 한다. 우리사회가 요구하는 과학기술 역할은 과거보다 다양 하고 광범위하다. 기술 발전의 속도가 빨라져 선제적 대응을 하지 않으면 살아남기 어려워지고 있다. 과학기술 발전은 그 사회가 얼마나 잘 수용하느냐에 따라 좌우된다. 전화기가 발명 되고 미국 인구의 25%가 전화기를 사용하기까지 40년이 걸렸지만, 인터넷과 스마트폰은 25%가 사용하는 데 10년도 걸리지 않았다.

우리나라 과학기술은 지난 반세기 동안 경제·사회 발전 단계별로 새로운 시대를 준비하는데 선도적 역할을 해왔다. 정부주도의 강력한 기술드라이브 정책은 자동차·조선·반도체와 같은 주력산업의 원동력이 되었다. 국민소득 3만불시대 진입과 함께 5세대(5G) 이동통신 상용화 국가로 도약하는데도 일익을 담당했다.

이제 국민의 삶의 질 향상, 각종 사회문제 해결을 위해서도 과학기술이 답을 찾아 줄 것을 요구받고 있다. 그야말로 과학기술이 모든 분야 발전의 중심이 되는 명실상부한 과학기술중심사회에 살고 있는 것이다. 경제 발전은 물론 교육, 문화, 의료·복지, 에너지·기후변화, 예술·체육, 국가안보 등 모든 분야의 핵심에 과학기술이 있다.

세계가 주목하는 대한민국의 오늘이 있기까지 '사람'과 '과학기술'이 중추적 역할을 했듯이 미래 역시 과학기술에 달려 있다. 연구 현장을 지켜야 할 과학자들의 사기가 땅에 떨어져서는 우리의 미래를 보장받을 수 없을 것이다. 따라서 국가 지도자의 책임은 더욱 막중할 수밖에 없으며, 대통령의 뛰어난 다원적인 과학기술 리더십이 요청된다.

02 _ 국가 R&D 100조 시대, 긴 호흡이 필요

우리나라 국가 R&D가 100조원 시대 진입을 목전에 두고 있다. 과학기술정보통신부에 따르면, 우리나라 국가R&D는 2020년 기준 93조원으로 경제협력개발기구(OECD) 회원국 중 5위, 국내총생산(GDP) 대비 비중은 4.81%로 세계 2위 수준이다. 그동안 우리나라 R&D 투자 규모는 눈부시게 증가해 왔다. 1985년에 1조 1,500억 원으로 처음으로 1조원을 넘어섰고, 1989년 2조 7,000억원에서 2020년에 93조 717억원(789억 달러)으로 30년 만에 34배 이상 급증했다. R&D 투자 규모가 감소한 것은 외환위기 때인 1998년이 유일하다.

그러나 세계적 수준의 R&D 투자에도 불구하고 아직 코로나19 백신을 개발하지 못하는 국가에 머물러 있다. 전문가들은 그동안 원천기술과 핵심기술을 확보하는 대학 중심의 '기초연구' 보다는 당장 돈이 되는 기업 중심의 '응용·개발연구'에만 너무 치중해 온 구조적 문제가 있다고 지적한다. 매년 국정감사에서도 연구개발 투자 규모는 큰데 성과가 없다고 질타하는 목소리가 높다. 심지어 연구개발 투자 규모를 줄여야 한다고 주장하는 의원들도 있다. 돌이켜 보면 이런 지적이 한 두 번이 아니다.

과거에는 과기부, 산업부, 복지부 등 부처별 역할이 구분되었고, 관계된 소수 연구자에 의한 하향식 연구개발 정책이 효율적이었다. 하지만 창의적 사고와 협력이 중요한 융복합시대에도 부처별 역할 구분을 적용하다 보니 문제가 발생하고 있다. 하향식 연구개발정책은 대다수 연구자의 수요를 반영하지 못하고 단기간의 성과만을 고려할 가능성이 크다.

국가 R&D 100조 원 시대를 앞두고 새로운 패러다임을 구축해야 한다. 질적 성장의 모멘텀을 찾고 4차 산업혁명 시대의 혁신성장을 견인하기 위해 국가 R&D 시스템 전반을 고도화해야 한다. 나아가 경제성 위주의 연구개발에서 벗어나 신종 전염병, 미세먼지, 치매, 안전 등 국민이 일상에서 느낄 수 있는 '국민생활(사회문제)' 관련 기술개발에 집중해야 한다. 이와 관련한 과학기술 법제 및 연구개발 윤리규범도 제대로 마련해야 한다.

돈 되는 응용 · 개발 연구에 치중

전체 R&D 투자에서 정부가 20~30%를, 민간 부문이 70~80%를 차지하고 있다. 연구개발비 대부분이 민간에서 나오고 증가 속도도 민간이 더 빠르다. R&D는 크게 기초연구, 응용연구, 개발연구로 나뉜다. 민간 투자 대부분이 바로 수익이 날 수 있는 '개발연구'에 투자되다 보니, 백신 개발 등에 중요한 기초과학 등 '기초연구' 부문이 약하다.

기초연구는 연구개발 결과의 응용을 목표로 하지 않는 10년 안팎의 이론 · 실험적 연구이기 때문에 성공률도 상당히 낮다. 응용연구와 개발연구 단계로 갈수록 연구 기간이 줄어들면서 성공률도 높아진다. 2019년 기준 기초연구는 13조 623억 원으로 전체의 14.7%에 그쳤다. 응용연구는 20조 401억원(22.5%), 개발연구는 55조 5,446억원(62.8%)으로 비중이 높았다. 이는 민간 기업들의 투자가 바이오시밀러 등 빠른 성과를 낼 수 있는 부문에 집중되고, 기초연구 분야의 투자가 상대적으로 낮기 때문이다.

또한 대학의 기초연구가 매우 취약하다. 2019년 기준 우리나라 대학 연구개발비 총액은 7조 3,716억 원으로 총 연구개발비의 8.3%에 불과했다. 2015년에 9.1%였던 비중이 오히려 후퇴한 것이다. 2018년 OECD 평균(17.1%)의 절반에도 미치지 못한 규모다. 대학의 기초연구는 기초과학을 발전시키고 연구 다양성과 창의적 연구자를 양성한다는 점에서 중요하다.

정권에 따라 바뀌는 연구주제

'미래를 위한 씨 뿌리기' 작업에 비견될 만큼, 역대 정부는 R&D의 중요성과 그에 따른 비용부담을 기꺼이 감수해 왔다. 2019년 정부 R&D 예산은 처음으로 20조원을 넘었다. 전체 예산 469조원의 20분의 1에 가까운 결코 작지 않은 규모다. 정부는 R&D 예산 20조원 돌파에 한껏 의미를 부여하고 있다. 문재인 대통령은 2019년 신년기자회견에서 "정부 R&D 예산은 역대 최고로 많다. 혁신으로 기존 산업을 부흥시키고 성장 동력이 될 신산업을 육성하겠다."고 강조했다.

그러나 과학기술 현장에서는 외형만 커진 R&D 예산의 내실 부족을 지적하는 목소리가 여전히 끊이지 않는다. 정부 R&D 정책은 10~20년을 내다보는 중장기 플랜 없이 정권에 따라 연구주제 키워드가 바뀐다고 한다(녹색 → 창조 → 4차산업). ▲5년마다 R&D 정책이 바뀌고 ▲3~4년짜리 단기 과제가 많고 ▲연구보다 과제 수주에 급급한 연구시스템에선 달라질 게 없다는 뜻이다. 출연연구기관의 연구원은 "과제 제안서를 쓸 때 별 연관성이 없어도 녹색(이명박 정부), 창조(박근혜 정부), AI(문재인 정부) 등 키워드를 엮으면 채택 가능성이 높았다. 이렇게 5년마다 R&D

정책이 바뀌는데 꾸준한 연구가 가능하겠냐?"고 반문했다. 실제 참여정부에선 지능형 로봇 등에 대한 R&D가 크게 늘어난 반면, 이명박 정부 땐 신재생에너지 등 녹색산업에 투자가 집중됐다.

글로벌 스탠더드 마련을

국가연구개발과제 관련하여 과학기술기본법 등 다수의 법률이 있다. 동일한 사안에 대해 담당 부처와 적용 법률에 따라 차이가 있는데, 어떤 법률을 우선 적용할지 판단하기 어려운 경우도 있다. 2021년 1월 시행된 「국가연구개발혁신법」이 다른 법률에 우선하여 적용한다는 규정을 두었지만, 여전히 과학기술 혁신에는 미흡하다는 지적이 있다.

우리나라 주력산업의 혁신과 경쟁을 저해하는 규제를 과감히 개선해야 한다. 과학기술혁신 아젠더를 발굴하고 전략 방향을 모색해야 한다. 전환 과정에서 발생하는 기득권 충돌과 보호에 대한 포괄적 논의, 실패와 재도전을 장려하는 혁신시스템 구축이 필요하다.

과학기술 관련 법령에 대한 신규 입법 수요를 반영하고, 법제에 대한 시스템화가 필요하다. 경제정책 수단으로 활용된 과학기술 관련 조항 논의와 과학기술기본법 체계를 개편해야 한다. 국가연구개발혁신 관련 법제의 정비, 빅데이터 활용을 위한 대형 연구개발시설장비 관련 법령의 제정 등도 중요하다.

황우석 사건 이후 연구윤리에 관심을 두기 시작한 15년 전부터 국가적 관리 체계에 대한 논의는 있었지만, 주로 연구비 부정사용이나 표절 등 비교적 단순한 쟁점에 국한되어 왔다. 연구개발 투자와 기술 창업이 활발해지고 있지만, 각 분야에서의 연구윤리는 아직 제대로 제도화되지 못한 실정이다. 연구와 창업에서 다양한 이해관계, 특히 이해충돌 관리 같은 여러 복잡한 상황에 대한 제도나 규정은 거의 논의되지 않은 것이다.

특히 인간을 대상으로 한 연구는 국민 건강에 직결되고 개인정보를 포함한 보호가 각별히 요구되는 활동이므로, 모범된 행동 양식에 따르는 것이 중요하다. 연구자인 동시에 스타트업 사장이거나, 정부 연구과제를 수행하는 연구실에서 연구자가 창업하거나, 정부위원회에 위촉되어 동료와 소속기관의 이익을 위한 발언 등은 현장에서 일어나는 이해충돌 사례들이다. 정부와 연구자, 전문가들이 모여 글로벌 스탠더드 윤리규범을 만들어야 한다.

연구자와 사회 중심의 R&D

R&D 혁신은 새로운 화두가 아니다. 1970년대부터 지속된 모방

형 R&D 시스템이 자율과 창의, 도전과 융합 등이 중시되는 현재의 혁신 환경에서 한계를 드러냈다는 문제의식은 계속 있어왔다. 이를 해결하기 위한 시도가 있었지만, 현장의 근본적 혁신을 끌어내기에는 충분하지 않았다. 정부 R&D 투자를 아무리 늘려도 생산성이 뒷받침되지 않으면 공염불에 그칠 수 있다. 세계적 수준의 과학기술 연구팀을 꾸려, 이들에게 믿고 돈을 주는 사람중심 R&D로 가야 한다. 주체·분야 간 융합과 협력 활성화를 통해 혁신이 활발히 일어나는 과학기술생태계를 조성해야 한다. 또한 사회문제 해결 중심의 과감한 R&D 모델을 확산해야 한다.

지속적인 연구생태계 혁신 및 연구역량 강화도 중요하다. 2020년 6월, 국가과학기술자문회의 심의를 통해 마련한 '현장규제 개선방안'에 따르면, 신뢰기반 연구제도 원칙하에 학생 인건비 지급 기준, 논문 게재료 집행 유연화, 종이영수증 폐지 확대 등 21개 과제를 시행하였다. 2021년 1월부터 시행된 '국가연구개발혁신법'은 상향식 과제기획, 통합정보시스템, 성실실패 제도화 등 범부처 공통의 연구개발 관리규정을 포함하고 있다.

연구자의 자율성과 책임성을 동시에 강화하기엔, 미시적 제도 개선으론 부족하다. 대전에 있는 모 연구원은 "해외에서는 장기간 대규모 예산 총액을 편성해 연구자 스스로 개별 과제와 예산을 결정하는 '블록 펀딩'이 일반화돼 있다. 자율성을 주는 대신 성과를 내지 못하면 연구자가 책임을 지는 역동적 시스템이 정착돼야 한다.''고 주장한다. 서울의 모 교수도 "기초·응용 분야 R&D를 이원화해 자율과 창의성이 요구되는 기초과학 분야에는 정부 성과평가에서 자유로운 '그랜트(자유공모형)' 방식을 확대해야 한다.''고 조언하고 있다.

중요한 것은 현장의 생생한 목소리에 귀 기울여 국가 R&D 혁신의 큰 틀과 방향을 정립하는 것이다. R&D 혁신이 계획에만 그치지 않고, 현장에서 손에 잡히는 변화를 만들어 내도록 빠르게 실행해야 한다. 그리고 문제점은 지속적으로 보완해 나가야 할 것이다.

03 _ 모방에서 혁신으로

연구개발은 인간의 지적 호기심에 기초한 새로운 지식을 탐구하는 활동에서부터 경제, 사회, 문화 등 모든 영역에 대한 창조활동이라고 할 수 있다. 인류문명은 항상 그 시기의 '지배기술(dominant technology)'에 의해 창출·유지되었으며, 기존의 지배기술이 새로운 지배기술로 대체되면서 기존기술에 바탕을 둔 문명은 소멸되었다. 미래사회에 대한 전략을 구상하고 설계하는 데 있어서 연구개발은 가장 기본적이고 핵심적인 분야다. 연구개발은 인류가 존재하는 한 무한정 계속될 것으로 보인다. 2015년, 과학기술자를 대상으로 한 '한국 과학기술 진단' 설문조사 결과, 우리 과학기술은 세계 과학과 비교하면 중상위권(76.1%)으로 분석됐다. 역사는 짧지만 과학자들은 우리 과학기술 수준을 중상위권으로 평가하고 있는 것으로 해석

된다. 다만 아직도 갈 길이 먼만큼 정부는 물론 민간기업이 힘을 합쳐 더 많은 투자를 해야 한다고 주장했으며, 과학기술이 세계 최상위권에 도달하지 못한 이유로 정부의 연구개발(R&D) 투자계획과 집행의 비효율성을 지적했다. 이어 선진국에 비해 작은 투자 규모, 정부 주도의 실적 위주 투자, 연구 인프라 부족, 융합과학에 대한 투자 미흡, 과학계 근성 부족 등을 꼽았다. 세계 최정상으로 도약하기 위해 가장 시급한 개선책으로는 '정부의 과학정책이 단기성과 위주로 추진되는 것을 타파해야 한다.'는 대답이 절반을 넘었다. 국가예산 투입이라는 명분 아래 지나치게 간섭하고 보여주기 식 단기성과를 올리려는 조급함을 버려야 한다는 지적이다. 장기적 안목으로 과학기술 수준을 끌어올리려 하기보다 눈에 보이는 단기성과를 도출하려고 해 오히려 지속적인 발전에 저해요인이 된다는 것이다. 다른 응답으로는 부처 이기주의 타파와 연구비 배분의 불공정 해소, 기초과학 분야에 대한 지속적인 투자, 원천기술 개발을 위한 장기 프로젝트 추진, 과학기술 혁신에 대한 대통령의 의지 등으로 나타났다.

그동안에는 특정기술을 개발해 선진국을 빠르게 따라잡는 방식에 주력했다. 이제는 '사람과 사회'를 중심에 두고 중·장기적으로 국가 전반의 혁신역량을 축적해야 한다. 선진국을 모방하

는 '추격형(catch-up) 전략'에서 경로를 새롭게 창출하는 '탈추
격형(post catch-up) 전략'이 필요하다. 고위험·혁신형 도전적
연구 지원을 확대하고, 산·학·연·지역 등 혁신 주체의 역량
을 높여야 한다.

그간의 국가기술혁신체제

1960년대 초반 경제발전의 노력이 시작된 이후 빠르게 기술혁
신능력을 축적해 왔다. 특히 1980년대 이후에는 우리 기업들이
첨단 과학기술 분야에서 기술혁신 능력을 지속적으로 축적한
결과, CDMA·반도체·자동차·철강 등 세계 1등 제품을 생
산, 세계시장에 판매하고 있다. 우리나라는 국가 차원에서나 산
업 차원, 기업 차원에서 효과적인 기술경영을 해 온 것으로 평
가할 수 있다.

국가 과학기술정책에서 1960년대의 과학기술 하부구조 구축,
1970년대의 기술 분야 및 산업별 정부출연 연구기관 설립,
1980년대의 국가연구개발사업을 통한 핵심기술 개발 지원,
1990년대의 대학 연구개발 능력 강화 및 지역혁신체제 구축,
2000년 이후 과학기술기본법 제정 및 과학기술정책 종합조정
기능 강화 등 다양한 정책과 제도를 추진하였다.

1960년대에 우리나라는 이렇다 할 국가혁신체제를 가지고 있

지 못했으나, 1970년대에 정부출연 연구기관을 중심으로 한 공공연구부문이 국가혁신체제의 핵심 축으로 성장하였다. 1980년대에 들어서면서 민간기업들이 부설 연구소를 설립하고, 기술혁신 능력을 크게 신장하여 국가혁신체제에서 중요한 역할을 수행하게 되었다. 1990년대는 그동안 교육기능에 편중되어 왔던 이공계 대학의 연구능력이 신장됨에 따라 1990년대 중반 이후 선진국과 경쟁할 수 있는 산·학·연 협력의 국가혁신체제를 구축·운영할 수 있게 되었다.

기존의 정부 R&D사업 추진

정부 R&D사업은 제한된 R&D 자원을 활용하여 민간의 연구개발 노력을 보완 및 유도하고, 시장 실패가 나타날 수 있는 기반 및 공공분야의 기술을 개발하기 위한 목적으로 정부가 연구개발 자금을 직접 조성·지원하는 과학기술 및 산업기술 개발사업을 의미한다.

이러한 정부 R&D사업은 시대적 흐름에 따라 추진전략 및 성격 등이 변화하는 과정을 거치면서 성장하고 있다. 전략 면에서는 1960~1970년대에는 선진기술을 모방하여 개량하는 단계에서 2000년대에 이르러서는 창조형 과학기술체제를 구축하는 단계로 발전하였다. 성격 면에서는 1960~1970년대의 산업현장 애로기술을 지원하는 단계에서 2000년대에는 기초 · 원천기술을 개발하는 단계로 발전하였다. 연구수행 면에서도 1980년대까지는 정부출연 연구기관이 주도를 하였으나, 1990년대 후반 이후에는 기업 등 민간부문이 주도하고 있다. 사업 유형별로는 기초연구, 응용연구, 개발연구 등으로 관리하고 있다.

1962년 제1차 과학기술진흥 5개년 계획이 발표될 당시, 우리나라 총 연구개발투자(정부+민간)는 12억 원에 불과했다. 이는 국내총생산(GDP) 대비 0.25% 규모이며, 그 중에서 약 96%를 정부가 부담했다. 2019년 기준 총 R&D 규모는 89조 원으로 경제협력개발기구(OECD) 회원국 중 5위, GDP 대비 비중은 4.64%로 세계 2위 수준이다. 그 중 25%를 정부가 부담한다.

초연결 · 지능화사회 도래

2005년 레이 커즈와일이 「특이점이 온다」를 펴냈을 당시, 대중들에게 이 책은 많은 미래학자의 예언서 중 하나 정도로 여겼을 뿐이다. 특이점에 도달하면 모든 인류의 지성을 합친 것보다 더 뛰어난 초인공지능이 출현한다는 전망은 일반인들에게 와 닿지 않는 먼 미래의 이야기일 뿐이었다. 하지만 인공지능 · 빅데이터 · 사물인터넷 등의 기술발전으로 대변되는 4차산업혁명의 등장으로 특이점은 현실이 되고 있다. 마이크로칩에 저장할 수 있는 트랜지스터 개수가 18개월마다 두 배씩 증가한다는 '무어의 법칙'이 적용될 뿐만 아니라, 사람과 사람, 사람과 사물, 사물과 사물 간의 네트워크 연결이 폭발적으로 증가하고 있다.

2017년의 '멕킨지보고서'에 따르면, 25억 명이 이메일 계정을 가지고 있으며 하루에 2천억 개의 이메일이 교환된다. 또한 글로벌 데이터 흐름은 과거 10년 동안의 흐름보다 50배나 빠른 속도로 증가하고 있다. 2018년, 100억 개인 사물인터넷 기기 수는 2025년에 416억 개로 증가하고, 79.4제타바이트의 데이터를 생성할 것으로 예상하고 있다.

이러한 초연결·지능화 사회가 확장되면서 지식재산권의 중요성은 더욱 증대하고 있으며 권리를 부여하고 보호하는 기준의 변화가 요구되고 있다. 새로운 아이디어 및 기술을 특허로 보유한 스타트업은 그렇지 못한 스타트업과 비교해 성장이 훨씬 빠르다. 글로벌 기업들은 경쟁자들보다 한발 앞서 나가기 위해 신기술·신산업 분야에 뛰어들고, 지식재산권 확보를 위해 치열한 경쟁을 벌이게 될 것이다. 즉 산업 구조의 대변혁이 요구된다는 의미이다.

연구개발전략 혁신

산업화 시대의 하향식 추격형 연구개발 시스템은 선진국을 따라잡기에는 적절한 방안이었으나, 혁신적 아이디어가 중요한 4차산업혁명 시대에는 한계에 봉착하고 있다. 산업화 시대에는 기술의 발전이 빠르지 않았기 때문에 미리 개발하지 않더라도 충분히 선진국을 따라잡을 시간적 여유가 있었다. 이젠 정부 연구개발 전략의 혁신적인 시스템이 필요하다.

우선 상향식 거버넌스로의 전환이다. 정부의 과학기술혁신 시스템이 규제와 통제에서 벗어나 개방과 소통으로 나아가야 한다. 단순한 행정시스템의 개편이 아니라, 권한과 책임을 이양하는 근본적인 변화가 병행되어야 한다. 다만 공공성이 강하거나 미래에 중요한 연구 분야이지만, 불확실성이 커서 민간 기업이 투자하기 어려운 경우에는 정부가 전략적 방향을 제시하고 연구개발에 집중할 필요가 있다. 정부는 장기적 전망을 바탕으로 큰 방향을 제시하고, 다양한 연구 주체가 자율성을 갖고 연구를 수행하는 것이 바람직하다.

다음은 창의적이고 도전적인 연구개발 추진이다. 정부가 지원하는 연구개발 성과평가에서 책임성이 강조되다 보니, 여전히 기계적인 양적평가 위주로 진행되고 있다. 정부 연구개발 프로젝트의 목표 달성률이 90% 이상이라는 수치가 이러한 연구 환경을 방증한다. 창의적이고 도전적인 연구를 촉진하기 위해 논문이나 특허 수와 같은 양적 지표의 성과평가를 지양하고, 혁신적 연구 성과에 대한 보상 위주의 성과평가로 전환되어야 한다. 또한 실패를 용인하는 제도와 문화를 구축하는 것도 중요하다.

마지막으로, 개방과 상생의 연구개발 전략으로의 전환이 필요하다. 보호무역의 확대로 글로벌 가치사슬에서 불확실성이 증가하고 있다. 일본의 수출규제 조치로 인해 정부가 소재 · 부품 · 장비 산업에 대한 경쟁력 강화를 위한 종합대책을 마련한 것이 대표적인 사례다. 중소기업이 대기업에 종속되다보니 고객사를 다변화해 새로운 시장을 개척할 수 없고, 중소기업끼리 긴밀한 생태계를 유지할 수 없다. 기술개발에 뒤처지는 이유다. 기존의 배타적 권리 부여 위주의 연구개발 보호를 어떻게 변화시켜야 할지에 대한 논의가 있어야 한다.

04 _ 적정기술과 생존기술

'인류세(Anthropocene)'는 현세 인류가 지구 환경에 큰 영향을 미친 시점을 기준으로 구분하는 새로운 시대 개념이다. 즉, 환경 훼손의 대가를 치러야만 하는 현재 인류 이후의 시대를 가리킨다. 가장 큰 특징은 인류에 의한 자연환경 파괴를 들 수 있다. 그동안 끊임없이 지구환경을 훼손하고 파괴함으로써 이전과는 전혀 다른 환경에 직면하게 되었다. 이로 인해 급격하게 변화하는 지구환경과 맞서 싸우면서 어려움을 극복하지 않으면 안 되게 되었다. 인류세를 대표하는 물질로는 방사성 물질, 이산화탄소, 플라스틱 등이 있으며, 한 해 600억 마리가 소비되는 닭의 뼈를 인류세의 최대 지질학적 특징으로 꼽기도 한다.

과거 인류는 과학기술이 발달하면서 다양한 혁명을 경험했다.

그리고 이러한 혁명의 부작용은 인류의 지속 가능성을 위협하는 수준까지 이르렀다. 어느 시점에서 인류세가 시작되었는가에 대한 논의가 활발하게 진행되고 있다. 증기엔진이 사용되기 시작한 1780년대 산업혁명 시점으로 간주해야 한다는 의견이 있는가 하면, 농업 활동이 활발해진 신석기 시대인 약 12,000년 전으로 간주해야 한다고 주장하는 학자도 있다.

미래를 정확히 알 수는 없지만, 21세기 초에 일어난 일들만 놓고 보더라도 2030~40년의 세상이 어떻게 바뀔지에 대한 단서를 얻을 수 있다. 인류에게 재앙적 질병만 발생하지 않는다면, 세계 인구는 90억 명을 넘어서게 될 것이다. 이 추세대로라면 한국인의 평균 수명이 90세를 넘어가고, 지금 태어난 아이들은 100세까지도 살 수 있다.

어떤 형태로든 에너지원은 변화할 것이고, 자원과 식량, 물 등을 둘러싼 분쟁은 심화될 것이다. 또한 지금의 정보 미디어, 로봇, 사회 · 문화는 진화하여 다른 모습이 되어 있을 것이다. 각종 질병과 테러, 범죄도 끊임없이 일어날 것이다. 우리는 미래에 닥쳐올 변화에 어떻게 대비해야 하며, 기후변화와 경제 질서 변화에 어떻게 대응해야 할지 고민해야 한다.

최근 '미래지구(Future Earth)'와 같이 글로벌 이슈를 해결하고, 지구라는 인류 생존의 터전을 지키며, 더 잘 가꾸려는 공동의 노력이 점점 강화되고 있다. 이는 미래세대를 위한 중요한 가치다. 국가와 국민을 위해서는 물, 식량, 에너지, 자원, 재난, 안보, 질병과 관련된 기술이 국가 생존과 지속 가능한 발전에 가장 기본적이고 필수적인 분야가 되었다.

90%를 위한 적정기술

과학기술의 원래 목적은 인간에게 편리함과 유익함을 주기 위한 것이었다. 그러나 그동안 대체로 부를 창출하는 도구로 사용되고 있다. 산업은 경제력을 가진 10%을 위해서 물건을 만들고 있고, 부의 편중화는 더욱 가속되고 있다. 지금이야말로 나머지 90%을 위한 과학기술에 대해 생각해 보아야 할 때이다. 자본주의 경제체제에서 사람들이 물건을 만들어 파는 것에 관심을 가지는 것은 당연한 일이다. 그렇지만 불평등·양극화가 심화되면 사회 곳곳에서 문제가 발생하고, 그것을 해결하기 위해 또 다른 비용이 필요하다. 건강한 사회를 만들려면 과학기술이 모든 계층에게 공평하게 사용되어야 한다.

영국의 경제학자 에른스트 슈마허는 자신의 저서 「작은 것이 아름답다」에서 저개발 국가를 위한 소규모 생산기술인 '중간기술(Intermediate Technology)'을 주장했다. 슈마허의 중간기술은 많은 사람들의 주목을 받았고, 이후 '적정기술'이라는 말로 변경되었다.

적정기술(Appropriate Technology)은 한 마디로 '고액 투자가 필요하지 않고, 에너지 사용이 적으며, 누구나 쉽게 배워 쓸 수 있고, 현지 원재료를 쓰며, 소규모 사람들이 모여 생산 가능한 기술'이다. 전문화와 대량생산으로 치닫는 자본주의 시장 흐름을 거부하고, 소규모 현지 생산을 추구하는 대안기술이자 대안 문화인 셈이다. 햇볕이 뜨거운 아프리카나 필리핀 같은 열대지역에서는 농사에 필요한 물을 충분히 구하기 어렵다. 지하수를 지표면까지 퍼 올릴 수 있는 기술이 없어 사람들은 고통스러워한다. 이 지역 사람들의 생활을 돕기 위해 우리나라는 최신식 전기모터가 장착된 자동펌프를 제공하기로 했다. 이 기술이 아프리카와 필리핀 사람들에게 적정한 기술이라고 할 수 있을까? 아니다. 전기가 충분하지 않으며, 부품을 교체하거나 수리할 경우가 생기면 쉽게 문제를 해결할 수 없다. 따라서 자동펌프는 우리나라에서는 적정한 기술일지 몰라도 아프리카나 필리핀에서는 적정한 기술이 아니다.

정보기술(IT)이 우리에게 편리함과 풍요로움을 주지만, 혜택을 받는 이는 10명 가운데 1명에 불과하다. 아프리카의 수백만 명 사람들이 물 부족에 시달린다. 아이들 5명 가운데 1명은 태어난 지 5분이 안 돼 죽는다. 대개 콜레라와 이질 같은 수인성 전염병 때문이다. 마실 물은 수백km 넘게 떨어져 있다. 물을 운반하는 일은 고역이다. 이들에게 'Q드럼'은 혜택이다. 물을 담아 쉽게 굴릴 수 있게 원주형으로 설계됐다. 한 번에 75리터의 물을 운반할 수 있다. 케냐와 나미비아, 에티오피아와 르완다, 탄자니아 지역에 널리 보급돼 있다.

미국 MIT D-lab에서 실시하는 교육 프로그램 중에 '나머지 90%를 위한 공학설계(Engineering Design for the other 90%)'란 과목이 있다. 이 과목은 학생들에게 인기가 대단해 신청자가 너무 많아서 탈락자가 속출한다고 한다.

미국에서는 1970년대에 들어 적정기술에 대한 관심과 연구가 본격화됐지만, 우리나라에서는 2000년대에 들어와서야 비로소 적정기술에 대한 관심이 늘어나고 있다. 대표적인 무상원조 기관인 KOICA는 오래전부터 국내 NGO와 함께 식수 및 수자원 시설을 지원하고 있다. 최근에는 KOTRA, KIST 등이 보유한 인적·물적 자원을 활용하여 중견기업들과 함께 지원 사업에 나서고 있다. 기술은 사람을 위한 기술, 사람다운 삶을 위한 기술이어야 한다. 적정기술은 단순히 편리하고 풍요로운 생활을 할 수 있는 기술이 아니라, 사람에 초점을 두고 좀 더 인간다운 생활을 할 수 있도록 돕는 기술이다. '인간의 얼굴을 한 기술', '36.5°C의 기술', '착한 기술'이라고 할 수 있다.

필수불가결한 생존기술

20세기 말에 출현한 디지털 패러다임은 우리나라에 기회의 창이었으며, 일본보다 먼저 치고 나가 승기를 맞았다. 그런데 현재의 4차산업혁명은 선진국들이 먼저 들고 나왔고 3차 산업혁명의 연속이기 때문에, 후발 주자에게는 기회의 창보다는 추락의 창이 될 가능성이 있다. 지금은 대외 변수뿐 아니라 내부적 요인에 의한 위기가 맞물려 있다는 면에서도 차이가 있다. 우리가 선진국 문턱에서 주저앉게 될 수도 있다는 것이다.

우리나라 과학기술은 그동안 경제성장의 도구로 경제발전에 지대한 공헌을 했다. 이제 국가와 국민을 위해 과학기술의 역할을 재정립하고 실천해야 한다. 국민의 세금으로 지원된 과학기술이 국민의 삶을 행복하게 해야 할 뿐 아니라, 우리의 미래를 위협하고 생존 위기를 초래하는 것을 해결할 수 있어야 한다. 위기 때 진가를 발휘하듯 세계의 롤 모델이 된 K-방역의 힘은 꾸준한 연구개발(R&D) 투자와 그 결과인 과학기술 역량을 바탕으로 하고 있다.

이런 시점에 정책 개발의 필요성에 뜻을 모은 과학기술계 사람들이 '국가생존기술연구회'를 만들어 국가 존립과 직결되는 과학기술 분야의 다양한 이슈들에 대해 중·장기적 예측과 전망을 포함한 책을 발간하였다. 저자들은 물, 식량, 에너지, 자원,

국방과 안보, 인구와 질병, 재해 대응과 안전 등 7가지를 '국가 생존기술'이라고 정의하고, 이 기술들을 확보해야 국가적 주도권을 가질 수 있고 홀로서기를 할 수 있다고 주장한다.

국민 안전을 위한 기술에서는 바이오테러 방지, 물 순환의 전 과정에서 필요한 다양한 기술, 안전관리 시스템의 4가지 요소, 사이버 위협에 대비한 기반기술, 바이러스 감염병을 막는 새로운 방법 등을 다루고 있다.

국가 번영을 위한 기술에서는 국가 미래를 좌우하는 에너지 전략, 자원의 한계 극복방안, 진단에서 치료법 개발까지 AI의 활약, 수소경제 시대를 대비한 미래전략, 공공기술 사업화를 위한 혁신생태계 구축 등을 담고 있다.

국가 파워와 국민 긍지를 높이는 기술로는 사이버세상과 미래시민, 지속가능사회를 만드는 미래기술, 신기후체제 붕괴와 출구전략, 극지에서 미래를 찾기, 우주 개척으로 미래를 열기, 미래지구-한국을 위한 3가지 과제, 기후불평등 해소와 기후헤게모니 확보 등을 제시하고 있다.

지속가능 발전 목표(Sustainable Development Goal)라는 범지구적 공통 목표가 설정되고 이를 위한 이행 노력이 전개되고 있는 상황을 감안하면, 국가생존기술의 연구개발 가치는 단순한 과학기술 영역이 아닌 글로벌 지속성장과 관련된 문제다. 생존기술의 혁신에 그동안 축적된 우리의 과학기술개발 역량과 혁신시스템을 결집해야 한다. 과학기술부 차관을 역임한 이화여대 박영일 교수(국가생존기술연구회 초대 회장)는 "과학기술패권주의가 지배하는 시대에 '국가생존기술'에 대한 관심과 대응체계 확립은 매우 중요하다. 무엇보다 정부정책 시각에 근본적인 변화가 있어야 하며, 민간과 과학기술계 뿐 아니라 산업·자원·복지·외교 등 모든 부분의 협력과 동참이 절대적으로 필요하다"고 강조했다.

더 나은 세상을 위한 기술

1998년, 퓰리처상 수상작 「총, 균, 쇠」를 쓴 세계적 문명연구가 재레드 다이아몬드는 "코로나19는 전 세계 국가가 함께 대응하지 않으면 그 어떤 나라도 안전할 수 없다는 걸 깨우쳐 줬죠. 앞으로 기후변화나 자원고갈, 불평등 같은 심각한 문제에도 전 세계가 함께 대응해 나갈 수 있지 않을까요?"라며 전 지구적 문제의 심각성을 강조하고 있다.

현재의 국력은 국내총생산(GDP)이지만, 미래의 국력은 연구개발이다. KAIST 미래전략대학원에서는 미래를 변화시키는 7대 요소를 다음과 같이 정리했다. 미래변화 7대 요소인 STEPPER는 Society(사회), Technology(기술), Environment(환경),

Population(인구), Politics(정치), Economy(경제), Resource(자원)의 첫 알파벳을 따온 것이다. 이 중에서 사회와 기술이 가장 주된 요소이고, 그 다음 환경과 인구가 뒤를 잇는다. 정치·경제는 전통적으로 주요한 요소였으나, 과학기술이 세계 변화를 주도하는 현대사회에서 그 역할이 많이 축소되고 있다. 자원도 계속 중요한 요소이긴 하지만, 편중되어 있어 그 영향이 제한적이다.

이때 중요한 것은 필요성이다. 필요는 기술을 만들고 새로운 생태계 혁신을 불러온다. 과학기술의 역할을 재정립할 때다. 과학기술이 국민의 삶을 행복하게 해야 할 뿐 아니라, 우리의 미래를 위협하고 생존 위기를 초래하는 것을 해결할 수 있어야 하기 때문이다.

05 _ 이공계 연구기관의 새로운 역할

이공계 정부출연연구기관(출연연)은 대표적 공공연구기관으로 오랫동안 국가연구개발을 선도하고, 과학기술 고급인력을 공급하는 원천이었다. 1990년대에 들어서면서 기업연구소의 역량이 비약적으로 성장함에 따라, 출연연은 새로운 국가 성장동력을 모색하는 추적연구에 역점을 두게 됐다. 아울러 연구기능이 초보단계에 있던 국내 대학들이 연구체제와 역량을 육성하기 위한 정부 지원의 창구 역할을 담당했다.

출연연의 역사는 50여 년 전으로 거슬러 올라간다. 1966년 최초 정부출연 산업기술연구소인 KIST가 설립되었고, 1971년에 대학원 중심 이공계 대학인 KAIST가 설립되었다. 1973년부터 과학기술 클러스터인 대덕연구단지가 조성되기 시작했고, 1977년에는 연구개발 지원 기관인 한국연구재단(당시 한국과학재단)이 틀을 갖췄다.

1970년대로 접어들면서 제3차 경제개발계획에서 6대 전략산업으로 정한 철강, 기계, 조선, 전자, 석유화학, 비철금속 분야의 전문적 기술이 필요했다. 그 필요에 의해 1970년대 후반 KIST를 모델로 한 연구기관들이 설립되었다. 또 KIST에서 분화되거나 국공립 연구기관에서 전환한 선박·전자기술·원자력·자원·표준·화학·기계·전기 등 14개 전문 연구기관이 설립되었다.

현재 국가과학기술연구회 체제로 운영되는 25개 출연연은 1970년대 이후, 컬러TV 수상기, DRAM, CDMA(코드분할다중접속), TDX(전전자교환기), 핵연료 국산화, 다목적 실용위성, 고속철도, DMB, Wibro 등 혁신적인 성과를 내면서 경제성장의 견인차 역할을 하였다.

그러나 새로운 정부가 출범할 때마다 빠지지 않고 이공계 연구기관의 역할에 대한 논의가 뜨겁다. 그간 우수인력 확보, 연구원 정년, 기관장 선출 방식과 임기, 연구생산성 제고, 지배구조(거버넌스), 비정규직 문제 등이 지속적이고 반복적으로 제기되어 왔다. 역대 정부에서는 통폐합(전두환), PBS(김영삼), 연구회 체제(김대중), 활성화(노무현), 선진화(이명박), 임무 재정립(박근혜), 혁신체계 고도화(문재인) 등이 추진되었다.

최근에도 정부 R&D 예산의 투자에 비해 가시적인 연구 성과가 감소하고 투자 대비 효율성이 저하되고 있다는 비판에 직면하고 있다.

전두환 정부, 연구기관 통폐합

1970년대 중·후반에 많은 과학기술계 연구기관들이 신설되었다. KIST 출신의 젊은 과학자들이 소장, 부소장 등 간부직에 기용되면서 연구에서 손을 떼고 행정 업무에 매달리지 않을 수 없게 되었다. 그동안 꾸준히 형성되어 가던 과학 두뇌 집단의 차분한 연구 분위기가 흔들리기 시작했다. 과학기술계나 정부의 시행착오가 과학기술에 대한 국민들의 큰 기대를 충족시키지 못한다는 비판과 불신으로 이어졌다.

1980년 5월에 설치된 국가보위비상대책위원회는 국정 전반에 대한 개혁 작업을 착수했다. 과학기술계 16개 정부출연 연구기관을 통폐합하기로 하면서 큰 회오리바람을 몰고 왔다. 그동안 막대한 투자를 했음에도 불구하고 기대만큼 성과가 없었다는 것이 가장 중요한 원인이었다. 이 밖에도 봉급·인센티브·승진 등이 다르고, 오버헤드(경영경비) 낭비가 심하다는 비판을 받았다. 연구소를 묶어 국가적 규모의 대형 프로젝트를 추진하게 한다는 것이었다.

1980년 11월, 당시 상공부나 체신부 등 산하에 있던 정부출연

연구기관들을 과학기술처로 통폐합하는 '연구개발 체제정비와 운영 개선안'을 발표했다. 16개 연구기관을 통합한 조치는 과학기술계에 상당한 후유증을 피할 수 없었다. 특히 한국과학기술연구소와 한국과학원의 통폐합은 무리한 결정이었다. 불안한 연구 환경을 견디지 못한 수 백 명의 고급 과학기술인력이 연구소를 떠났다. 1989년 KIST는 KAIST에서 분리되어 본래 기능 되찾게 되었다.

김영삼 정부, 연구과제중심제(PBS)

1995년 정부출연 연구기관에 대한 개혁 작업에 착수했다. 연구기관의 통폐합 차원이 아니라, 질적인 개혁을 통해 생산성과 효율성 갖추자는 취지였다. 열심히 연구하는 연구원이 평가를 받고 인정받는 제도로 총연구원가제(PBS-Project Base System)를 도입했다. 이 제도는 연구원들의 인건비, 재료비와 기자재 구입비 등 직접비는 물론 전기료, 수도료 등 간접비까지 프로젝트 비용으로 충당하도록 하는 것이다.

당시 정부가 19개 연구기관에 직접 지원하는 예산은 필요한 예산의 평균 30~40% 수준이었기 때문에 나머지 60~70%를 연구원들이 자체 조달해야 했다. 연구원들이 인건비 충당을 위해 내부 연구 활동보다는 정부 부처 연구개발 사업과 민간수탁 사업 수주를 위해 매달리게 된 것이다. 가장 큰 불만은 PBS에 생존과 직결되는 인건비를 포함시킨다는 것이었다.

PBS 제도 도입으로 연구기관 간 경쟁이 유발되면서 효율성이 제고된 것은 사실이라는 의견도 있었지만, 대다수 연구원들이 중·장기적 연구보다는 단기성과 위주의 프로젝트 수주에 치중하게 되면서 안정적 연구를 저해하고 있다는 불만이 많았다. 또한 비정규직 활용이 증가하고 연구원들 간에 임금차별이라는 문제점도 생겼다. 이후 연구비를 지속적으로 늘리고 제약 조건이 완화되었지만, 개선에 대한 연구 현장의 목소리는 여전히 남아있다.

김대중 정부, 연합이사회 체제

우리나라에서 경제위기를 맞을 때마다 가장 큰 타격을 받는 것은 과학기술계 연구기관에 종사하는 사람들이었다. IMF 체제의 외환위기가 몰고 온 한파는 최대의 두뇌집단인 대덕연구단지 정부출연 연구기관에도 세차게 불어 닥쳤다. 1998년의 1차 구조조정에 이어, 1999년에 다시 구조 조정의 한파가 닥치기 시작했다. 1998년 3월에 발족된 기획예산위원회의 계속된 예산 삭감으로 출연연구소마다 10~20%의 연구 인력을 내보내야 했다. 당시 설문조사 결과에 의하면, 대덕연구단지 연구원 10명 중 8명이 연구소를 떠나고 싶다고 응답했다.

김대중 정부의 정부출연 연구기관에 대한 예산 삭감조치는 특히 한국전자통신연구원, 기초과학지원연구원, 항공우주연구원 등 대형 국책 연구 과제를 수행하는데 큰 걸림돌이 되었다. 예를 들어, 기초과학지원연구원의 핵융합연구개발사업인 'K-STAR 프로젝트'는 1999년에 시행된 예산 삭감으로 사업 일정이 수시로 바뀌어 당초 목표를 달성하는데 어려움이 많았다.

약 1년 간 연구기관 운영체제 개편을 논의한 끝에, 과거 정부의 물리적인 통·폐합이 득보다는 실이 더 많다는 경험을 거울삼아 운영시스템을 개편하기로 결정했다. 이유는 1980년대 이래 기업과 대학의 연구역량이 발전함에 따라 정부출연 연구기관의 새로운 전략 설정이 필요하다는 것이었다. 1999년 1월에 출범한 '연합이사회'의 주요 기능은 의사결정의 자율성을 보장하고, 유기적인 학제간 연구가 가능하도록 했다. 산하에 각 연구회 기관의 수는 기초기술연구회 4개, 산업기술연구회 7개 그리고 공공기술연구회가 9개로 구성되었다.

이공계 기피 현상으로

2000년대 초반, 대학입시에서 자연계 수능 지원 인원이 35만 명에서 20만 명 이하로 급감하는 사태가 벌어졌다. 공과대학 입시에서는 사상 초유의 무더기 합격 포기 사태가 벌어져 우리 사회에 커다란 충격을 안겨주었다. 고등학생들이 자연계열을 기피하고, 성적이 우수한 학생들이 대학 진학 시 이공계열 학과에 진학하지 않는 경향이 심화되고 있었다. 이른바 '이공계 기피현상'이란 용어가 등장한 것이다. 과학기술부, 교육인적자원부, 산업자원부 등 관련 부처가 대책 마련에 부심하기도 했다. 이공계 기피현상은 여러 측면에서 문제가 제기되었으나, 이공계 인력에 대한 우리나라의 낮은 사회·경제적 대우 문제를 주요 요인으로 꼽았다. 이것이 이공계 인력의 사기 저하, 이공계 인력의 해외유출, 이공계 지망학생들의 감소로 이어진다는 우려들이 많았다.

이후 참여정부는 과기분야 정부출연연구기관육성법을 제정하고, 연구 활성화에 초점을 맞춘 정책을 추진하였으며, 이공계 전공자의 공직진출 확대방안(2004년)을 도입했다. 이명박 정부는 연구기관 조직 운영의 선진화·효율화를 위해 노력했다. 박근혜 정부는 출연연 고유임무를 재정립하고, 산업계와 협력 생태계를 주문했다. 문재인 정부는 국민생활 연구 및 사회적 역할 확대를 제시하며, 연구기관의 미션 혁신을 강조하고 있다.

사회문제 해결 플랫폼으로

이공계 정부출연기관에 대한 성격과 역할 및 기능에 대한 이해가 중요하다. 과학기술계나 과학기술정보통신부만의 일이 아니라 국가과학기술혁신체제라는 큰 틀 속에서 검토해야 한다. 우리에게 필요한 창의적 원천기술을 어떻게 확보할 것인가. 대학, 기업 등이 감당하기 어려운 부분을 담당해야 하며, 경쟁관계가 아닌 상호 보완 및 협조관계를 유지·발전시키도록 해야 한다. 출연연도 정부 연구개발(R&D)에 대한 효율성이 낮다는 문제 제기를 심각하게 받아들여야 한다. 특히 지진이나 미세먼지, AI, 감염병 등 사회문제 해결에 출연연의 존재감이 없다는 사실도 알아야 한다.

우리나라의 정부출연 연구기관은 과학기술 황무지였던 1960년대 중반부터 국가성장을 위한 혁신성과 창출의 핵심 역할을 해왔다. 앞으로도 과학기술 선진국 대열에 진입하기 위하여 중추적인 역할을 담당해야 할 것이다. 과거처럼 정부 연구비 확보를 위해 대학과 경쟁하면서 추적연구, 응용개발 연구에 머무른다면, 출연연의 역할과 효용성에 대한 논란을 피할 수 없을 것이다. 대학이나 기업연구소에서 확보하기 어려우면서도 국가적으로 필요한 원천기술이나 공공성이 큰 대형 복합기술에 집중하는 것이 중요하다. 국가와 지역 수요에 대응하는 융합·협력연구를 촉진하고, 중소·중견기업의 생산기술 지원을 강화해야 한다.

06 _ 노벨과학상 수상을 기대한다

매년 10월 초가 되면 우리는 어김없이 분야별로 어떤 과학자가 노벨상을 수상하는지에 대해 주목한다. 알프레드 노벨의 유언에 따라 1901년에 시작되어 2022년 122회를 앞두고 있는 노벨상은 과학기술 분야에서 최고로 지명도가 높은 상이다. 노벨상의 계절이 다가오면, 전 국민적인 관심 아래 크고 작은 관련 행사와 함께 노벨과학상 수상자 발표를 기다리게 된다. 아쉽게도 아직까지 우리나라 최초의 노벨과학상 수상 소식을 들을 수 없었지만, 이런 기대는 앞으로도 매년 반복될 것이다. 매년 노벨상의 계절만 되면 우리나라 과학기술계가 마치 죄인이라도 된 것처럼 풀이 죽는다. 일본이 벌써 과학기술 분야에서만 25명의 수상자를 배출한 것을 빗대어 '25대 0'이라는 자극적인 기사 제목이 등장하기도 한다.

2019에도 노벨상 화학상 수상자 중 한 명은 일본의 요시노 아키라 교수로, 최초로 리튬 이온전지 배터리를 개발을 인정받았다. 일본은 아주 오래전부터 노벨상 수상자를 배출하기 위해 노력하였다. 그들은 스웨덴과의 공동연구를 위해 스웨덴 과학자를 초청했고, 스웨덴에 공식기구를 두어, 양국 과학자들이 함께 연구를 수행할 제도와 분위기를 만들었다. 한때 한국도 한-스웨덴 심포지엄을 10여 년간 개최한 적이 있다. 10주년 행사에는 스웨덴 국왕이 방한하여 심포지엄의 무게를 실었지만, 불행히도 현재 이 심포지엄은 이어지지 않고 있다.

하지만 우리 과학계가 기죽을 일인지 의문이 든다. 일본의 경우 2차 대전 때 이미 잠수정, 비행기를 만든 나라다. 그때부터 벌써 일본 과학자들이 노벨상 후보로 거명될 정도였다. 노벨과학상은 무언가를 처음 발견 혹은 발명한 사람에게 주어진다. 독창성이 노벨상 수상을 결정하는 가장 중요한 이유다. 창의적이고 도전적 아이디어는 기존 질서에 의문을 품어 질문을 던지고 결국은 이를 깨뜨려야 가능하다. 또한 과학 분야에서 족적을 남길 만한 대단한 발견과 발명을 위해서는 장기간 연구에 집중하도록 하고, 그에 대한 유연한 평가가 있어야 한다. 우리나라는 1990년대 초까지는 선진기술을 소화·모방·개량하기에 정신이 없었다. 실제로 괄목할 만한 성과를 바탕으로 경제 발전에 크게 기여한 반면, 우리만의 기초연구는 1990년대 초에야 비로소 본격적인 지원을 시작할 수 있었다. 이제 불과 30여년이 경과했음을 감안하면 아직 노벨상 수상이 시기상조인지도 모른다. 그렇지만 결코 실망할 일이 아니다. 최근 우수한 성과들을 보면 한국인 노벨과학상 수상자 배출도 멀지 않았다.

노벨상의 이모저모

다이너마이트 발명가인 스웨덴 기업가 노벨은 55세인 1888년 자신의 부고 기사를 봤다. 형의 이름과 혼동한 신문사의 실수였다. 그는 "사람을 더 많이 죽이는 방법을 개발한 '죽음의 상인'이 사망했다."는 기사 내용에 충격을 받았다. 그렇잖아도 다이너마이트의 무기화에 심기가 불편했던 그는 자신의 유산으로 노벨상을 제정하라고 유언했다. 1901년부터 '인류 문명 발달에 공헌한 사람'에게 주어지고 있는 노벨상은 10월 초 생리의학상을 시작으로 물리학, 화학, 평화, 경제학상 수상자가 발표되면서 시즌이 시작된다. 문학상은 발표 날짜를 미리 공개하지 않는다. 다른 노벨상은 모두 스웨덴에서 발표하지만, 평화상은 노르웨이 노벨위원회가 발표한다.

상금은 노벨재단이 1년 동안 운영한 기금의 이자 수입 67.5%를 물리학, 화학, 생리학 및 의학, 문학, 평화로 5등분한다. 그래서

매년 액수가 다르다. 경제학상은 금액은 늘 같은데, 스웨덴중앙
은행 창립 300주년 기금에서 지급되기 때문이다. 2인 공동수상
시에는 2등분, 3인 공동수상은 3등분한다. 4인 이상 공동수상
은 없다.

노벨상 초기에는 상금 규모가 스웨덴 대학교수 연봉의 25배,
미국 교수의 15배가 넘었다. 그러나 인플레이션과 기금관리의
어려움 때문에 1940년에는 상금 가치가 1901년의 30% 정도로
떨어졌다가 1987년에 다시 구매가치를 회복했다. 1992년도에
상금이 50%씩 대폭 인상되었으며, 이후 지속적으로 상금을 높
여서 인당 140만 달러(2015년 기준으로 약 16억 원)까지 지급했다.
지금까지 수상자는 877명(남자 829, 여자 48)이다. 상은 개인에게
만 주지만 평화상은 단체도 가능하다.

도전적, 창의적 연구가 중요

지난 100여 년간 노벨 과학상 수상자 통계에 따르면, 수상자의
연구 성과는 주로 20~30대에 발표되었다. 이는 신진연구자 양
성 및 전략적 지원이 중요하다는 것을 말해준다. 실제 미국, 일
본은 창의성이 높은 젊은 신진연구자의 지원을 위해 많은 노력
을 기울이고 있다.

노벨 과학상은 특정 국가, 특정 대학·연구소 출신들에게 몰리

는 경향이 있다. 지난 30년 간(1981~2010년) 수상한 국가는 17개 국이고, 총 수상자는 203명이다. 국가차원에서 장기적으로 기초연구에 투자한 미국의 지속적인 독점과 2000년대 4위권으로 진입한 일본의 약진이 두드러진다. 국가별 수상은 미국이 116명(54.5%), 영국 20명(9.4%). 독일 18명(8.5%), 일본 11명(5.2%) 순이다. 2009년 수상자 9명 중 8명이 미국 시민권자로 독식현상이 최절정에 달했다. 아시아에선 일본이 가장 많고, 출생지로 따지면 한국도 노벨과학상 수상자를 배출했다. 1987년 화학상을 받은 찰스 페더슨의 출생(1904년)지가 부산이다. 노르웨이 항해기사였던 그의 아버지는 한때 부산 세관에서 근무했다. 아버지를 따라 여덟 살 때까지 한국에서 살았다.

또한 노벨과학상 수상자의 절반이 이미 노벨상을 받은 과학자 밑에서 공부한 학생이거나 공동 연구자였다는 분석도 있다. 2001년 노벨 물리학상을 공동 수상한 위먼 · 케터를레 · 코넬은 모두 MIT의 프리처드 교수와 인연을 갖고 있다. 케터를레는 프리처드 교수 밑에서 '박사후 과정'을 했으며, 코넬은 학부생이었다. 또 위먼은 2년간 연구팀원으로 일한 적이 있다. 대학에서는 하버드 · 칼텍 · 스탠퍼드 등이 10명 이상씩 수상자를 냈다. 1949년 유카와 히데키의 첫 노벨 물리학상 수상은 2차 대전 패배로 무력감에 빠져 있던 일본 국민들에게 다시 일어설 수 있다는 희망이 됐다. 일본이 세계 2위 경제 대국으로 올라서는 데는 유카와를 우상으로 삼고 자란 젊은 과학자들의 힘이 컸다. 이처럼 노벨과학상은 개인의 명예일 뿐 아니라, 국가적 자부심을 높이고 국민을 분발시키는 계기가 될 수 있다.

노벨상과 브레이크스루상

노벨상 출범 후 111년이 지난 2012년, 미국 실리콘밸리에서 정보기술(IT) 창업투자로 갑부가 된 유리 밀너가 페이스북 창업자 마크 저커버그, 구글 공동창업자 세르게이 브린 등과 머리를 맞댔다. 그 결과, 2009년 페이스북에 투자한 2억 달러로 40억 달러의 수익을 올리는 등 투자 귀재로 이름난 그는 IT기업가들과 손잡고 '브레이크스루상'을 제정했다. '실리콘밸리의 노벨상'으로 불리는 이 상은 브레이크스루(breakthrough · 돌파구)라는 말처럼 기초물리학, 생명과학, 수학 분야에서 한계를 돌파한 연구자에게 시상한다. 상금은 약 300만 달러(약 33억 원)로 노벨상의 두 배에 이른다. 상을 운영하는 브레이크스루재단은 인류의 상상력을 태양계 바깥으로 확장하는 연구도 지원하고 있다. 3만 년 걸리는 우주 항해를 20년 만에 주파할 우주돛단배(태양광 우주선) 건조사업인 '브레이크스루 스타샷 프로젝트', 외계 행성을 찾는 '브레이크스루 워치', 태양계 바깥의 생명체 소리를 측정하는 '브레이크스루 리슨' 사업이 그런 예다. 노벨상이 죽은 사람의 유산으로 운영되는 것과 달리, 브레이크스루상은 산 사람들의 기부금으로 운영된다. 노벨상은 인류에 공헌한 사람의 평생 업적을 평가하는 과거 보상형이고, 브레이크상은 될성부른 과학자를 지원해 더 큰 결과물을 내도록 돕는 미래 투자형이라고 할 수 있다. 다만 인류의 상상력과 창의성을 북돋는다는 점에서는 둘이 닮았다. 유리 밀너는 최초의 우주비행사 유리 가가린에서 이름을 따올 정도로 과학에 대한 애정이 깊은 집안 출신이다.

평생 한 우물을 파야

2001년 이후 미국에 이어 두 번째로 많은 노벨 과학상 수상자를 배출한 일본의 대표적인 기초과학연구소 '리켄(RIKEN · 理研)'은 수십 년에 걸친 장기 투자로 탄탄한 기초과학 연구 기반을 구축한 것으로 유명하다. 리켄에서는 연구의 결과물이 약 30년이 지난 뒤에야 나올 것이라고 예상하면서 진행하는 연구가 적지 않다고 알려져 있다. 어떤 방식으로 연구자를 지원하느냐는 질문에 "연구자가 하고 싶은 것은 무엇이든지 하도록 한다."는 마쓰모토 히로시 이사장의 답변은, 지속적인 투자와 함께 연구자가 마음껏 활약할 수 있는 연구 환경을 조성하는 것이 얼마나 중요한지를 깨닫게 하는 대목이다.

연구자가 개인의 학문적 호기심이 기반이 되어 창의성 있는 연구주제를 선정하고, 나아가 장기적이고 안정적으로 연구할 수 있는 환경을 제공할 수 있어야 한다. 실패를 두려워하지 않고 도전적 연구문화가 정착된다면, 세계를 선도할 연구 성과는 저절로 따라오게 될 것이다.

노벨과학상 수상은 한순간의 노력으로 이루어지는 것이 아니다. 정부차원의 기초연구에 대한 지속적 투자와 오랜 기간 누적된 연구결과이다. 우리나라도 기초연구 분야 투자와 지원이 지속적으로 증가해, 정부 R&D 예산 중 기초연구 비중이 30% 이상으로 확대되었다.

훌륭한 연구자를 키우고 뛰어난 연구 성과를 만들어내는 데는 '인내심'이 필요하다. 인내심은 과학이 우리 일상에서 그리 멀지 않은 곳에서 인류의 삶을 윤택하게 일구는 기반이 되고 있다는 것을 인식하고, 늘 관심을 가지는 환경에서 비롯된다. 연구자가 실패의 경험에서 배우고 한 발 더 발전해가는 계기로 삼아, '한 우물 파기' 연구가 가능하도록 우리 모두가 기다릴 줄 아는 풍토가 정착되기를 기대한다.

07 _ 과학문화는 대중과의 소통

2020년, 일제강점기에 '과학조선건설'의 비전을 제시하고 대중적 과학운동에 헌신했던 김용관 선생이 대한민국 과학기술유공자로 선정됐다. 과학 활동가로서 발명학회를 설립하고, 1933년 최초의 대중적 과학 잡지 「과학조선」을 창간하는 등 대중적 과학운동을 펼친 공로를 인정받은 것이다. 당시 잡지의 모토는 '생활의 과학화! 과학의 생활화!'로 평범했다. 하지만 이토 히로부미를 암살한 안중근을 모티브로 한 소설 광고가 창간호에 실렸다는 점에서 선생의 과학운동의 지향점을 충분히 짐작할 수 있다.

김용관 선생은 과학의 진흥 없이는 민족의 미래도 없다는 것을 조선인들에게 심어주었다. 선생에 의해 일제에 의해 핍박을 받고 있던 조선 사람들에게 과학 지식의 중요성이 스며들었기에, 결국 광복 후 어려운 시대를 거쳐 지금과 같은 세계 10위 국가로 발돋움할 수 있는 단초가 되었다는 말은 결코 과장이 아니다.

과학기술은 공기와 같은 존재라고 할 수 있다. 공기가 없이는 생명을 유지할 수 없듯이, 과학기술이 없이는 일상생활을 유지하기가 어려운 시대가 되었다. 예를 들어, 버스나 지하철을 타고, 휴대전화를 사용하고, 컴퓨터로 일을 하고, 텔레비전으로 여가를 보내는 것 등은 모두 과학기술로써 가능한 일들이다. 시대를 막론하고 과학은 세상의 변화를 이끌었다. 인공지능이 우리 시대를 혁명적으로 바꾸고 있는 것처럼, 돌도끼 · 모닥불도 발명된 그 당시에는 경천동지할 사건이었을 것이다.

아울러 과학기술은 우리 사회에서 중요한 논쟁거리가 되어 왔다. 황우석 사건, 방사성폐기물 처분장, 광우병 파동, 감염병 대유행 등과 같은 논쟁들이 대부분 과학기술과 직 · 간접적으로 관련되어 있다. 우리가 풀어가야 할 사회적 이슈를 제기하는 존재인 것이다. 과학기술과 관련된 사회적 논쟁이 빈번해지는 것과 과학기술이 사회에서 차지하는 위상이 높아지는 것은 동전의 양면이라고 할 수 있다.

최근 과학계나 정부, 혹은 재정적 지원을 해주는 곳에서 과학 대중화 활동을 필수 조건으로 내세우는 경우가 많아졌다. 따라

서 과학자들에게는 대중들의 과학기술에 대한 이해와 우호적인
태도가 매우 중요해졌다. 결론적으로 과학계, 정부, 국민 모두
에게 혜택이 돌아간다는 것을 보여 주어야 하는 것이다.

한국과학창의재단이 발표한 2020년 과학기술에 대한 '국민의
관심과 이해 수준'은 미국의 78% 수준으로 상대적으로 높지 않
다. 최근 우리나라에서도 '과학문화' 혹은 '과학기술문화'라는
이름으로 대중과 과학기술을 연계하기 위한 다양한 활동이 전
개되고 있다.

대중화를 위한 첫 단추, 과학의 날

우리나라 최초의 과학의 날은 1934년 4월 19일 '과학 데이'이
다. 과학기술 대중화 운동을 주도했던 김용관 선생이 앞장서서
「과학조선」을 발행하는 사람들과 만들었다. 발명학회 인사들을
중심으로 31명이 기독교청년회(YMCA) 회관에 모여 "과학 대중
화를 위해 과학 데이와 같은 적극적인 행사가 필요하다."는 의
견을 모았다. 진화론의 창시자인 다윈 사망 50주년 기념일인 4
월 19일에 YMCA 회관에서 제1회 과학 데이 행사가 열린 것이
다. 이 날의 메시지는 '한 개의 시험관이 전 세계를 뒤집는다.',
'과학의 승리자는 모든 것의 승리자다.', '과학의 대중화 운동
을 촉진하자.'로서 주제별 강연이 있었다.

이 일로서 당시 지식인들이 신선한 충격을 받았다. 그해 7월 5일 조만식, 여운형, 송진우, 김성수, 주요한 등 지도자급 인사 1백여 명이 참여해 '과학지식 보급회'가 결성되었고, 김용관 선생이 전무이사를 맡아 과학기술 대중화 사업을 전담했다.

1935년 제2회 과학 데이 행사는 서울과 평양에서 열렸다. 서울에서는 '과학 데이' 깃발을 앞세우고 54대의 자동차가 시내 행진을 했다. 일제는 1937년부터 과학 데이 옥외 행사를 불허했다. 1938년 제5회 과학 데이 행사가 끝난 뒤 김용관 선생은 항일운동을 주도한 혐의로 체포되었다. 과학지식 보급회는 해체되었고, 이후 과학 데이 행사도 중단되었다.

전 국민의 과학화 운동

지금 과학의 날은 4월 21일이다. 박정희 대통령은 과학기술을 전담하는 부처를 신설해 경제기획원과 양 날개 체제로 경제발전을 추진할 생각이었다. 그래서 1967년 4월 21일에 과학기술처를 신설하고, 이날을 과학의 날로 정하여 1968년에 첫 행사를 거행했다. 제2차 과학기술진흥 5개년계획을 통해 일상생활과 사고방식의 과학화를 기한다는 목표로 다양한 노력을 기울이기 시작했다. 하지만 과학기술에 대한 인식이 없거나 기술자를 무시하는 풍조가 만연한 사회에서 뚜렷한 성과를 거두지 못했다. 전문가들만을 위한 과학의 날로 의미가 퇴색되자, 국민의 인식 전환을 위해 적극적으로 활동할 수 있는 기구를 만들자는 움직임이 있었다. 1967년 7월 25일, 과학기술처장관의 기자회견을 통해 '과학기술후원회 설립'을 공식적으로 발표하고, 정관 작성 등 본격적인 설립 작업이 진행되었다. 박 대통령은 서울대학교 총장과 원자력연구원 원장을 역임한 윤일선 박사에게 직접 쓴 '재단법인 과학기술후원회 설립 취지문'을 전달하고 각 기업들에게 후원을 요청하도록 했다.

박 대통령은 후원회 설립 취지문에서 '국력의 척도가 되는 과학기술을 진흥시켜야 하기 때문에 과학자와 기술자를 우대하고, 우리 생활 구석구석까지 과학기술이 스며드는 사회 풍토 조성이 시급하다.'고 호소하였다. 이후 과학문화 대중화를 이끌어 가게 될 재단법인 과학기술후원회(한국과학창의재단 전신)가 설립되었다. 후원회는 과학도서 출간, 강연, 생활과학 등 어른들보다는 어린이나 청소년들에게 집중하는 과학화 운동을 전개하였다.

1972년에는 과학기술후원회를 확대 개편하여 한국과학기술진흥재단으로 출범시켰다. 1973년 1월 12일, 박 대통령은 연두기자회견에서 전 국민의 과학화 운동을 주창하며 "모든 국민이 과학을 생활화해야 한다."는 선언을 하였다. 이후 전 국민 과학화

운동이 시작되고 농어촌 지역으로 확산되었다. 과학기술진흥재
단은 1996년 한국과학문화재단으로 개편되었다.

과학문화의 중심, 한국과학창의재단

오늘날 과학에 대한 인식이 확장되고 과학과 사회와의 상호 연
관성이 커짐에 따라, 과학적 사고력은 개인과 사회의 문제를 해
결하는 데 필수적이다. 과학기술이 경제 · 사회 · 문화와 유기적
으로 연결되고, 과학기술에 대한 국민 이해와 대중화를 거치면
서 과학문화는 형성된다. 과학적 사고방식의 확산, 과학기술에
대한 소양의 제고, 과학기술에 지지기반의 확보, 사회적 책임성
강화, 문화적 서비스 제공 등 다양한 차원을 포함한다. 과학기
술과 대중의 상호작용은 '이해'에서 '참여'로 변화하고 있다.
최근 우리 사회 전반에 중요한 키워드로 쓰이는 단어는 창의성
(creativity)이다.

한국과학창의재단은 "과학기술에 대한 국민의 이해와 지식수
준을 높이고 국민생활 및 사회 전반에 과학기술이 널리 보급 ·
이용될 수 있도록 과학기술문화를 창달하며, 국민의 창의성을
함양하고, 창의적 인재를 육성하여 국가발전에 기여한다."는 과
학기술기본법 제30조에 근거하여 세워진 기관으로, 다양한 과
학 대중화 프로그램을 운영하고 있다. 과학문화 확산을 위해 과

학문화 페스티벌, 과학커뮤니케이션 활성화, 과학문화 기반조성, 청소년 과학탐구 활동지원 사업을 하고 있다. 또한 과학문화 페스티벌로 대한민국 과학축전, 가족 과학축제, 크리스마스 과학콘서트, 지역 과학축전 등을 통하여 대중들의 과학에 대한 이해와 관심을 높이고 있다. 과학커뮤니케이션 사업으로 포털사이트 사이언스올, 인터넷 과학신문 사이언스 타임즈, 사이언스 TV 등을 지원하고 있다. 과학문화 조성 사업으로는 우수 과학도서 인증, 올해의 과학교사상을 수여 등이 있다.

청소년 과학탐구 활동 지원 사업으로 지역주민을 대상으로 한 생활과학교실, 과학기술 전문가가 찾아가는 과학기술 앰버서더, 과학탐구반 등 청소년을 중심으로 하지만, 일반인 대상의 다양한 프로그램도 시행하고 있다. 또한 소외계층 청소년 초청 행사를 통해 과학문화 격차 해소에 노력하고 있다.

과학자가 과학커뮤니티를 벗어나 대중들과 만나는 것을 '아웃리치 프로그램' 이라고 한다. 정규 교육을 받지 못한 마이클 패러데이가 위대한 실험 물리학자로 성장할 수 있었던 것은, 대중들을 위한 과학자의 강연 프로그램이 있었기 때문에 가능했다.

과학관 중심의 다양한 활동들

우리나라에는 현재 130여 개의 과학관이 있다. 인구 40만 명 당

하나 꼴이다. 과학은 계속 발전하면서도 복잡하고 전문적이다. 과학관은 일반 국민들이 어렵고 재미없다고 생각하는 과학을 보다 쉽고 흥미로우며 친근하게 느낄 수 있도록 도와주고 있다. 탐구정신을 기를 수 있는 '우주와 생명', 과학발전의 원리를 이해할 수 있는 '과학과 문명', 상상하고 설계하여 만들어 볼 수 있는 '창작센터' 등을 갖추고 있다. 또한 과학관에서는 전시물을 활용한 다양한 교육프로그램 운영과 과학 행사를 하고 있다. 규모가 크고 권역별 중심 역할을 하는 과학관으로는 수도권에 과천과학관·서울시립과학관이 있고, 지방에는 대전 중앙과학관, 부산과학관, 대구과학관, 광주과학관 등이 있다. 특히 2008년 11월에 개관한 국립과천과학관은 세계적인 선진 과학관들과 어깨를 나란히 할 수 있는 규모와 다양한 첨단 전시관과 전시물이 있다. 과학기술정보통신부는 4대 권역별 과학관(대전, 대구, 광주, 부산)에 어린이과학관 건립을 추진하고 있다.

우리나라는 14세 이하 어린이보다 65세 이상 노인 수가 더 많은 고령사회다. 과학은 아이들만 하는 게 아니라, 모든 시민이 참여하고 즐길 수 있어야 한다. 청년과 장년 그리고 노인을 위한 프로그램과 이를 지원하는 전문가를 갖춘 과학관이 동네 가까이 있어야 한다.

08 _ 황우석 사건의 교훈

　　2005년 7월 26일 오후, 서울 여의도 KBS홀에서 '열린 음악회' 녹화가 진행되었다. 당시 황우석 교수는 가수 클론(강원래 · 구준엽)에 이어, 오명 과학기술부총리와 함께 무대에 올랐다. 이날 열린 음악회는 아인슈타인 탄생 100주년을 기념하고, 과학기술 진흥과 노벨상 꿈나무를 위해 마련된 자리였다. 그런데 갑자기 황 교수는 "강원래를 일으켜 세운다는 자신은 못하지만, 그가 다음 열린 음악회 출연을 할 때쯤에는 일어날 수 있도록 최선의 노력을 다하겠다."며 따뜻한 애정을 표시해 관객들로부터 큰 박수를 받았다. 이날 황우석 교수와 교통사고로 하반신이 마비된 강원래는 서로 출연 사실에 대해 전혀 모르고 있던 상태였다.

황우석 박사는 2000년대 초반 줄기세포 연구로 언론에 의해 노벨상 가능성까지 점쳐지며 각광받던 서울대학교 수의과대학 교수였다. 2005년 5월 20일, 〈사이언스〉지에 황우석 교수의 2번째 논문이 올라가면서, 대한민국 전체가 황우석이 곧 각종 난치병을 치료할 것이라는 환상에 사로잡혀 있었다. 그러나 이전에도 그의 연구결과에 대해 의심의 목소리는 있었지만, 해당 사건이 대중적으로 불거진 건 2005년 11월에 MBC PD수첩이 방영된 이후부터였다. 그리고 그 해 12월에 이르러서는 결국 그는 파국에 이르고 만다.

사건의 발단은 2005년 11월 22일 MBC의 시사프로 PD수첩이 '황우석 신화의 난자 의혹' 편에서 배아줄기세포 연구에 사용된 난자의 출처에 대한 의문을 제기하면서 시작되었다. 해당 방송에서 PD수첩은 난자 채취 과정에 불법적인 행위가 있었다는 의혹을 제기했다. 난자 제공 과정에서 제공자에게 금품이 전달되었고, 난자 중 일부는 연구실의 여자 연구원들을 상대로 채집했다는 사실이 알려지면서 과학윤리 문제가 제기되었다.

현대사회학의 거두 앤서니 기든스는 "인간을 다루는 연구는 윤리적 딜레마에 봉착할 가능성이 있다."고 하면서, "만약 그럴 가능성이 있다면 그 연구는 더 이상 진행되어서는 안 된다."고 한 바 있다. KAIST 윤정로 교수는 "적법한 규제와 절차를 스스로 만들고, 지켜나가는 과학정신이 있는 한 우리의 미래는 어둡지 않다."고 말한다.

황우석 사건은 우리에게 커다란 상처와 허탈감을 안겼지만 많은 교훈도 남겼다. 새로운 지식생산에 따른 과학기술의 사회적 책임과 성찰성이 매우 중요하는 것을 일깨워 준 것이다.

이성이 마비되었던 한 달

2005년 11월 13일, 미국 피츠버그대 제럴드 섀튼 교수가 난자 취득 과정상의 문제를 이유로 연구팀과의 결별 선언을 하자 'PD수첩 때문에 섀튼이 결별하지 않았나?' 라는 소문이 돌기 시작했다.

11월 22일, MBC PD수첩 보도가 나가자, 시청자 게시판에 4,000여 개의 댓글이 이어지면서 제작진에 대한 비난이 쏟아지기 시작했다. 국민의 알권리를 내세워 황우석 교수를 공격하고, 연구진의 사기를 북돋아 주기는커녕 연구를 평가절하하고 있다고 비난했다. MBC측은 '지금 방송하지 않는다면 잠시 감출 수는 있지만, 더 큰 국익을 잃을 수 있다는 판단 하에 방송을 결정하게 되었다.' 고 설명했다.

11월 24일, 황우석 교수는 연구원 2명의 난자 제공 사실을 확인하고, 사전에 알고 있었다고 시인했다. 연구원 한 명으로부터 강력한 프라이버시 보호 요청을 받았기 때문에 〈네이처〉지와 관련해 기자의 취재 과정에서 사실과 달리 답변할 수밖에 없었다고 설명했다. 이어 황 교수는 이번 사건에 책임을 지고, 세계 줄기세포허브 소장 직을 비롯하여 모든 정부·사회단체에서 사퇴하겠다고 했다. 앞으로 국민들의 성원에 보답하고자 순수과학도의 길만을 걷겠다고 밝혔다.

이후 황우석 사건에 대해 집중 보도한 MBC와 제작진에 대해 네티즌과 시청자의 항의는 더욱 심해졌다. 참가자들은 서울 여의도 MBC 사옥 앞에 모여 촛불 시위를 하면서 사장의 공식 사과와 관련자들의 문책을 요청하였다. 받아들이지 않을 경우 9시 뉴스 시간대 광고 거부 운동을 벌이겠다는 것이었다. 아울러 '황우석 스캔들'이란 논평을 낸 민주노동당에도 지지를 철회하겠다는 글들이 올라왔다. MBC PD수첩측은 그 방송이 장기적으로는 한국 과학발전에 도움이 될 것이란 입장을 밝혔다.

11월 27일, 노무현 대통령은 청와대 홈페이지에 올린 '줄기세포 관련 언론보도에 대한 여론을 보며'라는 글을 통해 "관용을 모르는 우리 사회의 모습이 걱정스럽다."고 말했다. 또 노 대통령은 황 교수의 배아줄기세포 연구에서 사용된 난자의 출처 의혹을 보도한 PD수첩에 대한 광고 중단 등 비난 여론에 대해 "비판을 용서하지 않는 사회적 공포가 형성된 것"이라며, "이 공포는 이후에도 기자들로 하여금 취재와 보도에 주눅 들게 하는 금기로 작용할지 모른다."고 우려를 표시했다.

그러나 12월 5일, BRIC(생물학연구정보센터) 게시판에 논문의 사진 중복에 대한 제보가 처음 올라왔고, 12월 6일에는 DNA 지문 비교가 조작되었을 가능성을 지적하는 글이 올라왔다. 이후 초기부터 황 교수에게 비판적이었던 언론사인 '프레시안'에서 진실을 요구하기 시작했다.

12월 15일, 핵심인물이었던 노성일 이사장은 "2005년, 〈사이언스〉에 실린 황박사의 논문에 나온 11개의 줄기세포의 대부분은 지금 존재하지 않는다."는 충격적인 주장을 해, 온 나라를 공황 상태로 몰고 갔다. 그는 더 나아가 "애초에 11개 줄기세포 중 상당수(9개 정도)는 가짜"라고 주장했다. 논문도 조작됐다고 하면서, 논문을 철회해야 한다고 했다. 이에 대해 황우석 교수는 발표 논문에 '인위적 실수'가 있지만 논문에 제시한 줄기세포는 존재했으며, 그것을 추출·배양할 수 있는 '원천기술'은 여전히 존재한다고 확인했다.

12월 23일부터 서울대학교에서 자체적으로 조사를 시작하면서 논란이 잠잠해졌다. 하지만 얼마 후 연구결과가 조작되었다는 발표가 나오자 그야말로 온 나라가 요동쳤다. 황우석의 성과라고 나열되던 것들의 실상이 알고 보니 대국민 사기극이었던 셈이었다. 줄기세포는 1개도 없었고, 2005년 논문에 실린 줄기세포는 아무것도 없는 상태에서 조작된 것이었다.

강화된 연구윤리

2005년, 대한민국은 황우석 전 서울대 교수의 논문 조작 논란
으로 온통 떠들썩했다. 황 교수는 국제학술지 〈사이언스〉에 세
계 최초로 인간 배아줄기세포를 추출했다고 발표해 과학계를
놀라게 했지만, 결국 데이터를 조작했음이 밝혀졌으며 서울대
학교에서도 파면됐다. 이 사건은 여러 측면에서 논란거리를 남
겼다. PD수첩은 취재윤리를 위반하여 국민적인 인기를 끌고 있
던 황우석과 그의 지지자들로부터 엄청난 비난을 받았다. 일반
대중들 역시 객관적 · 비판적 시각을 갖추지 못한 채, 언론 보도
에 끊임없이 선동 당했다.

한편, 외신들은 황우석 스캔들을 배아줄기세포에 대한 조작이
란 관점보다는 대부분이 국익 앞에 연구 과정이나 연구윤리 따
위는 크게 필요 없다는 논리가 국론 분열로 이어가는 모습 자체
를 분석하고 비판했다. 황우석 사건은 한 개인의 문제이거나
소수의 스캔들이 아니라, 우리나라 대학과 사회 곳곳에 잠재돼
있는 부정에 대한 고발이다. 진리탐구에 대한 진실과 사회적 책
무를 지키고자 하는 것이다. 이 사태로 인해 과학윤리에 대한
기준이 마련된 것은 그나마 다행이다.

2005년, 황우석 사건 이후 연구윤리지침을 제정하고(2007년), 연구진실성위원회를 설치하였다. 2008년에는 유전자변형생물체법(LMO/GMO)에 근거한 바이오안전성위원회를 설치하였다. 2008년에는 실험동물법을, 2011년에는 동물보호법을 제정하고 동물실험윤리위원회를 설치하였다. 아울러 대학 및 연구기관에 '연구진실성위원회'를 설치·운영하도록 하고 있다.

외국 사례와 남겨진 숙제

외국에서도 유사한 사례가 있었다. 1997년 미국 빌 클린턴 대통령은 휠체어를 탄 백발의 노인들에게 미국 국민을 대표하여 공식적으로 사과했다. 1932년부터 1972년까지 무려 40년 동안 행해진 의학 사상 최악의 임상시험에 대한 대통령의 사과였다. 미국 공중보건국은 매독에 걸린 지 5년 이상 경과하고, 치료받은 적이 없는 건강한 흑인 25~60세 흑인 남성들을 실험에 참여시켰다. '나쁜 피(bad blood)'를 가졌으니 치료해준다고 속인 채로 인간을 상대로 임상실험을 한 것이었다. '흑인에 대한 비치료실험'이라고 공식 명명된 이 실험은 실험이 진행 된 미국 앨라배마 주의 지명을 따서 '터스키기(Tuskegee) 매독연구'라고 불린다.

이 사실이 세상에 알려진 후 1979년 4월, 사람을 대상으로 하는 모든 연구에 대해 윤리적 기준을 정한 '벨몬트 보고서'가 발표되었다. 벨몬트 보고서에는 인간 존중, 선행, 정의, 신의, 악행금지, 진실 등 6가지 기본 원칙을 담고 있다. 이 외에도 인체 실험과 관련된 과학적·윤리적 원칙을 규정한 뉘른베르크 강령(1947년), 헬싱키 선언(1964년) 등이 있다.

과학은 더 이상 한 개인의 사유물이 아닌 모든 사람의 공유물이 되었다. 과학자들은 자신의 연구결과를 다른 사람에게 보여주고 공유해야 한다. 새롭게 알아낸 법칙이나 원리는 다른 과학자들의 엄격한 심사를 통과해야 한다. 이런 과정을 거치면서 과학자들의 지식은 어떤 문화, 언어, 국적을 넘어 보편타당성을 얻어야 한다. 이것이 황우석 사건이 남겨준 교훈이다.

황우석 사건 이후에도 서울대학교에선 크고 작은 연구윤리 문제가 터졌다. 위원회를 꾸려 조사해도 개인정보 보호를 이유로 결과가 잘 공유되지 않았다. 15년이 흐른 2020년, 비슷한 고민을 한 서울대 자연대·의대 교수들이 「황우석 백서」를 발간하기로 했다. 제작을 맡은 홍성욱 서울대 생명과학부 교수는 "많은 이들이 볼 수 있도록 한국 과학사에서 중요한 황우석 사태를 정리할 것"이라고 했다. 홍 교수는 "황우석 사태가 제대로 정리되지 않고 넘어갔던 게 문제의 뿌리가 아닌가?" 하고 진단하고, "사회적으로 중요한 사건이 터지면 연구자들이 모여서 정리를 하고 그로부터 얻을 수 있는 교훈을 남겨야 한다."며 "백서를 통해 황우석 사태를 정리하면 그런 일들이 완전히 사라지진 않더라도 줄지 않겠느냐?"고 했다.

반면에 별개로 생명공학을 연구하는 현장에서는 황우석 사건 이후 '생명윤리법'에 따른 광범위한 연구 규제로 혁신적 연구가 어렵다면서 애로를 호소하고 있다. 유전자 치료제, 유전자 가위기술 등 예측하지 못한 속도와 방향으로 빠르게 발전하는 과학기술에 대한 규제가 근본적인 한계를 초래하고 있다는 지적이다. 사회적 합의가 필요한 대목이다.

"한국은 '아주 특별한'
위험사회다. 내가 지금까지 말해온
위험사회보다
더 심화된 위험사회다.

01 _ 이슈 1번지 청와대 국민청원

'청와대 국민청원'은 문재인 정부 출범 이후 2017년 8월에 신설된 인터넷 게시판이다. 국정 현안과 관련, 30일 동안 20만 명 이상의 국민들이 추천한 청원에 대해 정부 및 청와대 관계자들(부처 장관, 대통령 수석비서관, 특별보좌관 등)의 답변을 받을 수 있다. 직접 소통하는 정책으로 '국민이 물으면 정부가 답한다.'는 철학을 지향하고 있다. 2019년에 들어서자 무의미한 장난성 청원을 막기 위해 게시판에 올라가기 전 100명의 사전 동의를 받은 후 관리자의 검수를 거쳐 공개되는 절차가 추가되었다. 국민 동의를 구하는 방식으로 운영해온 청와대 국민청원은 다양한 사회문제들에 대한 국민적 관심을 불러일으키는 창구로 기능해 왔다.

2021년 12월 18일, 국민청원 게시판에 올라온 'JTBC 드라마

〈설강화〉의 방송을 중지시켜야 합니다.' 라는 청원은 하루 만에 정부의 답변 기준인 20만 명의 동의를 얻었다. 〈설강화〉는 독재정권 시절을 배경으로 한 시대극으로, 남파 간첩과 민주화 운동을 하는 여학생의 사랑을 담은 설정 탓에 촬영 단계부터 비판이 있었다. 이는 지난 3월 역사왜곡 논란으로 방송 2회 만에 문을 닫은 SBS 드라마 〈조선구마사〉의 청원 속도보다 빠른 것이었다.

청원자에 따르면, "이 드라마는 OTT 서비스를 통해 세계 각 국에서 시청할 수 있으며, 다수의 외국인에게 민주화운동에 대한 잘못된 역사관을 심어줄 수 있기에 더욱 방영을 강행해서는 안 된다."고 강조했다. 3일 후 JTBC는 공식 입장을 통해 "극중 배경과 주요 사건의 모티브는 군사정권 시절의 대선정국이라며, 이 배경에서 기득권 세력이 권력 유지를 위해 북한정권과 야합한다는 가상의 이야기를 담고 있다. 또 민주화운동을 주도하는 간첩이 존재하지 않으며, 남녀 주인공이 민주화 운동에 참여하는 설정은 등장하지 않는다."고 밝혔다.

2021년 1월에는 '청와대 국민청원에 동의해 주면 건당 500원을 주겠다.' 는 소셜네트워크서비스(SNS) 대화가 포착돼 경찰이 조사에 나서기도 했다. 거짓 동의를 받은 청원 글은 공익성을 훼손시킬 수 있다. 국민 모두가 이용하는 게시판을 사적 목적을 위해 이용하려는 일은 더 이상 없어야 하겠다.

조선시대에도 백성들의 억울함을 풀어주기 위한 제도로 신문고 (태종)나 격쟁(정조)이 있었다. 청와대 국민청원은 장단점이 있다. 단점으로는 청와대 홈페이지가 국민의 놀이터로 변질될 수 있다는 우려다. 또한 청와대가 이런 수단을 이용하여 정보를 독점하면 대의민주주의를 무시할 수 있다는 비판이다. 장점으로는 어떤 의견이든 국민들이 직접 주장할 수 있어, 직접민주주의를 더 발전시킬 수 있다는 것이다.

국민청원 4년, 다양한 목소리

청와대가 국민청원 4년을 맞이하여 2021년 8월 보고한 '국민과 함께한 국민청원 4년'에 따르면, 공감, 분노, 고마움, 비판, 제안 등 다양한 의견이 담겨있다. 총 청원 수는 100만 건, 2억 명 참여, 총 방문자 수는 4억 명으로 나타났다. 20만 이상 동의를 받은 청원은 189건으로 178건에 대해 답변을 했다.

이중 가장 먼저 답변 기준에 도달한 청원인 '늘어나는 청소년 범죄, 소년법을 개정해 주세요.'는 단 3일 만에 20만 명의 동의를 얻었다. 단일 청원으로 가장 많은 동의를 얻은 '텔레그램 n번방 용의자 신상공개 및 포토라인 세워 주세요.'는 271만 명이 동의했다. 지난 4년 간 국민 참여를 가장 많이 받은 순서는 인권과 성평등, 정치개혁, 안전과 환경, 육아 및 교육, 보건복지 분야가 뒤따랐다. 이렇듯 국민청원은 국민들의 활발한 소통창구로, 사회 공론장으로서 역할을 하고 있다.

국민청원을 통한 성과로는 2018년 10월 '음주운전 사고는 실수가 아닌 살인 행위라며 처벌 기준을 높여 달라.'고 친구들이 올린 국민청원은 40만 명 이상의 동의를 얻었고, 2달 만에 음주운전 단속기준 강화와 가중처벌을 담은 개정안(일명 윤창호법)이 국회를 통과했다. 같은 달 '강서구 PC방에서 일어난 살인 사건'은 2달 후 12월 관련법 개정으로 심신미약 피의자 관련 제도개선을 완료하였다. 2019년 말에는 '아이들을 안전하게 지켜줄 수 있는 사회를 만들어 달라.'는 국민청원이 올라왔다. 어린이 안전사고를 계기로 '어린이들의 생명안전법'이 국회를 통과했으며, 어린이 보호구역에 신호등과 과속단속 카메라 설치 의무화 등의 조치가 이루어졌다. 2019년 4월 '소방직 공무원을 국가직으로 전환해 주세요.'라는 국민청원은 1년 뒤인 2020년 4월 전국 소방공무원의 국가직 전환으로 이어졌다. 2021년 6월 '보건소 간호사들이 쓰러지지 않도록 해주세요.'라는 청원에 대해서는 3,600명의 감염병 대응인력을 추가로 채용하여 근무환경을 개선했다.

국민소통 플랫폼으로

국민청원 동의 수와 게시판 방문자 수는 시간이 지날수록 늘어나는 추세이다. 1년차와 비교해 3년차 청원 동의 수는 1.7배, 방문자 수는 2.4배 증가했다. 성별로는 1년차에는 남성 방문자 수가 여성에 비해 12.8% 가량 높게 나타났으나, 3년차에는 남성과 여성의 격차가 4.2%로 좁혀졌다. 연령별로 보면 1년차에는 방문자 절반 이상(55.2%)이, 18세 이상 34세 이하 젊은 층의 참여가 두드러졌다. 1년차에 24.5%에 머물렀던 45세 이상 방문자 수가 3년차에 34.3%까지 상승하는 등 연령별 참여가 다양해졌다.

한국리서치 조사에 따르면, 국민들은 '국민청원 제도를 잘 알고 있다.'가 78%, '주장을 전달하는 효과적인 방법이다.'가 68%, '정부−국민과의 소통에 도움이 된다.'가 70%, '정부 대응이 빨라졌다.'가 58%로 응답율을 보였다. 또한 '민주주의 확대와 시민참여에 도움이 된다.'는 68%, '국정에 대한 관심이 높아졌다.'는 70%, '나의 입장을 갖게 되었다.'는 66%로 나왔다.

2018년의 한국보건사회연구원 보고서에 따르면, 우리나라 국민 10명 중 8명은 한국사회 갈등이 심각하다고 여기는 것으로 나타났다. 유형별로는 이념, 노사, 빈부, 세대 간 갈등 순으로 나타났다. 보고서는 "세계적으로 불평등이 커지는 추세를 고려할 때, 이에 대응하기 위한 다양한 정책을 마련하고 관리체계를 강화할 필요가 있다."고 지적하고 있다.

지난 4년간 국민들의 다양한 청원은 성폭력 범죄의 처벌 등에 관한 특례법 일부 개정(카메라 등 이용 촬영죄 법정형 상향 등) 등 법률 제정과 개정의 계기가 되었다. 또한 범부처 응급의료헬기 공동운영 규정 제정 등 더 안전한 사회를 위한 제도 개선 및 사회적 협의체가 구성되었다. 이슈 1번지가 된 '국민청원'이 뿌린 씨앗이 열매를 맺고 있는 것은 분명해 보인다. 중요한 것은 우리 사회 갈등을 해소하고 억울함을 풀어줄 수 있어야 한다.

비판적인 시각

반면에 국민청원 게시판이 분노의 배출 창구가 되는 것이 아닌가, 또는 인민재판소가 되는 것은 아닌가 하는 우려들이 나온다. 예를 들어 특정인에 대한 사형 청원이나 욕설 · 비방 · 허위사실 공표 · 명예훼손 등이다. 여기에 구속영장을 받아들인 부장판사의 해임, 여성들의 징병 의무화, 실명제 전환 등은 사회적 갈등을 조장할 수 있다.

5만 건이 넘는 청원 중에는 불필요한 것도 많다는 지적이다. "영어시험을 개선해주세요.", "육아휴직법 개정해 주세요.",

"한국식 나이 폐지해주세요."와 같은 정책·제도적 건의는 물론, 취업사기를 당한 사람이 억울함을 호소하는 등의 민원성 청원, 데이트 비용의 지원 요청, 히딩크 감독을 축구 국가대표 감독으로 다시 영입하자는 요청, 중국집 고춧가루도 포장해 달라는 장난성 요구도 있다. 자유한국당 해산 심판 청구 요청에 대응하여 더불어민주당을 해산시켜 달라는 청원도 올라오는 등 해결할 수 없거나 정부 권한 밖의 청원도 꽤 많다. 카카오톡을 통한 중복투표 논란도 있었는데, '초·중·고등학교 페미니즘 교육 의무화' 청원에 중복투표를 한 것이 아니냐는 의혹이 있었다.

2018년 동계 올림픽 스피드스케이팅 여자단체 선수에 대한 비난과 국가대표 자격을 박탈하고 국제대회 출전을 정지해 달라는 청원, IOC에 남북 단일팀 반대 서한을 보낸 나경원의 조직위원직 박탈 청원, 이재용 재판에서 감형 판결을 내린 부장판사에 대한 특별감사 청원 등 개인에 대한 분노를 쏟아내는 부작용도 일어나고 있다.

최장집 고려대학교 명예교수는 이를 직접민주주의의 부작용으로 꼽기도 했다. "깊은 논의가 필요한 이슈를 즉흥적으로 요구하는 경우가 많다."며 "여론을 흥분의 도가니로 몰고 가 차분한 숙의 과정을 건너뛰게 할 위험이 있다."고 지적했다. 최창렬 용인대학교 교육대학원장은 "특정계층이나 집단의 의견이 과도하게 반영될 우려가 없지 않다."면서도, "국민의 의사를 적극 반영한다는 측면에서 긍정적"이라고 평가했다.

보완해야 할 점

특정 개인에게 상처를 주는 청원이 많아지고 있다. 여론이 이리저리 급격하게 쏠리는 광장민주주의의 폐해가 청와대 국민청원으로 드러나기도 한다. 한편, 국민의견을 잘 반영하지 않았던 그동안의 현상이 건전한 청원으로 이어지는 과도기적인 상황으로 보는 시각도 있다.

국민이 자신의 생각을 국가에 요구하고 호소할 수 있는 것은 어쩌면 당연한 권리이지만, 이 시스템을 청원의 성격에 맞도록 잘 사용하는 것이 민주시민의 기본적 자질이다.

어떤 의견이든 국민들이 의견을 표출할 기회가 주어지는 것이 필요하다. 당장 해결할 수 없는 청원이라도 장기적으로 법규를 제정하거나 제도를 개선하는 데 참고가 될 수 있기 때문이다. 다만, 직접민주주의의 취지를 살리되 역기능은 보완하고 순기능을 살리도록 노력해야 한다. 청원이 올라오고 그것이 실현되는 과정을 어떤 식으로 민주주의로 구현해 나갈지에 대해 고민해야 한다.

02 _ 대한민국은 울분 공화국?

문재인 대통령은 취임사에서 "문재인과 더불어민주당 정부에서 기회는 평등할 것입니다. 과정은 공정할 것입니다. 결과는 정의로울 것입니다."라고 선언했다. 그 후 불과 8개월 만인 2018년 1월 초, 청와대 국민청원 게시판에 '올림픽 아이스하키 단일팀 반대합니다.' 라는 청원이 올라왔다. "지난 4년 간 열심히 노력하고 준비해온 것이, 정치적인 논리로 하루 아침에 물거품이 되는 것입니다. 그동안 선수들이 흘려온 땀들이 정당하게 보상 받지 못한다면 공정한 사회라고 할 수 없습니다. …단일팀을 제고 해주시기 바랍니다."는 내용이었다.

20~30대는 20대 대통령 선거에서 문 대통령의 열성 지지층이었다. 그러나 평창 동계올림픽 남북한 단일팀 구성을 계기로 젊은 세대가 등을 돌리면서, 2030세대의 82%가 단일팀에 반대했

다. 임기 초반 80% 중반이던 문 대통령의 국정수행 지지율도 50% 후반으로 내려갔다. 인터넷에는 20대 네티즌들이 쓴 분노의 글이 넘쳐났다. 단일팀 구성은 평등하지도, 공정하지도, 정의롭지도 않다는 것이었다. 취업을 준비하고 있는 한 20대 여성은 "한국 여자아이스하키 선수들의 상황이 꼭 내 처지 같다." 며 "열심히 준비해 겨우 면접 기회를 얻었는데 '낙하산 응시생'과 같이 면접 보라는 꼴 아니냐?"며 정부를 성토하기도 했다. 2016년, 온 국민을 분노케 했던 정유라의 '체육특기자 수시전형 합격사건'이 기여한 한 가지가 있다면, 불공정 사회에 대한 경종이다. 대학은 체육특기자 전형을 강화했고, 사회적으로 공정에 대한 책임의식이 한층 더 확산됐다. 2019년 8월, 조국 장관 후보자 인사청문회를 앞두고 자녀 대학입시 과정에 대한 조사를 촉구하는 대학생들의 집회가 열렸다. 60%대로 올랐던 지지도는 다시 40% 후반으로 떨어졌다.

최근 우리사회는 소득 불평등, 양극화 심화, 고용 없는 성장 등이 화두다. 선거 때마다 '경제민주화'를 내세우면서, 공정한 소유 · 경쟁 · 분배로 '함께 잘 사는 정의로운 사회'를 만들겠다고 한다. 그러나 여전히 경제 성장을 했다고 하는데 누가 가져갔느냐? 부자는 늘어난다는데 나는 왜 이리 가난하지? 이렇게 아우성들이다. 한편에서는 공정 · 형평 등 윤리적인 것보다, 시장 ·

효율·국제경쟁력 등을 회복해야 한다고 주장한다. 최근에 발표되는 국민인식 조사에서 우리 국민 80% 이상이 '계층갈등', '이념갈등'이 심각하다고 인식하고 있다.

서울대학교 행복연구센터 조사에 따르면, 우리나라 사람 10명 가운데 1명 이상(14.7%)이 생활에 지장을 받을 만큼 울분을 갖고 있는 것으로 나타났다. 독일보다 6배가 많다. 이는 부당한 취급이나 결정에서 오는 분노감이다. 그게 억울해서 복수하고 싶은데, 할 수 있는 일이 없어 좌절이나 무력감에 빠진다. 거기에 서럽고 속상함 등이 울분으로 표출된다는 것이다.

울분을 부르는 TOP 5 중 권력 남용과 규칙 위반 행위가 1위, 직장이나 학교 내에서의 왕따와 차별'이 2위, 개인이나 기업의 지배적 지위를 이용한 갑질이 3위, 정부의 부정비리 은폐가 4위, 언론의 침묵·왜곡·편파 그리고 정치·정당의 부도덕과 부패' 등이 5위였다.

눈부신 경제성장, 낙수효과는 없었다

경제를 움직이는 세 가지 주체는 개인과 기업, 정부이다. 국가경제의 목적은 국민을 잘살게 하는 것이다. 그런데 지난 20여 년간 경제성장 성과는 가계소득 증가로 이어지지 않고 있다. 기업이 가져갔다면 재투자를 해서 미래에 대한 일자리를 만들고 소득이 늘어나야 한다. 정부가 세금을 더 많이 걷어 갔다면, 사회 간접자본 투자도 하고 복지예산을 늘렸을 것이기 때문에 가계살림이 좋아져야 한다. 그러나 2000~2016년 사이에 우리 경제는 64%나 성장했지만, 가계소득은 그 3분의 1에 불과한 21% 증가에 그쳤다. 더욱 심각한 것은 하위 20% 저소득층의 가계소득은 2년 전에 비해 8% 감소하고 있다. 낙수효과가 없었다는 것이다. 1990년대까지는 경제가 성장하면 기업이나 가계, 정부가 비슷하게 가져갔다. 2000년대에 들어와 기업은 경제성장의 성과보다 훨씬 많이 가져가고, 가계는 성장에 못 미치는 분배를 받고 있다. 결과적으로 1990년대 중반까지 약 70%의 가계가 중산층이었는데, 2019년을 기준으로 59% 수준으로 떨어지고, 가계 소득이 줄어든 만큼 그 수익이 기업으로 간 것이다. 또한 줄어든 중산층의 2/3가 저소득층과 빈곤층으로 추락했다.

2019년도 8월 통계청 발표에 따르면, 소득주도성장 정책을 추진한지 2년이 지났지만 저소득층 근로소득은 줄고 자영업자의 붕괴를 불러온 것으로 나타났다. '가계동향조사' 소득부문이 월평균(2인 이상 가구) 470만 원으로, 2018년도 같은 기간에 비해 3.8% 늘었다. 반면에 상·하위 소득격차는 5.3배로 사상 최대 수준으로 벌어졌다. 통계청은 최저임금의 급격한 상승과 불황 등의 여파로 저소득층이 일자리를 잃었기 때문으로 분석했다.

장하준 영국 케임브리지 경제학과 교수는 "문제가 얼마나 심각한지 받아들이는 게 해결의 첫걸음"이라고 말했다. 장 교수는 문재인 정부의 경제 정책에 대해 "소득주도 성장과 최저임금 인상이 나쁜 건 아니지만 대증요법"이라며, "영양제를 맞았으면 이어 체질 개선을 해야 하는데, 그런 얘기는 없다."고 지적했다. 최저임금 추가 인상에 대해선 "자영업자 비율이 6%인 미국과 달리, 한국은 25%이고 영세해 최저임금 인상을 흡수할 여력이 없다."며 "취지에 찬성하지만 현실을 고려하지 않고 너무 서둘렀다."고 진단했다.

국민소득 3만 달러가 공허한 이유

우리나라가 1인당 국민소득 3만 달러 시대를 열었다. 하지만 국민이 피부로 느끼는 소득수준과는 괴리가 많다. 고용상황은 좋아질 조짐이 보이지 않는 데다 소득양극화도 심해지면서 반쪽짜리 성과라는 지적이 많다. 한국은행은 2018년 1인당 국민총소득(GNI)이 3만1,349달러로 전년(2만9,745)보다 5.4% 늘었다고 발표했다. 달러 기준으로 2006년 2만 달러를 돌파한 뒤 12년 만이다. 이로써 한국은 세계에서 7번째로 1인당 GNI가 3만 달러 이상이면서 인구 5000만 명 이상인 '30-50클럽'에 이름을 올렸다. '30-50클럽' 국가는 미국과 독일, 일본, 프랑스, 영국,

이탈리아 등 여섯 나라뿐이었다. 1950년대 세계 최빈국이었던 우리나라가 선진국 대열에 오른 것이다.

그러나 나라 경제가 성장하면서 기업과 정부의 주머니는 두둑해졌지만, 가계 소득이 늘어나는 속도는 상대적으로 느렸다. 3만 달러 달성을 국민 개개인이 체감하기 어렵고 공허한 이유다. 국민소득 증가에도 불구하고 빈곤층 소득은 급격히 줄고, 소득 상·하위 계층 간 격차가 최악 수준으로 벌어지고 있다.

통계청의 2018년 4/4분기 가계 동향 조사에서도 소득하위 20%인 1분위 가구소득은 월평균 123만 8천200원으로 전년 대비 17.7%나 줄었다. 반면 소득상위 20%(5분위)는 월 932만 4천 200원으로 10.4% 늘었다. 이에 따라 소득의 빈부격차를 나타내는 '균등화 처분가능소득 5분위 배율'은 5.47배를 기록했다. 집계가 시작된 2003년 이래 가장 나쁜 소득분배지표다.

국세청 자료에 의하면, 부자들의 상속재산과 증여재산은 가파른 증가 추세에 있다. 총상속재산가액은 2012년 10조 2천704억 원에서 2016년 14조 6천636억 원으로 4조 3천932억 원 (42.8%) 늘었다. 같은 기간 증여재산가액도 10조 4천493억 원에서 18조 2천81억 원으로 7조 7천588억 원(74.3%) 증가했다. 거대한 부를 상속받은 상속인도 늘고 있다. 총상속재산가액 등 규모가 50억 원을 넘는 피상속인은 2006년 195명에서 2016년

449명으로 2배 이상 늘었고, 100억 원이 넘는 재산을 남긴 피상속인은 같은 기간 77명에서 176명으로 증가했다.

한국은행과 통계청의 가계금융복지조사 결과를 보면, 순자산(총자산−부채)을 기준으로 상위 20%는 전체 순자산의 60%를 넘게 소유하고 있다. 반면 하위 절반이 보유한 순자산은 전체에서 10.9%에 불과하다. KB금융연구소가 발표한 부자보고서를 봐도 금융자산 10억 원을 보유한 부자 수는 2012년 말 16만 3천 명에서 2016년 말 24만 2천 명으로 증가했다. 보유액도 같은 기간 366조원에서 42.6% 증가한 552조원으로 늘었다. 이는 국민 상위 0.47%가 총 금융자산의 16.3%를 보유하고 있음을 의미한다.

자산뿐만이 아니다. 매달 벌어들이는 소득에서도 부유층과 중하위층의 격차는 뚜렷해지고 있다. 대표적 분배 지표인 지니계수는 1996년 0.3033에서 2016년 0.4018로 악화했다. 2016년을 기준으로 상위 10%가 벌어들이는 소득은 전체 개인 소득의 49.2%에 이른다. 이는 상위 10%가 지닌 전체 순자산 보유 비중(42.1%)을 조금 넘는 수준이다.

'각자도생'의 사회

공정은 주로 출발선의 위치가 같은 경쟁의 규칙을 묻는 데 쓰였다. 공정한 경기라면 능력 있는 사람만이 이길 것이라고 봤다.
문재인 대통령 취임 후 비정규직 노동자를 정규직으로 전환하
는 정책은 '공정하지 않다.'는 반발에 부딪혔다. 장애인, 취약
계층, 지방학생 등 소수자를 배려한 입시 전형에 대한 반대도
일부 수험생에게서 매년 나타난다. 공정을 주장한 사람들은 경
기 전 선수들이 처한 불평등한 상황엔 관심이 없다.

'각자도생'은 제각기 살아 나갈 방법을 꾀함이란 뜻(표준국어대
사전)이다. 이원재 LAB2050 대표는 한국사회의 공정성이 "각
자도생 사회에서 떠오른 잘못된 담론"이라고 했다. 신경아 한림
대 교수는 논문에서 1997년과 2008년을 각자도생 사회의 배경
으로 지목했다. 외환위기, 글로벌 금융위기가 닥친 해였다. 신
교수는 "두 차례의 경제위기를 거치는 동안 별다른 국가적 보호
없이 시장에서 개인들은 자신의 생존을 스스로 책임져야 했다."
면서 '시장화 된 개인화'이라고 했다. 국가가 실업급여 등 사회
안전망을 두껍게 마련한 유럽 복지국가의 '제도화된 개인화'와
대비된 개념이다.

국제통화기금(IMF)의 압박과 '사회적 대타협'으로 정리해고가
늘어나고 파견노동이 법제화됐던 1997년 말, 2.6% 수준이던 실
업률은 1999년 2월 8.6%로 올랐다. 임시·일용직 비중도 같은
기간 45.9%에서 52.2%로 6.3%포인트 증가했다. 비정규직과

정규직은 같은 일을 해도 임금이 다를 때가 많았다. 2000년 정규직 대비 비정규직 임금은 53.7%였다.

정부의 노력만으로 포용적 성장과 포용적 국가에 이르기는 어렵다. 시민사회와 노동자, 기업, 정부가 함께 노력해야 한다. 「정의란 무엇인가?」 저자 마이클 샌델 교수의 "우리는 서로에게 신세를 지고 있기 때문에, 사회적 책임과 연대를 바탕으로 코로나19로 일어난 불평등 문제를 해소해야 한다."는 말을 되새겨 볼 필요가 있다

03 _ 인구변동, 요동치는 한국사회

　　　　　　우리사회는 지난 반세기 동안 겪어왔던 사회변
동 그 이상의 기술적, 경제적, 사회적, 환경적 특이점에 직면해
있다. 사회변동은 과학기술의 발전, 자연환경, 인구구조, 가치
관 등 여러 요인들에 의해 견인된다. 그중에서도 인구구조의 변
화는 미래의 경제, 정치, 사회, 교육 등 거의 모든 분야에서 중
요한 단초를 제공한다. 현재 우리나라의 인구구조 변화를 결정
지을 가장 중요한 요인으로는 저출산·고령화, 외국 인구의 유
입이다.

피터 드러커 교수는 "인구통계는 미래와 관련된 가운데 정확히
예측할 수 있는 유일한 선택이다."라고 했다. 인구구조로 미래
를 예측할 수 있다면, 다음 문제를 풀어 가는데 큰 단서가 될 수
있다. 서울대 보건대학원 조영태 교수는 저서「정해진 미래 시

장의 기회(2018년)」에서 현재의 인구를 보면 미래의 시장이 보인다고 주장하고 있다.

그가 예측한 '미래연표'를 보면 섬뜩하다. 2021년엔 1961년생 은퇴자 수가 89만 명에 이르고, 2024년 이후 어린 자녀를 둔 젊은 층이 줄면서 지방 대형마트가 철수하며, 2027년에는 '50대 사모님'의 고령화로 지방 백화점 몰락한다. 2030년에 20대 인구가 460만 명으로 줄고, 2040년에는 인구 4명 중 1명이 70세가 넘어 사회보장비용이 급증할 것이라고 한다.

우리나라 고령화는 65세 이상 고령자가 7%를 넘은 2000년부터다. 2002년부터 시작된 저출산 추세는 막대한 예산을 쓴 정부의 노력이 무색하게 현재도 진행 중이다. 2020년 출산율은 0.84로 이른바 '역대급'으로 떨어졌다. 저출산 세대를 연 2002년생은 이제 20세가 되었다. 2016년 3,600만 명이던 생산 가능 인구(15세부터 64세까지)가 2050년에 2,200만 명으로 감소하게 된다. 반면 노인 인구는 계속 증가할 것이다. 청소년 및 영유아 인구가 우리 경제에 주는 영향력이 아직은 그렇게 크지 않지만, 절대로 무시해선 안 된다. 저출산·고령화를 비롯한 다양한 인구 변동은 앞으로 대한민국을 지금과는 매우 다른 사회로 만들 수 있기 때문이다. 특히 시장의 변화는 선택이 아닌 필수가 된다. 여기서 인구 변동은 비단 저출산과 고령화만을 의미하지 않는다. 결혼 여부, 결혼 연령, 가구원 수, 거주 지역, 평균 수명 등을 포함하고 있다. 이런 변화는 앞으로 10년 동안 과거와는 다른 '질서'를 부여할 것이다. 지금까지는 인구 변동에 무관심해도 별문제 없었지만, 이제부터는 아니다. 시장이 쪼그라든다. 새로운 시장이 등장한다. 시장의 주 고객이 바뀐다. 인구변동으로 요동치는 미래가 닥칠 수 있다. 새로운 기회를 찾아야 한다.

국민의 걱정거리 저출산 · 고령화

저출산 · 고령화 문제는 2000년대에 들어오면서 그 심각성이 대두되었다. 이 문제에 효과적으로 대응하기 위한 다양한 정책적 어젠다들이 제시되었다. 고령화 사회 은퇴 준비를 위한 '국민연금(2001)' 제도, 일과 가정을 함께하면서 출산율을 제고하기 위한 '육아휴직(2004)' 그리고 '돌봄 노동(2007)' 제도가 시행되었다. 또한 사회 · 문화 구조 변화와 관련된 '다문화 사회(2009)'와 '베이비붐 세대의 은퇴(2011)' 등이 저출산 · 고령화 사회에 영향을 미칠 수 있는 요인으로 인식되었다.

우리나라 65세 이상 고령인구 비율은 2000년도에 7%가 됨으로써 고령화 사회로 진입하였고, 2017년에 14%로 고령사회, 2025년에는 20% 이상으로 초고령사회가 될 것으로 전망되고 있다. 최근 미디어에서 다뤄지는 키워드를 보면, 저출산 · 고령

화 사회에서는 일자리에 관심이 많은 것으로 나타난다. 젊은 세
대들이 '청년실업', '비정규직' 등의 어려움을 겪고 있는 것과
달리, 기성세대는 '재취업', '고용연장' 등의 문제를 겪고 있다.
일자리 문제는 청년층의 결혼과 출산, 노인 인구의 안정된 노후
에 큰 영향을 미치기 때문이다.

저출산과 연관된 키워드는 '맞벌이', '보육지원', '육아휴직'
등으로 나타났다. 맞벌이 가구가 꾸준히 늘어나고 육아에 대한
부담이 증가하면서, 최근 10여 년 동안 세계 최저 수준의 출산
율을 기록하고 있다. 고령화에서는 노인 인구의 경제적 삶과 연
관된 '노후소득', '연금', '재무설계'와 더불어 '건강'이 자주
등장하는 키워드다.

첫 인구감소, '데드크로스'

2020년, 사상 처음으로 데드크로스(사망자 수가 출생아 수를 초과)'
가 현실화 되면서 인구절벽의 공포감이 다가오고 있다. 저출
산·고령화 흐름이 고착화되는 인구절벽은 생산가능 인구 감소
와 잠재성장률 하락, 사회보장제도 붕괴, 군사력 약화 등의 악
순환을 초래한다. 한강의 기적으로 불리던 한국의 신화는 인구
소멸과 함께 신기루처럼 사라질 수 있다.

주민등록인구가 처음으로 2만여 명이 감소했다. 출생자 수가

27만여 명으로, 역대 최저치를 기록한 데 비해, 사망자는 30만 명을 넘어 자연 감소했다. 1~2인 세대 급증으로 세대 수는 최다를 기록했다. 전통적 가족의 변화가 세대 변동으로 나타나고 있는 것이다. 60대 이상 인구가 전체의 4분의 1 수준에 달해 고령화와 수도권 인구 집중 현상도 심해졌다.

지방소멸 문제도 심각하다. 행정안전부의 2020년 인구 통계에 따르면, 전국 243개 지방자치단체 중 전년 대비 인구가 늘어난 지자체는 65곳에 그쳤다. 행안부는 "교육·의료 등 주거여건과 경제기반이 취약한 지방이 소멸 위기에 처했다."고 분석했다. 학령인구가 줄면서 농산어촌 지역을 중심으로 통폐합되거나 그럴 위기에 몰린 초·중·고가 적지 않다. 교육·의료·보육 등 정주 여건의 미비현상은 다시 인구유출을 가속화하는 악순환을 초래한다. 이는 연쇄적으로 지역과 국가 경제를 발목 잡아 대한민국 전체의 경쟁력을 저하시킨다.

2016년, 중앙일보가 한국고용정보원과 실시한 전국 252개 시·군·구 인구 조사 결과에 따르면, 30년 후 인구가 사라질 위험이 큰 지자체는 80곳에 달한다. 아이를 낳을 여성은 꾸준히 줄고 고령 인구는 늘어난 곳이다. 우리의 고향이 사라질 수 있다는 뜻이다.

2019년, 유선종 건국대학교 교수가 같은 방법으로 분석한 결과에 의하면, 소멸 위험이 더 높은 것으로 나타났다. 229개 시·군·구 중 '소멸가능 지역'이 83개, '소멸위험 지역'이 49개로 나타났다. 유 교수는 지방소멸 원인으로 고령화의 가속화를 들었다. 상당수의 지방에서는 학교 운동장이 밭으로 변하고, 주택이 팔리지 않아 폐허로 방치되기도 한다. 병원은 폐업하거나 요양원으로 리모델링을 하고 있다.

아기 울음소리가 멈췄다

혼인이 줄면서 출생아 수가 58개월 연속 최저치를 경신했다. 통계청이 발표한 '2020 한국 사회지표'를 보면, 우리나라 2020년도 합계 출산율은 0.84명으로 전년 대비 0.08명이 감소했다. 일선 지방자치단체에서는 신생아 울음소리가 멈췄다고 호소하고 있다.

보건복지부에서 지방자치단체가 추진하는 출산지원 정책을 확인할 수 있는 「2020년도 지방자치단체 출산지원정책 사례집」을 발간했다. 사례집에는 광역 및 기초 지방자치단체가 추진하는 결혼과 임신, 출산, 육아 단계별로 구분하여 수록하고 있다. 다양한 지원 정책들을 공유하고, 지역 특성을 고려한 정책을 발굴하는데 도움을 주기 위한 것이다. 사례집은 각 지방자치단체, 행정기관, 공공단체 및 국회도서관 등 300여 곳에서 공유하게 된다.

일반 국민을 대상으로 한 저출산·고령화에 대한 인식조사는, 저출산의 주요 원인으로 자녀 양육비와 교육비 부담(60.2%), 소득·고용 불안정(23.9%)을 꼽았다. 또한 출산을 하더라도 소수의 자녀를 두고자하는 이유로 경제적 부담(79.9%) 및 자녀 출산·양육을 배려하는 사회적 분위기 미흡(70.7%)을 지목하고 있다는 점은 시사하는 바가 크다.

그간의 저출산 대책은 출산에 대한 근본적인 분석이 없이, 청년들의 복지 확충에 초점이 맞춰져 있었기 때문에 효과를 거둘 수 없었다.

사람을 포함한 모든 생명체의 진화적 목표는 생존과 재생산(번식)이다. 그 중 어느 쪽에 에너지를 더 많이 쓸 것인가는 생물이 환경을 어떻게 지각하느냐에 달려 있다. 주변 환경이 실제로 경쟁적이거나 그렇다고 지각하는 경우, 번식을 늦추고 아이를 적게 가지려 한다. 그런 환경에서는 자손보다는 자신의 경쟁력을 높이는 전략을 취한다. 한국사회는 경쟁적이다. 따라서 저출산은 환경에 민감하게 반응해 적응하는 인간의 합리적 선택의 결과다.

충격을 완화해야

저출산, 고령화, 외국인 증가는 인구구조 변화뿐만 아니라, 정치·경제·사회·문화 모든 분야에서 많은 영향을 미친다. 특히 생산과 소비가 축소되면서 전 사회가 '다이어트' 고통을 겪게 될 것이고, 저성장 기조와 사회 갈등을 유발할 가능성이 크다.

먼저 노동력 감소로 인한 생산능력 저하 및 경제성장의 둔화와 노인 부양비 급증을 가져올 것으로 예측된다. 고령화로 인한 사회비용 증가는 미래 세대에게 과도한 부담과 근로의욕을 저하시킬 수 있으며, 심각한 세대갈등으로 이어질 수 있다.

수도권과 농촌 간 인구 구성 격차로 지역발전의 불균형이 심화될 수 있다. 인구 감소와 고령화로 사용하지 않는 주택, 건물, 철도, 도로 등이 늘어나게 되면서 국가기반시설이 유휴화가 예상된다. 노인들이 편의시설이 집중되어 있는 도시로 몰리면서, 노인 빈곤·자살·범죄 등도 사회문제로 대두될 것이다.

국내체류 외국인 증가로 공포 또는 혐오가 확산되고, 일자리 경쟁 등 사회 갈등의 새로운 요소로 작용할 수 있다.

최근 박용진 더불어민주당 의원이 초저출산 등 인구 위기와 관련해 "국가 총력 비상체제를 구축해야 한다."며 '인구부총리제' 도입을 제안했다. 박 의원은 "인구위기와 지방소멸 위기는 북핵 위기보다 심각하고 엄중하며, 이미 우리 발밑에 와 있는 국가 재난 상황이라고 생각한다."며 이 같이 밝혔다. "코로나 위기보다 치명적이며 한 세대에 걸쳐 나타나게 될 위기"라며 "극복하는데도 2~30년의 세월이 걸리는 장기적인 위기"라며 그 심각성을 강조했다. 전적으로 공감이 가는 얘기다.

인구절벽 충격을 완화하려면 출산·보육 정책과 함께 복지·노동·경제 정책이 종합적으로 작동돼야 한다. 지금까지 출산 정책이 '복지' 측면에서 이뤄졌다면, 앞으로 출산·보육 정책은 보다 '경제' 측면에서 실질적인 지원이 이뤄져야 한다. 또한 노동 생산성을 높일 수 있는 방향으로 규제나 시스템도 개선해야 한다.

04 _ 정보사회의 빛과 그림자

오늘날 사회변동의 주요 원인으로 정보기술 (Information Technology, IT) 혹은 정보통신기술(Information and Communication Technology, ICT)이 거론되고 있다. 정보통신기술은 통신기술과 컴퓨터기술이 융합된 것이다. 통신기술은 19세기 중반부터 전신, 전화, 라디오, 텔레비전 등을 거치며 발전해 왔고, 컴퓨터기술은 1980년대 이후부터 대중화 국면에 진입했다. 통신기술과 컴퓨터기술은 독립적으로 발전해 왔으나, 인터넷을 매개로 곳곳에 설치된 컴퓨터를 이용한 통신이 본격화되면서 정보화 시대를 맞이하게 되었다.

지난 20년 동안 정보화는 일반인들의 집과 학교, 직장 생활뿐만 아니라 정치, 경제, 사회, 문화 전 영역을 망라하여 조직, 생산성, 소통 등 모든 면에서 획기적인 변화를 초래했다. 사회관계에 있어 전통적 소속집단(가족, 학교, 직장)에 기반을 둔 오프라인 관계 못지않게, 미디어를 통한 접속 기반의 온라인 사회관계가 중요한 사회 자본을 형성하기에 이르렀다. 2020년 500억 개의 기기들이 네트워크에 서로 연결되는 '초연결사회'가 등장했다.

앨빈 토플러는 1980년 「제3의 물결(The Third Wave)」에서 정보화 사회를 예측하였으며, '산업화 시대의 특징에서 탈피한 컴퓨터와 전자공학 분야가 중요한 부분을 차지하는 정보화시대가 도래 할 것'이라고 했다. 토플러와 함께 세계적 미래학자로 손꼽히는 존 나이스빗 박사는 1982년 저서 「거대한 새 물결(Mega trends)」을 통해 정보사회로의 변화, 아시아의 부상, 상호관계 맺기, 글로벌화 등 오늘날의 주요 트렌드를 정확하게 예측해 내 센세이션을 불러일으킨 바 있다. 2018년 기준으로 국내 스마트폰 가입자 수가 5천만 명을 돌파했다. 우리나라 총인구 수에 육박하는 수치로, '국민 1인당 1스마트폰 시대'가 도래한 것이다. 또한 인터넷 사용의 보편화로 사이버 공간은 주요한 생활공간이 되었다. 정보통신기술의 급속한 발전은 다양한 신종범죄의 출현을 가져왔다. 모바일 결제시장이 확대되고 전자상거래가 증가하자, 스파이 앱과 같은 모바일 악성코드로 스마트폰 정보를 훔쳐내는 범죄가 증가하고 있다. 사이버 음란물의 유통, 사이버 명예훼손과 모욕 등의 범죄도 지속적으로 증가하고 있다.

한편 시민들의 민주주의 의식이 높아질수록 공정과 정의에 대한 요구가 강해지고 있다. 과거 관행처럼 여기던 사회 고위층에 의한 권력형 비리를 용납하지 않는 사회적 분위기가 가속화될 것이다. 공익 목적의 시민제보, 불법행위에 대한 내부고발, 시민단체의 법적대응 등이 증가하면서, 사회적 강자들에 의한 범죄가 더욱 심각한 문제로 다루어질 것이다.

직업과 고용의 다양화

산업사회에서는 2차산업이 중심을 이루었지만, 정보사회에서는 3차산업 혹은 서비스 산업이 확장된다. 미국, 영국 등의 선진국에서는 이미 1990년에 서비스 부문에 취업자가 차지하는 비중이 2/3를 넘어섰고, 우리나라도 1997년에 이를 뒤따랐다. 서비스업 취업자가 증가하는 이유는, 재화에 대한 수요보다 서비스에 대한 수요가 빠르게 증가하기 때문이다. 소득수준이 높아지더라도 밥은 세 끼만 먹고 냉장고는 한 집에 한 두 대면 그만이지만, 교육이나 오락 등에 대한 서비스는 더 빨리 증가하는 것이다. 또한 2차산업 부문에 포함되었던 각종 서비스 활동이 서비스업으로 독립하는 것도 중요한 이유다. 예를 들어, 과거에는 제조업체가 직접 담당했던 홍보활동이 이제는 별도 광고업체로 독립하게 되는 것이다.

일자리 환경이 변화함에 따라 직업 또한 많은 변화가 일어난다. 과거를 통해 우리는 기술진보가 많은 직업을 사라지게도, 더 많은 새로운 직업을 만들어 내기도 했음을 알 수 있다. 예를 들어, 컴퓨터 항법장치가 도입되면서 비행기에 조종사들과 함께 탑승해야 했던 항법사가 사라지고, 인건비 상승과 컴퓨터의 활용 확대로 타자수, 타자기 제조원, 활판 인쇄원이 사라졌다. 반면에 웹디자이너, S/W 프로그래머, 게임 프로그래머, 인터넷 데이터센터 서버 관리원 등 훨씬 더 많은 컴퓨터와 인터넷 관련 직업이 생겼다.

빅데이터, 인공지능 등의 발달은 그동안 사람만이 할 수 있다고 여겨졌던 읽기, 쓰기 등 지적 영역을 기계로 대체함으로써, 과거와는 전혀 다른 변화를 가져올 수 있을 것이라는 우려도 있다. 실제로 영국 옥스퍼드 연구팀은 미국의 직업 중 47%가 자동화로 인해 대체 위험이 있다고 분석한 바 있다. 2015년 맥킨지(Mckinsey)에 따르면, 기존의 5% 미만 직업만이 현재의 기술을 활용한 전체 자동화가 가능하다고 분석하고 있다. 그러나 기술진보로 인한 대체가 반드시 직업 자체의 소멸만을 의미하는 것은 아니다. 뚜렷하게 관찰되는 현상은 직업이 매우 다양해진다는 점이다.

정보사회가 정착되면서 고용구조도 변화하고 있다. 산업사회에서는 근로자가 한 기업에서 '평생직장'으로 생각하면서 경력을 쌓아 간다. 반면, 정보사회에서는 자신의 전문성을 바탕으로 다양한 직장에서 근무하는 '평생직업'의 개념이 중시된다. 기술혁신의 속도가 빨라지면서, 한 분야에서 오랫동안 근무한 선임 노동자보다 새로운 지식과 기술로 무장한 신참 노동자가 업무를 잘 처리하는 현상이 수시로 발생한다. 근무 형태도 훨씬 다양해진다.

심각한 인터넷 중독

인터넷의 활용 범위가 다양한 만큼 중독의 양상도 다양하게 나타난다. 그중 다수에게 나타나거나 피해가 큰 것이 채팅 중독, 커뮤니티 중독, 정보검색 중독, 사이버 거래 중독, 음란물 중독 등이다. 이들 중독은 인터넷이 지닌 강력한 전파력과 더불어 우리 생활 깊숙이 파고들고 있다. 여러 형태의 인터넷 중독 중에서 그 자체에 불법적인 요소를 가장 많이 포함하고 있는 것은 음란물 중독이다. 지속적으로 성인 인터넷 방송을 시청하거나 음란물을 다운로드 하는 경우 등이 해당된다. 2020년 3월, 청와대 국민청원 최고 동의 수(270만 명)를 기록한 '텔레그램n번방

사건'은 우리 사회에 큰 충격을 안겨 주었다. 이후 디지털 성범죄 처벌을 강화하기 위해 성폭력 처벌법, 형법, 마약류 방지법 등 개정으로 이어졌다.

인터넷 중독은 인터넷 사용 환경 그 자체가 갖고 있는 특성과 사용자의 심리적 특성, 그리고 주변 사람과의 관계 등과 직결되어 있다. 그야말로 언제 어디서나 필요한 정보를 인터넷을 통해 얻을 수 있으며, 사용자 자신이 상황을 조절하고 영향력을 행사할 수 있게 되었다. 이러한 요인이 제공하는 개인적 통제감은 인터넷 쇼핑에서부터 부동산 매매, 증권 거래, 동영상 청취, 음악 감상까지 다양해졌다. 인터넷 접속은 무언가를 하는 수단을 넘어 하나의 유희가 됨으로써, 사용자들이 중독될 가능성을 더욱 증폭시키고 있다.

최근에 인터넷 중독은 스마트폰 중독으로 진화하고 있다. 스마트폰의 과도한 사용에 의한 부작용도 속속 드러나고 있으며, 우리 주변에서도 쉽게 찾아볼 수 있다. 스마트폰에 빠져 신호등도 살피지 않고 길을 건너거나, 운전 중에 스마트폰을 사용하다가 사고가 발생하는 경우는 어렵지 않게 접할 수 있다. 스마트폰 중독은 건강상의 문제를 유발하고, 기억력과 사고력에도 부정적인 영향을 미친다.

'초연결 사회'의 기회와 위협

네트워크로 연결된 '초연결 사회'에서는 새로운 위계(hierarchy)를 형성하는 '영향력 불평등' 문제가 발생한다. SNS에서 소수의 사람들은 수백만 명의 팔로워를 가지고 있는데, 대다수의 사람들은 수십 명 정도에 그친다. 따라서 SNS 여론이 몇몇 사람들의 생각이 극단적으로 과장되어 유통될 수 있다는 것이다. 다른 한편으로 웹의 쏠림에 의한 위계가 만들어지고 있다. 에릭슨 모빌리티 보고서에 따르면, 대부분의 나라에서 모바일 네트워크 기반의 웹 데이터 트래픽 중 2/3가 상위 5개 앱에서 만들어지고 있는 것으로 분석되었다. 우리나라의 경우에도 페이스북(20%)이 네이버(11%)를 두 배 가까이 앞지르고 있는 것으로 나타났다.

2018년 정치적 성격의 댓글 여론조작 사건이 우리 사회를 뒤흔들었다. 지난 정부의 조직적 댓글 사건으로 인한 충격과 상처가 아물지도 않은 상황에서 불법적인 매크로(반복 수행 프로그램)까지 동원했던 사실이 드러났다. 온라인 여론조작은 단순히 우리나라만의 문제가 아니라 전 세계적인 현상이다. 영국 옥스퍼드 대학교 연구에 따르면, 이미 미국·중국을 포함한 20여개 국가에서 여론조작팀들이 정치적 목적으로 국내·외 온라인 공간에서 활동하고 있다. 최근에는 포털의 댓글 기능 자체를 없애자고 하거나, 3년 전 위헌 결정으로 폐지됐던 인터넷 실명제 얘기가 다시 나올 정도로 문제가 심각하다. 페이스북, 트위터, 인스타그램에 이어 실리콘밸리에서 또 하나의 큰 소셜네트워크 히트 상품이 나왔다. 2020년 실리콘밸리에서 '클럽하우스'라는 새로운 오디오챗 베타 서비스가 나와 VC들이 열광한다고 한다. 명문 VC회사가 아직 공개되지도 않은 실리콘밸리의 일부 사람들만 초대하여 활용하는 서비스에 1천 2백만 달러(약 133억 원)를 투자했다고 한다.

초연결 사회가 기존의 불평등을 심화시키기만 하는 것은 아니다. 수많은 네트워크는 절대 무너질 것 같지 않던 구질서를 파괴하고 새로운 유력자를 만들기도 한다. 새로운 슈퍼스타 플랫폼이 탄생한 사례들은 얼마든지 많다. 새로운 네트워크의 형성을 통해 사이버 공간과 오프라인에서 새로운 위계와 영웅을 만들 수 있는 것이다.

2019년 3월, 77세 지병수 할아버지는 KBS 전국노래자랑(종로구 편)에서 가수 손담비의 '미쳤어'를 열정적으로 불러 단번에 전국 스타가 됐다. 반면에 아이돌 그룹 빅뱅의 멤버였던 승리(본명 이승현)는 그가 운영하던 클럽 버닝썬에서 벌어진 폭행사건을 시작으로, 성범죄 및 경찰과의 유착 등이 드러나 사회적 파장(승리 게이트)을 일으켰다. 그 해 대한항공 조양호 회장 일가의 갑질과 폭행사건은 탈세 혐의와 주식폭락으로 이어지고, 조회장을 대표이사에서 물러나게 했다. 최근 한 방송사의 오디션 프로그램에서는 당초 경쟁에서 탈락했던 가수가 마지막 회 방송 세 시간 동안 무려 400만 명이 보낸 응원 문자로 최종 1등에 오른 일도 있다. 정보사회, 초연결 사회이기 때문에 가능한 일이다.

05 _코앞에 닥쳐온 환경문제

인류는 오래 전부터 자연환경과 더불어 살아왔다. 지구환경은 자연적인 재해가 발생하여 환경상태가 변하기도 하지만, 인간의 인위적인 경제·사회 활동에 의해 변하기도 한다. 현대사회로 접어들면서 인구증가, 과학기술 발전 및 산업화를 통해 자연환경을 급속히 변화시켰다. 인간의 삶의 질을 높이고 유지하면서 무분별하게 자연환경을 훼손한 결과, 파괴된 환경으로부터 복수의 대가를 톡톡히 치르고 있는 것이다. 인간과 자연은 종속적인 관계가 아니고 상호보완적인 관계이므로, 자연을 보호하고 보전하는 것은 인류의 행복을 위한 시작이다. 인류문명의 변화과정을 겪으면서 지구가 인류 생존에 필요한 환경을 지속적으로 제공할 수 있는가 하는 의문이 제기되고 있다. 과도한 산업개발로 생태계를 훼손시키고 지구온난화, 기상이변, 생물다양성 위기를 초래하고 있다. 기후변화는 점점 심각해지고 있다. 지구촌은 물 부족과 오염, 에너지를 비롯한 자원의 고갈, 감염성 질병의 위협, 식량 부족, 자연재해 등으로 지속가능한 발전은 물론 생물권의 생존에 위협을 받고 있는 상황이다.

1972년, 로마클럽은 「성장의 한계」에서 이런 상황을 경고한 바 있다. 20세기 후반에 접어들면서 인간의 생존과 사회·경제적 발전을 위해서는 반드시 환경을 고려해야 한다는 공감대가 형성되었으며, '지속가능한 발전(Sustainable Development)'이라는 새로운 성장 패러다임이 자리 잡게 되었다.

지구온난화는 단순히 평균 기온 상승만이 아니라, 북극의 급속한 해빙과 해수면 상승, 그에 따른 해수 순환 등으로 가뭄, 홍수, 냉해 등을 유발하고 곳곳에 자연재난을 가져오고 있다. 이로 인해 인류의 생존기반인 생태계 파괴로 농수산업이 타격을 입고 곡물시장이 교란되고 있다. 또한 생물다양성 감소로 신종 바이러스와 세균으로 인한 전염병이 번지고 있다.

기후변화와 환경운동

기후변화란 현재 기후계가 자연적 요인과 인위적 요인에 의해 변화하는 현상이다. 기후변화의 대표적인 현상인 지구온난화는 온실가스에 의해 지구의 평균 기온이 올라가는 것이다. 화석연료 사용 등으로 급격히 증가한 온실가스가 가열된 복사열을 막아, 지구 온도를 따뜻하게 하는 온실효과를 일으키기 때문이다. 진행되는 지구 온도 상승은 자연적 온실효과의 범위를 넘어, 인위적 요인에 의한 기후변화이다. 온실가스는 산업발전의 원동력이 되는 석유, 석탄 등 화석연료에서 배출되므로 이에 대한 규제는 에너지 사용 규제와 직결된다. 따라서 각국은 자국의 경제발전과 산업경쟁력에 대한 피해를 우려하여 온실가스 감축을 위한 국제협상 과정에서 첨예하게 대립하는 것이다.

1988년, 기후변화에 관한 여러 나라 정부 간 협의체(IPCC)가 설립되어 온실가스에 의한 기후변화를 조사하여 대응전략을 세우고 있다. 1992년에는 유엔환경개발회의(브라질 리우)에서 Agenda 21(경제 성장과 환경 보호를 함께 실현하는 실천방안)을 공식 채택하였다. 이 협의체는 최근의 기후변화가 인간 활동에 기인한 것이라는 사실을 명확히 밝히고, 대응방안을 모색한 공로를 인정받아 2007년도 노벨평화상을 수상하였다(엘 고어 미국 부통령과 공동수상).

지난 10년간 기후변화 원인과 영향을 연구해온 전 마이크로소프트 최고경영자 빌 게이츠가 온실가스 배출 제로를 위한 책 「기후재앙을 피하는 법」에서 이렇게 주장했다.

"기후변화에서 기억해야 할 숫자가 두 개 있다. 하나는 510억이고, 다른 하나는 제로(0)다. 우리는 매년 510억t의 온실가스를 대기권에 배출한다. 제로는 우리가 달성해야 할 목표다. 기후재앙을 극복하기 위해 2050년까지 온실가스 배출량을 제로로 만들어 탄소문명에서 청정에너지문명으로 바꿔야 한다."

제로 목표를 달성하려면 과학기술, 기후정책, 글로벌 시장이 중요한 요소다.

기후변화 문제는 더 이상 일부 집단의 관심사가 아니다. 18세인 스웨덴 '환경소녀' 툰베리가 불씨를 당긴 환경운동이 우리나라를 비롯해 미국과 유럽의 젊은 유권자인 밀레니얼과 Z세대로 확산되고 있다. 이들은 환경문제의 심각성에 대한 여론을 주도하며 미래사회를 바꿀 정치 운동의 어젠다로 설정하고 있다. 2019년에는 전 세계 125개국, 160만 명의 청소년들이 각자 나라에서 거리로 광장으로 플래카드를 들고 나왔다. "돈이 중요하냐? 우리가 죽을 판에." "해수면 상승은 싫다."며 동시다발적인 환경 운동에 나서고 있다.

국민 불안 1순위, 미세먼지

대기 중에는 수많은 가스상 물질과 입자상 물질들이 존재한다. 이러한 물질들이 일정한 농도 이상으로 존재하여, 사람의 건강이나 재산, 동식물의 생육 환경 등 생활 및 자연환경에 피해를 주는 현상을 대기오염이라고 한다. 대기오염 물질은 도시나 공단 등에서 발생되는 국지적 오염뿐만 아니라 산성비, 오존층 파괴, 지구 온난화 같이 광역적 차원의 오염 원인이 되기도 한다.

겨울철이면 찾아오는 불청객인 미세먼지는 인류 건강의 위협요소로 주목을 받고 있다. 세계보건기구(WHO)는 2013년 미세먼지를 1급 발암물질로 발표하였다.

세계적으로 대기오염에 대한 경각심을 불러일으킨 사건은 1952년 12월 영국 '런던 스모그'였다. 구름처럼 짙은 안개로 앞을 분간할 수 없을 정도로 대낮에도 주위가 어두웠고, 갑자기 추워진 날씨로 습도는 80%가 넘는 기상 상황이었다. 스모그 현상이 1주일 이상 계속되었고, 사건 발생 후 3주 동안에 4,000여 명이 사망하였다. 이후에도 만성폐질환으로 8,000여 명의 사망자가 늘어났다.

최근 런던은 크게 달라져 있다. 시내에 공기 오염을 감지하는 로봇 곰 인형 '톡식토비(Toxic Toby)'가 설치되어 일정 수준 이상 오염도가 높아지면 고개를 움직이며 '콜록콜록' 기침을 하여 알려준다고 한다. 통계청의 '2018년 한국의 사회지표'에 따르면, 우리나라 국민 중 '대기환경이 좋다.'고 응답한 비율은 28.6%로 2년 전(31.7%)보다 3.1%포인트 감소했다. 반면 '나쁘다.'고 답한 국민은 36%로 같은 기간 8%포인트나 증가했다. 특히 미세먼지에 대한 불만이 압도적이었다. '불안하다.'고 응답한 비율이 82.5%로, 방사능(54.9%), 화학물질(53.5%), 기후변화(49.3%) 등을 압도했다. 미세먼지 해결을 요구하는 국민적 목소리에 정부는 '국가기후환경회의'를 출범시켰으며, 국회에서는 미세먼지를 사회적 재난에 포함시키는 법률을 통과시켰다.

식탁을 위협하는 미세플라스틱

폐플라스틱에서 나오는 미세한 플라스틱 입자인 '미세 플라스틱'은 해양 생태계를 오염시킴으로써, 사람들의 건강에 커다란 영향을 주고 있으며 그 위험성이 지적되고 있다. 2018년 인천대학교 해양학과 김승규 교수팀은 국제환경단체 그린피스와 함께 바다 플라스틱 오염과 일상에서 소비되는 소금 오염의 상관관계를 보여주는 논문 '식용 소금에 함유된 미세 플라스틱의 국제적 양상 : 해양의 미세 플라스틱 오염 지표로서 해염'을 발표했다.

연구 결과, 바닷물로 생산한 해염의 미세 플라스틱 평균 오염도가 호수염이나 암염의 평균 오염도보다 높았다. 또한 소금 1kg당 발견된 미세 플라스틱의 최대 입자 수는 해염에서 1만 3,000여 개, 호수염에서 400여개, 암염에서 100여개로 나타났다.

지역적으로는 아시아에서 생산된 소금의 플라스틱 오염도가 가장 높았다. 미세 플라스틱을 가장 많이 함유한 10개 해염 가운데 9개가 아시아 지역 제품이었다. 한국의 천일염 3개에서도 1kg당 100-200여개의 미세 플라스틱이 발견돼, 조사된 28개 해염 중 오염도 상위권을 차지했다.

코로나19 팬데믹으로 플라스틱 사용량이 폭발적으로 늘면서 '쓰레기 대란'이 곳곳에서 현실화되고 있다. 플라스틱이 잘게 쪼개진 형태인 미세플라스틱은 바다로 흘러들어 해양 생태계와 우리의 식탁마저 위협하고 있다. 최근 한국해양과학기술원이 국내 8개 연안의 미세플라스틱 분포현황을 조사했다. 동해안인 울산만과 영일만에서 ㎥당 4개를 넘는 미세플라스틱이 검출되었고, 부산 연안해역과 광양만 등 남해안 해역에서도 각각 1.35, 1.65개의 미세플라스틱이 검출되었다. 지중해, 북태평양 등과 비교해 10배나 많은 수치다.

식품의약품안전처가 국내 유통 중인 다소비 수산물 14종 66품목을 조사한 결과, 평균 1g당 0.47개 정도의 미세플라스틱이 검출되었다. 특히 건조 중멸치와 천일염에서는 그램당 각각 1.03개, 2.22개가 검출되었다.

미세 플라스틱은 먹이사슬을 통해서 상위 포식자에게 먹히어 생태계 전반에 걸쳐 오염된다. 값싸고 편리하다는 이유로 무분별하게 남용된 플라스틱이 부메랑이 되어 우리의 식탁을 위협하고 있는 것이다.

문명이 키운 공포, 신종 바이러스

인류 역사에는 수많은 세균과 바이러스가 등장했다. 근대에 들어와 이들을 정복하기 시작했지만, 2020년에 발생한 '우한폐렴'처럼 변종의 새로운 바이러스가 나와 인간을 위협한다. 바이러스는 인간의 면역체계에 굴복하지 않고, 스스로 분자 구조를 변화시켜 생존한다. 최근 들어 전염병이 전 세계적으로 크게 확산되는 것은 분명한 사회현상이다.

전염병은 국가의 흥망성쇠에 영향력을 미친다. 인류 역사에서 가장 많은 사상자를 낸 것도 전쟁이 아닌 전염병이었다. 사스, 에볼라, 코로나19는 전 세계적으로 공포를 불러일으킨 전염성 높은 질병이었다. 이 질병을 유발하는 바이러스들에는 공통점이 하나 있다. 3개 모두 울창한 열대 숲에 사는 야생동물로부터 유래되었다는 점이다. 인간을 감염시키는 신종 바이러스의 75% 이상이 야생동물로부터 유래한다.

이런 질병들이 요즘 들어 더욱 문제가 되는 것은 삼림 벌채와 관련이 깊다. 수많은 환경전문가들의 경고에도 불구하고 삼림 벌채는 여전히 만연해 있다. 2016년 이후 줄어들고 있는 삼림은 연평균 28만㎢에 달한다. 한반도보다 더 넓은 삼림이 매년 사라지고 있는 셈이다. 농작물을 재배하고 주거용 땅을 만들기 위해 삼림을 베어내고 태우면, 서식지를 잃은 야생동물들은 더욱 좁은 지역으로 모여들게 된다. 삼림이 파괴될수록 인간과 특정 동물 간의 접촉 빈도가 크게 증가하여 더 센 신종 바이러스가 창궐한다는 사실이다.

06 _ 한국, 아주 특별한 위험사회

"한국은 '아주 특별한' 위험사회다. 내가 지금까지 말해온 위험사회보다 더 심화된 위험사회다. 전통과 제1차 근대화, 최첨단 정보사회, 제2차 근대화가 중첩된 사회이기 때문에 특별한 위험사회다."

2008년, 우리나라를 방문한 「위험사회(Risk Society, 1986)」의 저자 울리히 벡이 했던 말이다. 한국은 미국, 독일과 같은 선진국형 위험사회라기 보다는, 일어나기 어려운 사고가 빈번히 발생하고 있음을 지적한 것이다. 이를 후진적이면서 악성 위험사회라고 평가하고, 그 원인으로 구조적인 사회 비리와 부정부패를 지목했다.

독일 뮌헨대학교 교수였던 울리히 벡은 영국의 앤서니 기든스와 함께 세계에서 가장 주목받는 사회학자다. 그는 「위험사회」

를 통해 현대사회학에 '위험'이라는 개념을 추가했다. 그는 근대화의 성공과 경제적 풍요가 동반하는 대형사건 사고의 위험을 지적하면서, '새로운 근대'로 나갈 것을 제안한다. 또한 사회가 발전할수록 위험요소가 더욱 증가하는 것을 '위험이 사회 전체를 지배하고 있고 일상화된 사회'라고 정의하고 있다. 보이지 않고 예측 불가능한 것까지 포함하며, 전 지구적 위험으로 확산되고 있다고 지적한다. 그리하여 국가는 대형사고 위험을 예방하기 위한 안전정책을 최우선 순위에 두어야 한다고 강조한다.

행정안전부 국립재난안전연구원 보고서에 따르면, 대형기술시스템인 국가기반시설의 상호연계성 때문에 자체 방재력과 상관없이 상황발생 10시간 후면 대부분의 시설이 큰 타격을 입는 것으로 나타났다. 전국 규모의 인터넷 단절, 동시다발적 사이버테러, 자연재해에 따른 물리적 충격으로 중앙데이터센터가 파괴되고, 대규모 정전이나 인적사고로 이어질 수 있다. 이는 주식시장, 교통물류 시스템, 주요 포털·공공사이트 마비 등 큰 혼란과 피해를 가져올 수 있다. 최근 위험성이 부각되는 신종 전염병, 풍수, 가뭄도 예외가 아니다.

우리 속담에 '마른하늘에 날벼락', '아닌 밤중에 홍두깨'라는 말이 있다. 1999년 화성 씨랜드 화재, 성수대교와 삼풍백화점 붕괴, 대구 지하철 방화, 2014년 세월호 사고 등 1990년대 이후만 해도 사회재난이 빈발하고 있다. 이외에 원전 방사능 유출, 식품안전, 교통사고, 과로사, 자살 등 안타까운 사건 사고 소식이 끊이질 않는다. 안전한 세상은 그냥 오지 않는다. 사회안전망을 보강하고 공동체를 회복하는 사회적 인식과 접근이 필요하다.

세월호 침몰 이후, 우리 사회는

우리 사회를 충격과 눈물로 뒤덮게 했던 2014년의 세월호 사고는 기본이 무너진 사회 축소판을 보여주었다. 연줄과 이권이 형성된 성장주의, 압축성장, 안전 불감증이 낳은 사고라는 비난이 거셌다. 사고에 대해 청해진해운과 승무원, 한국해운조합, 한국선급 등 선박 관련 기관들, 그리고 정부가 책임을 소홀히 했다는 비판도 있었다. 또한 이 사고와 관련해 유명인사나 정치인 등의 막말 논란 또한 끊이지 않았다.

사상자가 많이 늘어난 데에는 최초 침몰 후 2시간이 넘는 시간 동안 초기 대응을 전혀 하지 못하고 승객들 몰래 탈출한 선장 이준석과 일부 승무원들의 책임이 대두되었고, 배를 무리하게 운행한 청해진 해운의 책임도 컸다. 또한 해양수산부 마피아로 불리는 해운계의 정경유착과 해경의 뒤늦은 대처가 원인으로 지목되었다. 선원법 제10조(재선의무)는 '선장은 화물을 싣거나 여객이 타기 시작… 다 내릴 때까지 선박을 떠나서는 아니 된다.'고 정하고 있다. 선장은 안전 항해를 책임지는 최고책임자이다. 어린이, 노약자, 여성, 남성 순으로 긴급 대피시키되, 해수면보다 높은 곳으로 이동시키는 것이 원칙이다. 유사시 선장은 선박과 운명을 같이 해야 한다.

세월호 사고와는 달리, 100여 년 전 '타이타닉호(號) 침몰의 경우는 선장이 사고수습에 최선을 다함으로써 직업윤리가 살아 있는 모습을 보였다. 에드워드 스미스 선장은 사고 당시 마지막 순간까지 승객 탈출을 지휘했고, 이후 타이타닉호와 운명을 같이 했다. 사람들은 그의 숭고한 직업의식과 책임감을 높이 평가했다. 고향에서는 스미스 선장의 동상을 세우고 'Be British(영국인답게 행동하라).'는 그의 말을 새겼다. 무척 아름다운 일이다.

한국리서치가 세월호 사고 4년이 지난 2018년 얼마나 달라졌는지 답을 찾기 위해 사회 안전과 재난 대응에 대한 심층조사를 실시했다. 조사결과에 따르면, 얼마나 개선되었는지에 대해서는 '별로 달라지지 않았다.'는 답변이 51%이었다. 안전하다고 생각하느냐에 대해서는 '별로 안전하지 않다.'는 응답이 64%였고, '전혀 안전하지 않다.'는 15%로, 무려 79%의 응답자가 불안하다고 답변한 셈이다. 더 큰 문제는 안전문제를 정치적으로 해석하는 시각이 여전한 것이다.

재난 요인에도 변화가 있었다. 자연재해 중 지진위험을 불안해하는 응답이 85%로 높았다. 경주, 포항 지진으로 대학입시까지 연기했던 영향이 큰 탓이다. 다음의 우려로는 자연재해로, 가뭄·폭염이 66%, 홍수·침수 64%, 태풍 61% 순으로 나타났다. 사회재난에서는 끊이지 않는 화재사건에 69%, 환경오염 사고에 67%, 가축 전염병에 67%가 불안감을 피력했다.

재난이 갈수록 대형화·복합화·국제화되며 새로운 유형의 재난이 부상하고 있지만, 대응하는 정부 등은 물론 우리 사회전반이 미흡하다고 우려하고 있다. 소방·경찰, 병원·의료기관은 재난대응 과정에서 효과적으로 역할을 하고 있다는 응답이 각각 62%, 50%로 높은 신뢰를 받았다. 반면에 청와대 36%, 총리실 31%, 행정안전부 25%, 지자체 23%로 낮았다. 이는 현장 주도의 재난대응 체제로 전환해야 할 필요성을 상징적으로 보여준다. 시민단체 31%, 시민 개개인 27%, 언론 24%로 긍정적 평가가 10명 중 3명 수준에 불과했다. 국민들 스스로도 정부 책임만 탓하기보다 민간의 역할에 대해서도 냉정하게 평가하고 있는 것이다.

청소년 수련원(씨랜드) 화재

1999년 6월 30일 새벽, 경기도 화성군(현 화성시)에 있는 청소년 수련시설인 놀이동산 씨랜드에서 화재가 발생하여, 취침 중이던 유치원생 19명과 인솔교사 및 강사 4명 등 23명이 숨지고 6명이 부상당하는 참사가 발생했다. 화재사고 당시 씨랜드에는 서울 소망유치원생 42명, 안양 예그린유치원생 65명, 서울 공릉미술학원생 132명, 부천 열린유치원생 99명, 화성 마도초등학교 학생 42명 등 497명의 어린이와 인솔교사 47명 등 모두 544명이 있었다.

수련원 건물은 콘크리트 1층 건물 위에 52개의 컨테이너를 얹어 2~3층 객실을 만든 임시건물로, 안전사고 위험 때문에 어린이 캠프가 금지된 건물이었다. 조사결과에서 나온 당시 이 모 계장의 비망록에는 "청소년 수련시설 등록 전 사전영업 행위에 대한 과태료 부과 결재를 올렸더니 강과장이 사인을 해주지 않았다. …씨랜드 건에 대해 과장이 이상하게도 과민 반응을 보인다. …차라리 과장이라는 제도가 없으면 어떨까 하는 생각도 해본다."는 내용이 담겨있다. 이계장은 과장으로부터 문제점을 제시할 때마다 "무슨 말이 많아?"하고 꾸중을 듣거나, 용역 깡패로부터 "가족을 몰살시켜버리겠다."는 협박을 받아 3자녀를 피신시키기도 했다고 한다. 결국 뇌물과 23명의 목숨을 맞바꾼 것이다.

이 화재에서 아들 도현(강동구 소망유치원)군을 잃은 전 국가대표 하키 선수 김순덕씨는 우리나라 현실에 절망하여 메달과 훈장을 반납하고, 1999년 12월에 뉴질랜드로 이민을 갔다. 그녀는 떠나면서 "누구나 그 속에서 있을 수 있었다."라는 말을 남겼다. 이후 어린 아이들을 가슴에 묻은 유족들은 한국어린이안전재단을 만들어 안전사고 예방 활동을 하고 있다.

성수대교 붕괴

1994년 10월 21일, 한강에 위치한 성수대교의 상부 트러스가 무너져 내려 일어난 사고다. 이 사고는 건설사의 부실공사와 감리담당 공무원의 부실감사가 연결되고, 정부의 안전검사 미흡으로 일어났다. 이른 아침 출근하거나 등교하고 있던 시민·학생 49명이 한강으로 추락하였고 그 가운데 32명이 사망하였다. 성수대교는 이음새가 잘못되면 무너지기 쉬운 트러스식 공법으로 건설되었다. 사고원인은 교량 상판을 떠받치는 트러스의 연결 이음새의 용접 불량과 주기적인 유지관리 소홀로 드러났다. 붕괴 전의 성수대교 설계 하중은 총 중량 32.1t이었지만, 이를 초과하는 과적 차량들이 자주 통과하였다. 이로써 성수대교는 40t이 넘는 차량들의 압력을 받았기에 붕괴는 예견되어 있었다. 특히, 붕괴되기 전이던 1993년 서울 동부간선도로(성수대교~

의정부 구간)가 개통되면서 교통량은 더욱 폭증했으나, 서울시에서는 이렇다 할 대책을 내놓지 않았다.

성수대교 붕괴사건은 한국 사회에 만연되어 있던 부정부패를 전 세계에 알린 불명예스러운 사건이다. 이 사건을 계기로 한국 사회의 부패에 대한 전반적인 문제 제기가 이루어지기 시작하였다. 부정부패의 관행을 줄이기 위한 노력이 정부, 학계, 시민 사회 단체의 차원에서 활발하게 이루어짐으로써, 한국사회가 보다 투명해지는 기회를 제공해 주었다.

위험과 안전

전문적 · 공학적 지식은 현대인의 생활 가운데서 없어서는 안되는 필수적인 것이다. 그러므로 엔지니어가 아이디어를 내어 설계한 제품이나 구조물은 인류를 위해 공개되어야 한다. 엔지니어가 수행하는 일 중에는 위험이 필연적으로 발생하는 경우가 많다. 인구가 도시에 집중됨에 따라 고층건물, 도로, 교량 등의 건설 현장에는 위험요소가 곳곳에 내재해 있다. 건물의 설계 잘못이나 시공 부주의로 인해 건축 중인 건물이 무너지는 경우도 있다. 또한 제대로 시공된 건물을 전문지식이 없는 사용자가 임의로 구조를 변경하여 무너지는 경우도 있다. 그 전형적인 예가 '삼풍백화점 붕괴' 사고이다.

안전은 위험과 대비되는 개념이다. 감당할만한 위험 수준이 개인이나 조직에 따라 다르기 때문에, 안전에 대한 개념은 개인이나 조직의 가치에 따라 다를 수밖에 없다. 엔지니어들은 어떤 장치를 설계할 때, 실제 사용할 때의 작동상태를 예상하여 설계를 한다. 그러나 엔지니어나 경영자가 비정상적인 상황을 정상적인 상황으로 바꾸거나, 실제 상황에 맞게 설계를 변경시키지 않고 비정상을 정상적인 것처럼 생각하기도 한다. 그 예로 발사 도중 폭발한 '우주왕복선 챌린저호'의 경우를 들 수 있다.

재해 예방과 관련된 '하인리히 법칙'이라는 것이 있다. 이 법칙은 문제되는 현상이나 오류를 초기에 신속히 발견해 대처해야 한다는 것을 의미한다. 초기에 신속히 대처하지 못할 경우 큰 문제로 번질 수 있기 때문이다. 무엇보다 예방이 최선이다.

07 _ 점점 늘어나는 비정규직

2020년 6월, 인천국제공항공사의 보안검색 요원 정규직 전환 방침에 대한 분노와 혼란이 거세게 일어났다. 인천공항공사는 2017년 문재인 대통령이 취임한 뒤 직접 방문해 지목한 비정규직 제로(zero) 1호 사업장이다.

청와대 게시판에 올라온 '공기업 비정규직의 정규화 그만해 주십시오' 글은 단 사흘 만에 정부가 직접 답해야 할 기준인 동의자 20만 명을 훌쩍 넘었다. '사법시험준비생모임'은 공사의 방침이 고용상 평등권을 침해한다며 국가인권위원회에 진정을 제기했다. 공사의 정규직 노조는 헌법소원 제기 등 총력저지에 나서겠다고 밝혔다.

정규직화가 결정된 다른 직역 노동자들도 비판 성명을 냈다. 분노의 출발점은 공사의 정규직화가 원칙이 없고 과정도 공정하지 않다는 점이다. 인천국제공항공사는 취업준비생들이 가장 선호하는 공기업이다. 당연히 채용시험을 봤다 떨어진 사람도 많을 것이다. 특정 시점에 비정규직으로 근무했다는 이유로 공개 선발과정이 없이 정규직이 되는 것을 받아들이기 어렵다는 주장이다.

현재 일하는 비정규직자에게 불리한 측면이 있다면 적절히 가산점을 주는 방식으로 처리하면 될일이다. 지금 청년들이 분노하는 것은 왜 누구는 치열한 경쟁을 우회하는 옆문으로 들어가느냐는 것이다. 2021년 5월, 더불어민주당 초선 의원 모임인 '더민초'가 개최한 '쓴소리 경청' 간담회에서도 참석자들은 문재인 정부에 느낀 절망감을 여과없이 표현했다. 공기업에 다니는 한 참석자는 "갑자기 비정규직의 정규직 전환이라는, 인천공항에서 문재인 대통령의 한마디로 기업 내부가 여러 파벌로 나뉘어 힘들게 싸우게 됐다"며 "비정상의 정상화가 아니라, 비정상의 극대화가 됐다"고 쏘아붙였다.

실제로 이 같은 일이 인천국제공항공사에서만 벌어진 것은 아니다. 비정규직의 정규직 전환은 최근까지도 다른 공공기관 및 공기업에서 꾸준히 진행되고 있다.

「88만원 세대」 공저자인 박권일 사회비평가 · 작가는 최근 출간한 「한국의 능력주의」에서 "불평등은 참아도 불공정은 못 참는 한국, 한국인"이라고 말한다. 특권계층뿐만 아니라 시험이라는 선발절차를 거치지 않은 이들이 정규직으로 전환되는 데에도 분노하는 것을 보면, 우리 사회는 공정한 절차에 따른 능력 측정을 매우 중시한다. 박 작가는 "능력주의는 기회와 과정의 근본적 불평등, 즉 '실질적 불공정'을 은폐하고 형식적 공정성에만 집중하게 만든다"고 지적한다.

정규직과 비정규직

비정규직 문제가 언론에 자주 보도되고 사회적 이슈가 되고 있다. IMF 체제 이후 우리나라는 필요할 때 인력을 쉽게 감축하기 위해 노동시장의 유연화를 도입하였다.

통계청의 경제활동조사에 따르면, 2021년 8월 현재 국내 정규직 노동자 규모는 2,100여만 명(61.6%)이고 비정규직 노동자는 806여만 명(38.4%)이다. 전체 임금 근로자 중 비정규직이 차지하는 비중은 2020년(36.3%)보다 2.1%포인트 올랐다. 2005년 8월(36.6%) 이후 최대다. 2014년 32.2%까지 낮아진 이후 계속 완만한 오름세를 보이고 있다. 임금근로자 3명 중 2명은 정규직, 1명은 비정규직인 것이다. 정규직 대비 비정규직의 시간당 임금 격차는 62.9%에서 62.8%로 0.1% 포인트 확대되었다.

노동 유연화 정책은 기업가들에게는 매우 유용한 조치이지만,

근로자에게는 삶이 직결된 문제이므로 노동조합(노조)과 기업가들의 가장 첨예한 분쟁 요소가 되고 있다. 대부분의 사람들이 최초로 노동시장에 진입하게 되는 초반에는 비정규직 비율이 정규직보다 오히려 높다. 남자 20~24세의 비정규직 비율은 68.4%, 여자 20~24세의 비정규직 비율은 53.0%, 남자 25~29세의 비정규직 비율은 36.5%, 여자 25~29세의 비정규직 비율은 33.0%다. 이런 20대 비정규직을 가리키는 말로 '88만원 세대'라는 말이 널리 알려져 있다.

비정규직을 없애고 정규직을 늘리기 위해 안간힘을 쓰고 있지만 반대로 정규직은 줄고, 비정규직은 관련 통계를 집계하기 시작한 2004년 이후 최대로 늘어났다. '비정규직 제로'를 최우선 과제로 내세운 정부에서 나온 역설적인 결과다. 이는 정부가 비정규직의 정규직화 정책을 통해 공공부문의 정규직화가 상당 수준으로 이뤄진 점까지 고려하면 민간 부문의 비정규직 증가 규모는 훨씬 클 것으로 보인다.

통계청장을 지낸 유경준 한국기술교육대 교수는 "정부의 일자리 정책이 효과를 내지 못하고 있다는 얘기"라며 "정부는 최저임금을 크게 올리면서 정규직을 늘린다는 이상을 앞세웠지만, 현실은 정책이 서로 효과를 반감시키는 '역(逆)시너지'를 내고 있다"고 설명했다. 2007년에 비정규직 보호법이 제정되었으나, 기업에서 비정규직 근로자를 2년 이내에 해고해버리는 식으로 악용하는 일이 발생하여 비정규직을 보호한다는 당초의 취지를 살리지 못하고 있다는 지적이 많다.

하청사회, 위장 도급과 불법 파견

우리나라는 '한국의 외환위기는 위기를 가장한 기회'라는 평가가 있을 정도로 빠르게 회복했지만, 문제는 그 후유증이 크다는 점이다. '노동시장의 유연성'을 확보하기 위해 이루어진 노동 개혁은 정규직과 비정규직의 양극화로 이어졌고 '효율성'을 높인다는 명목으로 하청과 재하청 구조가 만들어지면서 질 좋은 일자리는 오히려 줄었다.

기업 개혁은 중소기업이 탄탄하게 기반을 다지는 방향으로 이루어지지 못한 채 수출 대기업이 경쟁력을 확보하는 데 필요한 수준에서 끝나 버렸다. 세계 경제가 좋았던 덕분에 회복이 빨랐던 것이 '제대로 개혁할 수 있는 동력'을 훼손한 셈이다. 이후 양극화는 더욱 심화됐다. 요즘 노사 분쟁 관련 기사를 보면, '위장 도급', '불법 파견' 등의 용어들이 자주 등장한다. 무슨 뜻인지 알아야 그 기사를 읽을 수 있고, 우리가 노동자가 되었을 때도 현명하게 대처할 수 있다. 일은 A 회사인(원청 업체)에서 하는데 근로 계약은 B 회사(하청 업체)에서 하는 근로 형태를 간접 고용이라고 한다. 아웃소싱이나 외주라는 말도 쓰이는데 간접 고용에는 도급과 파견이 있다.

하루가 멀다 하고 있어서는 안 될 안타까운 사고 소식이 끊이질 않는다. 2016년 5월 28일, 서울 지하철 구의역에서 스크린도어를 고치던 청년 근로자 김 군(19세)이 목숨을 잃었다. 월급은 최저임금 수준인 140만 원 안팎이었고, 컵라면 하나 챙겨 먹을 시간도 없이 빡빡한 노동에 시달리고 있었다. 최소한의 안전장치인 2인 1조 정비원칙을 담은 메뉴얼이 있었지만, 당시 사무실에는 접수담당 직원과 김 군뿐이었다. 사고 이후 서울메트로는 수리 업무를 위탁받은 은성PSD라는 업체에, 은성PSD는 김 군에게 사고 책임을 돌렸다. 이전에도 성수역, 강남역에서 또 다른 김 군들이 비슷한 이유로 업무 도중에 사망했다. 2018년 12월 11일 김용균 씨가 태안화력발전소 석탄 이송 컨베이어 벨트에 끼어 목이 잘린 채 사망한 이래로 상황은 근본적으로 변하지 않았다

근로빈곤의 악순환

하청노동은 한국사회에 다양한 이름으로 존재하는 비정규직 중 하나의 유형이다. 비정규직은 흔히 계약직, 아르바이트, 용역, 파트직 등의 이름으로 불리는 다른 고용형태를 모두 포괄하는

개념이다. 다시 말하면 정규직이 아닌 사람을 말한다. 시간이나 기간이 정해져 있는 기간제 근로자, 하청노동이나 파견, 용역 등의 경우처럼 특정 업체에 고용되어 있으면서 다른 업체(주로 원청업체)를 위해 일하는 간접고용근로자를 비정규직으로 분류한다.

우리나라 노동시장의 가장 큰 문제 중 하나는 주로 정규직이 차지하고 있는 노동시장 중심부와 주로 비정규직으로 채워지는 주변부 간의 격차가 커지고 있다는 것이다. 통계청의 경제활동조사에 따르면, 저임금 근로자(중위임금의 2/3 미만인 계층) 규모는 23.5%로 OECD 회원국 가운데 두 번째로 많고, 임금불평등(상위 10%와 하위 10% 간 임금 격차)은 5.63배로 OECD 회원국 중 불평등이 가장 심한 것으로 나타났다. 성별로는 남성보다 여성이 주변부 비정규직 일자리에서 일하는 경우가 더 많다. 임금근로자의 남녀 비율은 56.2%대 43.8%인데, 정규직 비율은 64.5%대 35.5%로 남성이 더 높고 비정규직 비율은 45.5%대 54.5%로 여성 비율이 더 높다.

청년취업자 5명 중 1명은 1년 이하의 계약직으로 직장생활을 시작하는 것으로 나타났다. TV드라마 「미생」(tvN, 2014년)의 주인공인 2년 계약직 신입사원 '장그래' 보다 고용이 더 불안정한 셈이다. 한 번 주변부 노동시장에 발을 딛게 되면 중심부로 이동하는 것이 거의 불가능하다고 한다. 처음 일자리가 비정규직인 경우, 정규직으로 이동하는 사람은 10% 내외인 것으로 집계되고 있다. 비정규직일수록 저임금 근로자일 가능성이 크고, 저임금 근로자일수록 일자리를 잃을 확률이 높다. 또한 일을 해도 빈곤을 벗어나기 어려운, 근로빈곤(working poor) 상황에 놓일 가능성이 매우 크다. 그야말로 악순환의 반복인 것이다.

좋은 일자리와 적정 임금

「헌법」 제32조 1항은 국가에게 '사회적 · 경제적 방법으로 근로자의 고용 증진과 적정임금의 보장에 노력하여야 할 것'과 '법률이 정하는 바에 의하여 최저임금제를 시행하여야 할 의무'를 부여하고 있다. 법과 정책으로 해고를 제한하고 기업이 해고회피 노력을 기울이도록 하여야 한다. 또한 일자리 창출과 고용서비스 지원 등을 통해 취업 기회를 제공하여야 한다.

국제노동기구(ILO)는 1999년에 인간다운 노동조건을 확립하기 위해 노동의 질과 근로기준을 보호해야 한다는 취지로 'Decent Work'(우리말로 '좋은 일자리' 혹은 '괜찮은 일자리'로 번역)라는 개념을 만들고 일자리의 질을 측정하기 위한 다양한 지표들을 개발하고 있다. ILO에서 말하는 좋은 일자리는 고용기회, 일터에서의 권리, 사회적 보호, 사회적 대화 등이다

일할 기회의 보장 측면에서 우리의 현실은 녹록지 않다. 땀 흘려 일한 근로소득으로는 급격히 벌어지는 자산 격차를 따라갈 수 없다. 가속화되는 디지털 전환과 탈 탄소 산업 전환에 따른 대량실업 가능성, 플랫폼노동·특수고용 등 권리 사각지대에 놓인 미조직 노동자의 증가, 저성장시대로의 진입, 대-중소기업 노동자 간 소득격차 확대 등 구조적 난관들이 우리 앞에 놓여 있다.

다치지 않고 죽지 않고 일한 권리는 가장 기본적인 권리이다. 하지만 우리 사회에는 수많은 김 군들이 있다. 노동사회학자 노광표는 지하철 구의역 사건을 '생명·안전의 외주화가 가져온 참사이며, 안전 불감증이 빚어낸 기업살인' 이라고 규정한다. 노동 유연성, 효율성 등의 이름으로 기업들이 업무의 외주화를 추진하는 과정에서 힘들고 위험한 일을 하청근로자에게 전가하는 현상(위험의 외주화)이 더욱 확산되고 있다.

태안화력발전소 사고 등으로 일명 '김용균법' 이라고 불리는 산업안전보건법이 2020년 1월 16일부터 시행됐다. '위험의 외주화' 방지를 비롯해 산업 현장의 안전규제를 강화한 전부개정이 이루어졌지만, 산업재해에 대한 처벌이 지나치게 낮아서 산업재해가 끊이지 않고 있다. 우리나라도 영국의 기업살인법을 본 따 안전의무를 위반한 기업을 강력하게 처벌해야 한다는 지적이 계속 제기되었다.

기업에서 사망사고 등 중대재해가 발생했을 때 사업주에 대한 형사처벌을 강화하는 내용의 중대재해기업처벌법이 2021년 1월 8일 국회를 통과하여 1월 26일 제정되었고 1년이 경과한 시점인 2022년 1월 27일부터 시행되었다. 산업안전보건법이 법인을 법규 의무 준수 대상자로 하고 사업주의 경우 안전보건 규정을 위반할 경우에 한해서만 처벌을 하는 데 반해, 중대재해기업처벌법은 법인과 별도로 사업주에게도 법적 책임을 묻는다는 데서 중요한 차이가 있다.

08 _ 최대 이슈로 부상한 청년문제

우리나라 사람들은 새로운 사람을 처음 만났을 때 무엇이 궁금할까? 아마 이름, 나이, 무슨 일(직업)을 하는지가 중요할 것이다. 그래서 뉴스에서도 어떤 사람을 소개할 때 그 사람의 나이와 직업을 함께 싣는다. 직업은 단순히 돈을 벌기 위한 수단이 아니라, 그 사람의 정체성을 정해주는 아주 중요한 요소다. 따라서 직업이 없는 실업자는 부모나 주위로부터 도움을 받아 경제적인 어려움이 없더라도 자신의 정체성이 상실되어 있기 때문에 괴로울 수밖에 없다. 직업의 중요성은 직업이 있는 사람이 없는 사람보다 더 오래 산다는 연구결과(한국보건통계학회)에서도 확인된다.

인생은 선택의 연속이다. 어떤 선택을 하느냐에 따라 인생이 좌우된다. 많은 선택 중에서 '배우자 선택', '직업 선택'은 특히 중요하다. 그래서 시간적 여유를 가지면서 자신의 적성에 맞고 역량을 발휘할 수 있는 장래성 있는 직업을 선택하는 것이 중요하다. 그런데 많은 청년들이 직업 선택의 어려움을 겪고 있다. 최근의 사회·경제적 환경 변화로 생산성 향상 등 긍정적 변화도 존재하는 반면, 일자리 감소 등과 같은 부정적인 변화도 있기 때문이다.

고용은 제자리이거나 후퇴하는 경향을 보이고 있다, 실업과 고용불안을 온몸으로 겪고 있는 이들이 바로 청년이다. 2021년 2월 현재, 청년 실업률은 10.1%(41만 6천명)이다. 일자리 구하는 걸 포기하거나 아르바이트로 일하며 더 나은 일자리를 찾는 청년까지 포함한 체감 실업률은 26.8%나 된다. 청년 고용률은 1년 전과 비교해 계속 감소하고 있다. 통계청에 따르면, 국내 취업자 수는 2,636만 5천 명으로 전년 대비 47만 3천명(-1.8%)이 감소했다. 이중 15~29세 청년 취업자는 371만 5천 명으로 1년 전보다 14만2천 명(-3.7%)이 감소했다.

청년들이 결혼이라는 안식처 마련을 포기하고 있다. '비혼족' 증가는 내일이 오늘보다 나아질 것이라고 보지 않는 청년들의 집단 파업에 가깝다. 취업, 주거, 육아 등 결혼 비용이 지나치게 높다는 호소다. 이런 얽히고설킨 구조적인 문제들은 당장 해결이 어렵다. 이제 결혼과 출산을 한 쌍이 아닌 각각 별개의 선택으로 받아들여야 할지도 모른다. 최근 통계청 조사에 따르면, '남녀가 결혼을 하지 않더라도 함께 살 수 있다' 비율은 56.4%, '남녀가 결혼을 하지 않더라도 출산할 수 있다' 는 비율은 30.3%에 달할 만큼 사회는 변했다.

청년문제의 변화

청년문제는 전통적으로 문화적 범주로 취급되었다. X세대, Y세대, 서태지 세대 등의 호칭에서도 알 수 있듯이, 청년은 그 이전 세대와는 다른 문화적 감수성과 소비 행태를 가진 존재로 이해되었기 때문에 정치·경제적 연구 대상이기 보다는 주로 사회·문화적 현상으로 이해되는 것이 일반적이었다.

그러나 1990년대 후반 경제 위기 심화는 청년문제를 바라보는 관점에 근본적인 변화를 가져왔다. 정치적으로 가장 뜨거운 주제가 되고, 정치가나 정책 입안자들이 최우선적으로 다뤄야 할 문제로 부상한 것이다. 특히 청년실업 문제가 심화될수록 정치·사회적 불안정성이 증가하였다. 2011년, 아랍의 재스민 혁명이나 전 세계로 확산됐던 월스트리트 점거운동의 근본적인 원인이 청년실업 문제라는 것은 잘 알려진 사실이다.

우리사회 역시 마찬가지이다. 청년들이 스스로를 'N포세대' 라고 부르고 한국을 '헬조선' 이라 일컫는다. 살아남기 위해 결혼이나 연애, 출산을 포기해야 한다고 말하고, 나아가 인간관계와 희망마저 포기했다고 말한다. 2016년 서울 지하철 구의역에서 발생한 수리기사 사망사건은 청년들이 종사하는 노동의 비극을 한 번에 보여 주었다. 청년문제가 문화적 '풍요'의 문제에서 사회적 '빈곤'과 '배제' 그리고 '노동'의 문제로 바뀌고 있는 것이다.

최근 한국인 60%는 자식이 부모보다 못살 것이라고 생각한다는 미국의 여론조사 결과가 나왔다. 또한 'Y세대(1985~1996년생 · 25~36세)'를 포함한 MZ세대(1980년대 초~2000년대 초 출생)가 해방 이후 최초로 전(前) 세대보다 자산이 적다는 연구 결과도 나왔다. 서울연구원이 통계청의 2012~2020년 가계금융복지데이터를 이용해 세대 간 자산 격차를 분석한 결과다. 우리 젊은 세대가 단군 이래 처음으로 부모보다 못살 게 되는 세대라는 말이 현실로 굳어지고 있다.

무한 경쟁과 청년층 양극화

청년들의 삶은 총체적 난국에 처해 있다. 최고의 '스펙'을 쌓는다고 하더라도 취직이 될까 말까하는 세상이다. 노동시장의 초기 진입 장벽이 높아지므로 다들 불안해 하지 않을 수 없다. 스펙 경쟁이다. 학점과 영어는 기본이다. 제2외국어니 자격증이니 인턴 경력이니 하며 자기소개서를 한 줄 더 늘리기 위해 온갖 노력을 쏟아야 한다.

청년들 사이의 양극화가 사회적 격차를 더욱 벌리는 역할을 하고 있다. 대학에 들어오는 과정 자체가 구조적으로 양극화되어 있다. 손낙구의 「부동산 계급사회」에 따르면, 서울대 합격은 아파트 가격순에 따라 달라지고 있다. 개천에서 용이 나는 시대는 가버렸다. 사교육의 활성화와 함께 어느 대학에 진학하는가의 문제는 부모의 재력에 따라 얼마나 많은 돈을 교육에 투자하였는가로 결정된다는 것이다.

설령 개천에서 용이 나는 경우가 생겨 대학에 진학하더라로 사정은 달라지지 않는다. 무엇보다 심각한 것은 '가난하면 공부를 할 수 없고, 공부를 할수록 가난해지는' 상황이 심화되고 있다는 것이다. 몇 년 전 한 방송프로그램에서 보도한 내용이다. 법조인을 지망하는 '강남 부잣집' 학생이 자신은 부모가 다 챙겨주어 걱정없이 로스쿨을 준비하고 있다면서, 스스로 해결해야하는 친구를 볼 때면 안쓰럽다고 하였다. 반면에 친구인 고학생은 로스쿨은 상상도 못할 일이라며, 부잣집 친구를 보면 부럽기도 하고 도저히 경쟁이 안 되겠구나 하는 생각이 든다고 하였다.

문제를 더욱 심화시키는 것은 대학들 간의 경쟁이다. 대학들도 살아남기 위해 치열한 생존 경쟁을 벌이고 있다. 기업이 대학에 제대로 훈련된 인재를 배출하지 못한다고 불평을 하자 대학은 학생들에게 엄청나게 많은 것을 요구하기 시작했다. 생존 경쟁이 치열해지면서 '취업률'을 높이기 위해 온갖 노력을 다한다. 영어 시험, IT 분야의 자격증, 이중전공, 복수전공, 부전공 등을 권장하니 학생들이 수행해야 할 과제의 양이 엄청나다. 아르바이트를 해서 등록금을 겨우 모으는 학생들에게는 버거운 일이다

2021년 전 세계에서 선풍적 인기를 끈 넷플릭스 드라마 〈오징어 게임〉이 미국 국무부의 외교 전문의 소재로 등장했다. 전문은 "이 어두운 이야기의 중심에는 평균적 한국인이 느끼는 좌절감이 있다"며 특히 취업, 결혼, 사회경제적 지위 상승을 위해 몸부림치는 한국의 청년 세대에 주목했다. 청년층 사이에서 이미 커지고 있는 정치적 냉소주의, 승자독식 사회와 계층 불평등이 반향을 불러일으켰다고 지적한 것이다.

최악의 청년실업, 최악의 구인난

2019년에 서울연구원이 발표한 조사에 따르면, 최대 경제 이슈로 '청년실업과 고용문제'를 꼽았다. 이어 부동산 문제, 최저임금, 물가상승 등의 순이었다. '경제 이슈가 내년에 얼마나 개선될 것으로 보느냐'는 질문에 대부분은 크게 개선되지 못할 것으로 예상했다. 2020년, 헤럴드경제가 실시한 청년 대상 설문조사를 보면, 80.6%가 국내 정치가 청년 세대의 목소리를 대변하

지 못한다고 생각하고 있다. 청년의 권리 보장을 위해 정당 내부에 별도 '청년당'을 두어야 한다는 의견에 대해선 많은 이들(76.8%)이 공감했다. 청년당의 역할을 묻는 질문에는 '청년 구직활동 지원'이 31.9%로 가장 많았으며 '청년 주거 및 주택시장 안정화'가 26.4%로 그 다음을 차지했다.

청년실업 문제는 노동시장 변화와 맞물려 있다. 높은 대학진학률, 대학 전공과 산업 수요 불일치, 중소기업·대기업 임금 격차 등 구조적 문제와 직결돼 있다. 인구구조 변화와 혁신성장을 통한 일자리 창출에는 시간이 오래 걸리기 때문에 중·단기적 대책이 시급하다.

청년실업자는 41만 명을 넘어섰다. 청년실업률은 1년 전보다 더 올라 10%를 돌파했다. 반면 판교를 중심으로 하는 디지털테크 산업계는 '개발자 모시기 전쟁'이 한창이다. 그야말로 좋은 일자리가 널려 있는데도 뽑을 사람이 없다고 한다. 역대 최악의 구직난을 겪는 청년과 역대 최악의 구인난을 겪는 정보기술(IT) 기업이 공존하는 전대미문의 상황이다. 이 같은 미스매칭이 또 있을까 싶을 정도다. 전혀 다른 세상이다. 마음이 급한 기업들은 다른 방법으로 인력을 구한다고 한다. 첫 번째는 "차라리 우리가 교육해서 개발자를 키우자"다. 실제로 최근 부산에 클라우드나 데이터 분야 전문인력 양성을 위한 교육센터를 세우기로 결정한 이

한주 베스핀글로벌 대표가 이런 사례다. 최근 네이버도 역대 최대 규모인 900명을 채용하면서, 비전공자라도 뽑아서 개발자로 교육시키겠다는 것이다. 배달의민족이 교육하고 있는 '우아한테크코스'도 마찬가지다. 기업이 선택 가능한 두 번째 전략은 해외 아웃소싱이다. 인공지능과 센서를 결합한 소프트웨어를 개발하는 업체의 대표는 "초봉 6500만원이라도 기업 입장에선 각종 인력 유지비까지 감안하면 1인당 1억원은 인건비로 염두에 두고 경영을 할 텐데, 해외 아웃소싱 방안을 고려하지 않을 수 없다"고 한다. 3D 업종도 아닌 괜찮은 일자리가 넘쳐나는데도 청년실업 고통은 커지고 있다. 충분히 예견했고, 10여 년 전부터 전문가들의 요구가 있었으나 충분히 대비하지 못한 탓이다.

안전하고 존중받는 삶

"우리 세대가 모든 것을 망쳤습니다."

2018년 평창올림픽에 맞춰 우리나라를 방문한 안토니우 구테흐스 유엔 사무총장이 젊은이들을 대상으로 한 강연에서 이렇게 고백했다. 그는 자신이 포르투갈 총리를 역임하던 1990년대는 세계화로 인한 혜택이 전 세계를 풍요롭게 만들던 시기였다. 무역이 늘고, 국민소득이 증가하고, 세계는 빠르게 하나가 되었다. 세계화가 초래한 불균형을 간과했고, 오늘날 전 세계 상위

8명의 부자가 소유한 재산이 하위 50%의 재산을 합친 것과 같은 상황에 이르렀다고 반성했다. 취업난에 시달리는 젊은이들에게 미안하다고 사과하고, 당시에 열심히 노력했다면 지속 가능한 발전을 이루어 낼 글로벌 거버넌스를 수립할 수도 있었을 것이라고 했다.

우리 사회가 청년문제를 어떻게 다룰 것인가 하는 문제는 청년들이 경험하고 있는 이 삶의 위기를 어떻게 전환할 것인가의 문제이다.

우선 청년들 삶의 공공성 문제이다. 개인의 입신양명과 가족의 영광을 위해 공부한다고 생각한다면 공부는 공공적 가치가 없는 것이 되고 만다. 서구의 복지국가들은 공부를 사적인 이해를 추구하는 것일 뿐 아니라 공적인 의미를 가진 행위로 생각하기 때문에 무료로 혹은 아주 적은 비용으로 교육을 받을 수 있게 한다. 다음은 고용의 질을 높여야 한다. 적절한 수입이 보장되어야 하고, 작업장의 안전이 우선시되어야 한다. 마지막으로 존중받는 삶이다. 청년들이 면접에서부터 노동 과정에 이르기까지 자신이 사회로부터 존중과 보호를 받고 있다는 느낌을 갖게 하여야 한다.

지금 우리 사회는 청년들에게 스스로 사회적 가치가 있는 존재임을 입증하라고 무한 경쟁 속으로 몰아넣고 있다. 그들이 보다 더 적극적으로 사회에 참여하고 기여할 수 있도록 도와주어야 한다.

09 _ 늙어가는 사회, 노인문제

너무 빠른 고령화 추세

우리나라는 초저출산의 지속, 기대수명의 연장, 베이비붐 세대의 고령인구 진입 등으로 유례없이 빠른 속도로 고령화가 진행되고 있다. 경제협력개발기구, OECD 회원국 가운데 고령화가 가장 빠르게 진행 중이다. 이 속도라면 2041년엔 전체 국민 셋 중 하나가 노인이고, 2048년엔 전 세계에서 가장 나이든 나라가 될 전망이다.

UN은 65세 이상 인구 비중이 14% 이상이면 고령사회, 20% 이상이면 초고령 사회로 분류하고 있다. 우리나라는 1970년대에 61.9세였던 기대수명이 2010년에 80.8세로 증가하였다. 2017년에 65세 이상 인구비율이 14%에 이르면서 고령사회로 진입하였다. 2026년에는 그 비율이 20.8%로 늘어 초고령사회에 도달할 것으로 예상한다. 이런 추세라면 우리나라는 단 17년 만에 고령사회로, 또 9년 만에 초고령사회로 진입하는 셈이다. 고령화에서 고령사회로 이행까지 반세기 이상 소요된 주요 선진국들(프랑스 115년, 미국73년, 영국 47년, 독일 40년)과 비교할 때, 우리나라 고령화는 유래를 찾아볼 수 없을 정도로 급격한 진행 속도를 보인다.

2020년 우리나라 65세 이상 고령인구는 1년 전보다 46만 명 증가한 820만 6천 명으로, 전체 인구의 16.4%를 차지했다. 반면에 15세에서 64세 사이 생산연령인구 비중은 71.3%로, 1년 전보다 19만 명(0.6%) 포인트 감소했다. 같은 기간 15세 미만 유소년 인구도 13만 명 줄었다. 생산연령인구 100명이 부양해야 하는 노인 인구는 2000년 10.2명이었는데, 2020년 23.0명으로 두 배 넘어 생산연령인구 4.3명이 고령인구 1명을 부양하는 상황이 됐다. 초고령사회로 진입하면 현재 세대, 미래 세대의 부담이 많이 늘어나고, 생산가능 인구가 부족하게 됨에 따라서 우리나라 산업 경쟁력도 약화될 우려가 높아지고 있다.

인구학자 조영태 교수는 자신의 저서 「인구 미래 공존」에서 우리나라의 25세에서 59세까지의 '일하는 인구'가 앞으로 10년 뒤 315만 명, 부산시 인구만큼 사라질 것으로 추산하고 있다. 인구의 고령화 현상에 대한 탄력적인 대응의 부재는 경제·사회적, 국가 성장 측면에서 심각한 사회문제를 유발한다. 경기 침체, 노인 의료비 및 연금 수령 증가, 독거노인 증가, 소득격차로 인한 노인 빈곤층 증가 등 다양하다. 노인문제는 결국 청년 문제이기 때문에 개인의 문제로 치환해서는 안 된다. 고령화로 인해 미래세대가 짊어지는 부담이 커짐에 따라, 취업이 어려워진 청년세대의 '미래 삶의 불안정'에 영향을 주기 때문이다. 인구 전문가들은 향후 10년이 인구 감소와 고령화에 대비할 골든 타임이라는 점을 강조하고 있다.

노인빈곤 등 다양한 문제

인구구조 고령화는 독거노인의 증가, 소득격차로 인한 노인 빈곤층의 증가 등 다양한 사회적 문제를 발생시킨다.

나홀로 고령자가 크게 증가한다는 것은 가족이 더 이상 전통적인 기능을 담당하지 못하게 된다는 것을 의미한다. 특히 나이가들수록 중요해지는 '돌봄' 기능을 가족이 해주지 못하게 되어 건강을 해치기 쉽다. 혼자 사는 사람이 많아지고, 더구나 그중 다수가 고령자라면 사회적 측면에서 질병에 대한 부담은 커질 수밖에 없다.

한국보건산업진흥원의 의료비 분석 결과에 따르면, 현재 우리 국민들은 본인이 평생 쓰는 의료비의 33%를 70~85세 사이에 지출한다. 남자는 약 1억 원, 여자는 약 1억 2천만 원을 의료비로 지출한다. 그중 70세부터 15년 동안 남녀 모두 3천만 원이 넘는 돈을 의료비로 쓴다. 국민건강보험이 있지만 그것으로 충분하지 않기 때문이다.

고령인구 대부분이 은퇴 후 별다른 직장을 가지지 못하기 때문에 노후생활 자금의 부족은 노인 빈곤 상태를 가속화한다. 통계청 조사에 의하면, 65세 이상 노인가구 월평균 소득은 전체 가구의 53% 수준이다. 노인 빈곤율은 48.6%로 OECD 국가 평균인 12.4%보다 약 4배가 높은 수준으로 나타나고 있다. 이는 소득과 건강, 고용, 사회적 지원, 지속가능성 등 5개 영역으로 산출한 '고령화대응지수'에서 OECD 22개국 중 최하위를 기록할 정도로 열악한 삶을 살고 있음을 보여준다. 노인의 48.6%가 가난하다는 말은, 두 명 중 한 명은 지원이 필요하다는 의미이다. 2008년 노령연금, 2014년 기초연금 제도가 도입됐지만 부족함을 보여준다.

우리나라 노인 자살률은 OECD 국가 중 1위이며, 전체 고령인구의 10~15%가 우울증 등 다양한 정신건강 상의 문제를 겪고 있다. 통계청에 조사에 따르면, 2019년 전체 자살률(인구 10만 명 중)은 26.9명이다. 주목해야 할 부분은 연령이 올라갈수록 자살률이 높아진다는 점이다. 10대 5.9명, 20대 19.2명, 30대 26.9

명, 40대 31명, 50대 33.3명, 60대 33.7명, 70대 46.2명이고, 80대는 67.4명으로 가장 많다. 보건복지부 노인실태조사에서는 노인의 10.9%가 60세 이후에 "자살을 생각해 본 적이 있다."고 답했다. 주된 이유로 경제적 어려움(40.4%)을 가장 많이 꼽았다. 다음은 건강(24.4%), 외로움(13.3%), 부부ㆍ자녀ㆍ친구와의 갈등 및 단절(11.5%) 등의 순이었다.

베이비붐 세대의 은퇴

우리나라 대표적 사회학자 송호근 교수가 2013년에 쓴 「그들은 소리 내어 울지 않는다」에 이런 글이 나온다.

"고도성장에 청춘을 바치고, 한국사회의 현대화에 중년의 시간을 쏟아 부은 이들은 아무 대책 없이 노후를 맞아야 한다는 현실을 전혀 예상하지도 준비하지도 못했다는 사실은, 내가 30년간 지속했던 '세상을 향한 여행'에 제동을 걸었다."

송 교수는 어느 날 58년 개띠 대리기사와 나눈 대화를 계기로 이 책을 썼다고 한다. 베이비부머들의 경험, 가치관, 가족 책임, 행동양식과 사고방식 등을 인터뷰를 통해 재구성했다.

베이비부머의 연령 집단은 1955~1964년생이다. 나이로는 58~67세에 이른 중년과 노년들이다. 이 베이비붐 세대가 2010년부터 은퇴를 시작했다. 전체 인구 중 약 720만 명(14.6%)이다.

이처럼 엄청난 볼륨을 가지고 있기 때문에 이 세대에 의해 문화가 창조되었고, 사회가 변하였으며, 경제발전이 이루어졌다. 미국의 경우에도 2차 세계대전 후 태어난 세대가 히피문화를 일으켰고, 인권운동을 선도하였다.

우리나라 베이비붐 세대는 민주화를 달성하는 데 기여하고, 국가 경제 발전을 이루는 데 크게 공헌하였다. 이 세대가 은퇴를 한참 하고 있는 것이다. 베이비붐 세대의 은퇴는 사회적인 문제를 발생시킨다. 통계에 따르면, 베이비붐 세대의 77.9%가 노후 준비를 못했다고 한다. 자녀 교육비, 부동산 담보대출, 부모 부양 등 여러 가지가 원인이다. 제2 베이비붐 세대는 1965년부터 1975년까지 약 920만 명이 태어났다. 이 세대가 대를 이어 사회를 이끌고 있다. 제2 베이비붐 세대는 미래에 대해 깊이 생각해보고 노후를 준비해야 한다.

고령 친화적 생태계를 만들자

우리는 100세 시대를 맞이하고 있다. 인구 고령화는 이제 더 이상 피해갈 수 없는 현상이다. 그렇다면, 인구 고령화 현상을 두려워하기 보다는 다양한 연금제도 및 건강보험 등을 고려하여 우리 사회를 지속가능하게 재설계하여야 할 필요성이 절실하게 대두된다. 예를 들어, 고령의 나이 기준을 상향 조정하고 정년

퇴직 연령을 지금보다 높게 설정할 필요가 있다. 2015년 대한노인회는 노인 연령의 정의를 70세로 올리자는 의견을 제시한 바 있다. 2019년에는 육체노동자가 노동으로 소득을 얻을 수 있는 연령상한(가동연한)을 기존 60세에서 65세로 올려야 한다는 대법원 판결이 나왔다. 1989년 55세에서 60세로 높인 뒤 30년 만의 판례 변경이다.

고령화가 지속되면 일하는 사람이 적어지기 때문에, 많은 사람이 오랫동안 일하도록 요구받게 된다. 한국경제연구원이 발표한 '2020년 고용지표'에 따르면, 60세 이상만 취업자가 증가한 것으로 나타났다. 2004년 이후 가장 많은 비중을 차지했던 40대 취업자를 50대가 추월한 것도 특징이다.

고령 친화적 생태계와 경제의 체질 개선을 준비해야 인구절벽 시대의 충격을 최소화할 수 있다. 단순히 취약 노인에게 일자리를 제공하고, 노인 돌봄을 강화하는 데 그쳐서는 안 된다. 이젠 고령화에 대한 발상 전환이 필요하다. 요즘 고령층으로 진입하는 세대는 이른바 욜드(YOLD-Young Old)다. 건강하고, 재력이 있으며, 지식도 풍부하고, 정보기술(IT) 능력을 갖췄다.

단순히 요양 · 돌봄뿐만 아니라 건강관리, 여가 · 문화, 주거 같은 고령친화산업에 대한 대대적인 재검토와 추가 논의가 필요하다. YOLD들의 생산력과 소비력을 끌어올리고, 이들에 맞춘 비즈니스를 창출하는 게 새로운 성장 엔진이 될 수 있을 것이다.

미래세대에 대한 배려가 필요

덜 태어나고 더 늙어가는 인구 구조는 우리 사회의 지속가능성을 위협한다. 경제활동 인구가 줄면 생산력이 떨어지고, 전체 소비가 감소한다. 산업 구조는 완전히 바뀌고, 복지 비용 증가로 인한 세금 부담도 급증한다.

국회예산정책처 분석 결과에 따르면, 2040년 만 15~64세 생산가능인구 100명당 부양해야 하는 65세 이상 인구는 64.9명에 달한다. 2020년(22.3명)과 비교해 부담이 3배로 늘어난다. 이 추세가 굳어지면 새로운 인구 균형점을 찾을 때까지 과도기를 우리 사회가 견디지 못하게 된다.

우리가 입안하고 실행하는 다수의 법규 및 정책들은 현존세대에 의해 주도되고 있다. 이는 우리사회의 아동 연령 또는 아직 태어나지 않는 세대에 의도하지 않은 부담을 줄 수 있다. 고령인구가 많아질수록 더욱 심화될 것으로 예상된다. 현존세대들의 복지를 위하여 미래세대에게 과중한 부담을 전가하는 일은 결코 공평하거나 정의롭지 못하며, 세대 간 갈등을 야기할 가능성이 높다.

발전 단계가 우리와 비슷한 일본을 반면교사로 삼을 수 있다. 2018년 1월, 일본 홋카이도 삿포로시 공동주택 '소셜하임'에서 화재로 40대부터 80대의 남녀 11명이 사망하는 참사가 발생했다. 빈곤층의 자립을 지원하는 시설로 입주자는 경제적으로 어렵고 돌봐줄 친인척이 없는 이들이 대부분이었다. 1947년에서 1949년 사이에 태어난 일본의 베이비붐 세대인 '단카이 세대'는 인구 집단이 매우 크다. 이 세대가 40대가 된 1980년대 후반에 일본 경제가 절정기에 이르고 넉넉한 생활을 누렸다. 그러다가 1990년대 초반, 버블로 인해 일본 경제가 충격을 받아 상당기간 어려움을 겪었다. 이후 일본의 기업들이 노사협의를 통해 자율적으로 정년을 연장하고, 사회적 타협을 이뤄냈다. 일본을 통해 우리의 미래를 예측할 수 있는 대목이다.

10 _ 다양성 사회와 공존의 길

남들과 구분되는 개인의 고유한 특성, 즉 개성의 차이로 나타나는 속성이 다양성이고, 이에 반대되는 속성을 '획일성'이라고 한다. 개인의 다양한 특성을 존중하지 않고 하나의 기준으로 평가하거나, 또는 하나의 문화, 생활방식과 가치를 기준으로 다른 문화를 차별적으로 판단하는 태도를 '획일화'라고 부른다. 획일화된 사고방식은 주류 문화와 다른 문화에 대한 편견과 오해를 낳고, 다른 문화권에 속한 사람들을 차별하고 혐오함으로써 사회적 갈등을 유발한다. 다양성을 무시하는 태도는 창의적 사고를 억누르고 혁신을 방해하여, 성장의 가능성을 차단하는 부작용을 야기한다. 한국사회의 획일화 문화가 문제로 부각되고 있다.

미국 대통령 선거에서 다양성과 화합을 약속한 바이든 당선인이 첫 여성 부통령, 첫 흑인 국방장관, 원주민 출신 내무장관과 성소수자 교통장관을 지명하여 화제를 모으고 있다. 2016년 출간된 「82년생 김지영」의 독역판(Kim Jiyoung, geboren 1982)이 5년이 지난 요즘 독일에서 큰 화제가 되고 있다. 주간지 〈슈피겔〉 선정 베스트셀러 리스트 10위권에 3주 연속 오르고, 베를린 최대 서점 두스만에서도 출간 한 달 만에 베스트셀러 3위를 기록하였다.

이제 우리 사회는 개성·자율성·다양성·대중성을 중시하는 전형적인 포스트모던 사회로 진입했다. 다양성에 가치를 두고 타자를 배려하는 성숙된 시민의식을 키워야 한다. 그러나 유래 없이 타자에 대한 두려움(phobia)과 혐오(hate)를 공격적으로 표현하고 있다. 한국사회가 발전하면서 지속적으로 고착화된 여러 가지 불균형은 타자를 나와 상생의 대상이 아닌, 경쟁과 배척의 대상으로 인식하게 한다.

한 검사의 성추행 폭로로 확산된 미투(Me too) 운동, 소설 「82년생 김지영」을 가르치려던 교사에 대한 '악플' 등은 여성을 흥미 대상으로 취급하려는 남성우월 인식이 뿌리 깊게 박혀 있었던 탓일 것이다. 2018년 제주도에 도착한 예멘 난민에 대한 혐오도 심각했다. '난민법 개정과 입국제도 폐지'를 요구하는 국민청원엔 2주 만에 43만 명을 넘기도 했다. 최근 우리가 경험하는 사회문제들, 타자들에 두려움과 혐오(여성, 탈북자, 난민, 다문화가정, 소수자, 외국인 노동자, 장애우, 비혼모 등) 그리고 불균형(교육의 기회, 세대갈등, 부의 불균형, 인간과 자연, 생명과 자본주의)으로 인한 윤리적 문제에 열린 자세로 배우고 모든 정책에 녹아들게 해야 한다. 초·중·고교 페미니즘 교육을 의무화하자는 청와대 국민청원에 20만 명이 넘는 이들이 서명을 했다. 이제라도 사회 전체가 이런 고민에 맞부딪쳤다는 것은 세상이 좀 더 나은 방향으로 가고 있다는 뜻이다.

(여)성문제

우리가 살고 있는 세상의 절반은 여성, 절반은 남성이다. 전통사회에서는 '여자로 태어나는 것' 자체가 삶을 결정하는 절대적 기준이었다. 민주주의 발상지라고 하는 고대 그리스에서도 여자들은 노예, 가축과 마찬가지로 민주주의를 논의하는 광장에 함께할 수 없었다. 조선시대 여성들은 부계가족 안에서 아버지와 남편, 장성한 아들을 따르는 이른바 삼종지도(三從之道)의 삶을 살았다.

현대사회로 접어들면서 산업화와 민주화가 일으킨 혁신적 변화는, 여성과 남성이 함께 살아가는 삶의 조건에도 큰 변화를 가져왔다. 이제 여성은 남성과 마찬가지로 더 많은 교육 기회와 좋은 일자리를 갖게 되고, 사랑과 결혼, 가족관계에서도 평등하게 존중받는 삶을 영위하게 된 것이다. 2015년 행정고시 합격자에 여성이 135명으로 48.2%를 차지하였다. 여성 법조인(판·검사)도 30%에 육박하고 있다. 요즘 '알파걸', '골드 미스'라는 신조어가 등장한 것도 이를 반영한 것으로 보인다.

전통시대의 가부장제와 성별 분업은 크게 변하였으나, 우리 사회의 제도와 관행들은 여전히 남아 있다. 최근 여성문제는 다양한 차이와 불균형, 즉 계층 격차, 노동시장 이중구조, 분배와 복지 등과 교차하면서 복합적으로 나타난다. 여성 경제활동 참여는 1980년 42.8%에서 2015년 51.8% 꾸준히 증가하고 있다. 단, 1997년 외환위기 전후와 2008년 세계금융위기 이후에는 증가세가 둔화되었다. 반면에 남성은 1980년 76.4%에서 2015년 73.8%로 다소 줄어든 것으로 나타났다. OECD 주요 국가와 비교하면 칠레 다음으로 남녀 간 격차가 높은 편이다.

여성 취업이 완만하게 증가하지만, 주로 임금이 낮고 고용이 불안정한 열악한 일자리에 집중되는 경향이 있다. 최근 일자리 부족과 비정규직 증가가 큰 사회문제로 등장하고 있는데, 2010년 이후 여성이 더 많은 수를 차지하고 있다. 성별 임금 격차에서는 남성 대비 63.7% 수준에 머물러 있다. 특히 비교적 생산성이 높은 30대 중반(35~39세)에 출산과 육아로 인한 '여성의 경

력 단절'이 증가하고 있는데, 이는 저출산과도 밀접한 연관이
있다.

이제 다문화사회, 마음을 열어야

고고학자 김병모 교수에 따르면, 우리나라는 수천 년 전부터
'다문화국가'였다. 그 예로, 가야국 김수로왕의 부인 허황옥,
제주도 사람들이 신으로 모시는 돌하루방을 들고 있다. 또한 부
산 예안리에서 발견된 가야시대 전사(戰士)들의 유골 DNA 검사
(부산대학교 의대)를 한 결과, 모두 남아시아 사람들의 것과 일치
했다. 한국인의 단일민족은 일제강점기 동안 일본에 의해 조장
된 민족분열에 대항하기 위해 등장하였다.

우리 민족의 해외 이주는 19세기 중반 흉년과 가뭄으로 곤궁에
빠진 농민들이 비옥한 간도지방으로 이주하면서 시작되었다.
이후 일제강점기를 거치면서 일제에 저항하고 독립운동에 투신
하는 사람들이 이주하여 규모가 확장되었다. 오늘날 중국에 체
류하는 한국계 중국인(중국동포 · 조선족)의 뿌리다. 20세기 들어
주로 노동자로 하와이 · 남미 · 중앙아시아 등의 이주가, 한국전
쟁 이후 미국 등의 이민이 증가하였다. 2016년 기준 재외동포
는 718만으로 집계되고 있다. 다양한 재외동포는 문화적 유사
성과 다양성을 지녀 우리의 자산이 될 수 있다.

역으로 우리나라가 이주민을 수용하는 계기가 된 때는 1988년 서울올림픽 이후이다. 저임금에 의존하는 중소기업이 노동력 확보에 어려움을 겪게 되었고, 농어촌을 비롯한 도시 저소득층 남성 중 결혼하지 못하는 사람들이 늘어났다. 1990년대 중반 이후 아시아에서 우리나라로 이주하는 여성이 늘어나면서 이주 노동자와 결혼 이민자들이 늘어난 것이다.

국내 이주민의 유입은 불과 20여 년 만에 한국사회에 근본적인 변화를 예고하고 있다. 이주민의 규모가 급증하고 체류 형태도 다양해지고 있다. 2019년 말 현재 국내에 체류하고 있는 외국인은 250만 명을 넘었다. 외국인 250만 명 시대, 100명 중 5명이 외국인인 셈이다. 경기도 안산시는 12%가 외국인으로 100여 개 국가 출신의 8만 2천명이 살고 있다.

우리나라에 뿌리를 내린 다문화가구도 쑥쑥 늘고 있다. 2019년, 약 35만 4천 가구로 2018년(33만 5천)에 비해 1만 9천 가구가 증가하였다. 그러나 우리나라 사람들 중 76.2%가 '인종 편견이 심하다.'고 답했다. 글로벌시대에 다문화는 세계 각국에서 나타나는 거대한 물결이다. 이제 단일민족은 옛말이다. 다문화 사회를 살아가는 우리는 마음을 열어야 한다.

반려동물 1천만 시대와 동물학대

어린 시절 초등학교에 갓 들어가 국어책을 펼치면, 철수·영희와 함께 '바둑이'가 나란히 나왔다. 요즘처럼 특별한 이름이 없고, 누렁이, 백구, 검둥이 등 털 색깔에 따라 구분만 있었을 뿐이다. 당시 메리나 쫑 또는 해피나 뽀삐 같은 이름이 사용되는 경우도 있었다. 이는 우리의 전통적인 명칭이 아니고, 외국 품종 개에게 붙였던 것으로 보인다. 그런데 불과 4~50년이 지난 지금, 우리나라의 반려동물을 기르는 인구는 무려 1,000만에 이른다. 또 반려동물의 개체 수 역시 350만에 달하는 것으로 추정되고 있다. 이젠 저마다 귀한 이름을 갖게 되고, 가축에서 분리돼 애완동물과 반려동물의 단계를 거쳐, 가족 구성원으로까지 위치가 급상승했다. 이제는 반려동물에게 재산이 상속되었다는 뉴스도 그리 놀라운 것만은 아니다.

그러나 너무 빠른 변화는 세대와 문화에 따른 다양한 관점 차이로 사회적 갈등을 만들기도 한다. 연로한 사람들에게는 반려동물이 아직까지도 속칭 '개 값을 치르면 된다.'는 정도의 가축이라면, 젊은 사람들 중에는 가족보다 더 소중한 존재라는 인식을 가진 사람도 있다. 문제는 같은 시대에 같은 공간 속에서 공존하고 있다는 점이다. 이는 가치관에 따른 충돌이 피할 수 없음을 의미한다. 우리 모두에게 더 많은 양보와 이해가 필요하다.

반려동물과 관련해 사회적으로 가장 큰 골칫거리는, 더는 감당하기 곤란할 때 유기하는 부분이다. 동물실험 등 생명을 수단화한다는 점에서도 비판을 면하기 어렵다. 국내외 연구결과에 따르면, 청소년의 동물학대는 사람학대로 이어질 수 있어, 결국 강력범죄와 깊은 연관성이 있다는 것이다. 2011년에 제정된 '동물보호법'의 강화가 제기되는 이유이다.

갑질 문화는 사라져야 한다

오늘날 인권은 세계의 모든 인간에게 적용되는 보편주의, 정당한 이유 없는 차별을 금지하는 평등주의, 그리고 모든 권리가 유기적 관계를 이루는 전일주의를 지향한다.

우리나라는 1970년대 권위주의 독재시기가 도래하면서, 시민들의 기본권이 제한되고 정치적 반대자에게 폭력적 탄압이 가해졌다. 1987년, 시민들의 힘으로 민주화를 쟁취한 이래 인권은 제도적·담론적으로나마 상당한 발전을 해왔다. 그러나 여전히 인권을 침해하는 제도와 관행이 많다. 또한 인권을 보장받지 못하는 개인이나 집단들도 많이 존재하고 있다.

2013년 4월, 대한항공 기내에서 일어난 '라면상무사건', 남양유업의 대리점 갑질 파문, 2014년 대한항공과 아시아나항공 오너 일가의 비상식적인 갑질 경영 등이 드러나 국민적 분노가

들끓었다. 갑질 문화와 인권침해는 최근 우리 사회에 가장 큰 이슈로 대두되었다.

권한을 가진 사람은 그가 가진 권한으로 갑질하려고 한다. 그 갑질을 당하는 사람은 서러움을 느끼고 상처를 받는다. 어떤 사람은 부모를 잘 만나서 금수저를 가지고 태어나는 반면, 어떤 사람은 흙수저를 가지고 태어난다. 흙수저를 가지고 태어난 사람은 평생 열심히 일하고 아껴 써도 집을 장만 할 수 없는 것이 현실이다. 정규직원으로 취업을 했지만, 퇴직금을 지급하지 않으려고 1년이 되기 전에 그만두게 하기도 한다. 수습기간이라는 이유로 최저임금도 지급하지 않거나, 4대 보험의 혜택을 주지 않으면서 일을 시키는 경우도 있다.

법과 제도로 보면 대체로 양호한 편이라고 할 수 있다. 인간의 존엄성을 보호하는 데는 인권을 지지하는 정당, 사법부, 민주적 정치문화, 성숙한 시민성이 중요하다.

인간은 생활수준이 높을수록
자신의 삶을 더욱 건강하고 안전하게
누리기를 바라게 된다

Part
04

[좋은 공동체]
**지속 가능한
사회를 위하여**

01 _ 공정하고 정의로운 사회

정의(正義, justice)는 역사가 오래된 가치로 여러 학자들에 의해 다양하게 논의되어 왔다. 플라톤은 정의를 으뜸가는 덕목인 '옳음' 그 자체로, 아리스토텔레스는 '동등한 사람이 똑같은 대접을 받는 것'이라고 했다. 「정의론」의 저자 존 롤스는 '자유주의적 평등주의'를 강조하고, 마이클 샌델은 정의로운 사회는 단순히 공리를 극대화 하거나 선택의 자유를 확보하는 것만으로는 만들 수 없다면서, '공동선을 추구하는 사회'라고 규정했다. 요즘 공정과 정의에 대한 요구가 높아지고 있다. 사회 구성원들이 생각하는 정의(Justice)의 입장이 서로 다르다. 정의를 이해하는 세 가지 방식이 있다. '최대 다수의 행복을 추구하는 것', '선택의 자유를 존중하는 것', '미덕을 키우고 공동선을 고민하는 것'이다. 이 셋은 서로 다른 각도에서 정의를 바라본다. 결국 공정(Fairness)이라는 것을 어떻게 보느냐에 따라 달라질 수 있다.

스스로 판단하고 결정하는 삶만큼 주체적인 삶은 없다. 우리가 스스로 판단하고 결정하기 위한 기준이 필요하다. 우리를 시험에 빠트리는 윤리는 일반적으로 사람이 지켜야 할 도리를 말한다. 윤리적이고 정의로운 사회는 어떤 사회일까? 우리 사회 현실 문제는 너무나 다양하다. 그 중에서 일반적으로 문제가 되는 것은 빈부 격차에 의한 사회 양극화를 꼽는다. 실제 국민인식조사에서도 사회문제로 계급 갈등과 이념 갈등이 80% 이상으로 나타났다.

언간사회를 둘러싸고 일어나는 제반 문제를 현실주의적 관점에서 분석해보면, 사회의 요구와 양심의 요청 사이에 화합하기 힘든 모순이 발견된다. 정치와 윤리의 갈등이라고 규정할 수 있는 모순과 갈등은, 도덕 생활의 이중적 성격으로 인해 불가피하게 발생한다. 하나는 개인의 내면적 생활이고, 다른 하나는 공동체 생활의 요구이다.

사회를 중심에 두면, 최고의 도덕적 이상은 정의이다. 그리고 개인을 중심에 놓고 보면, 최고의 도덕적 이상은 이타성이다. 사회는 많은 사람들로부터 도덕적 승인을 얻어낼 수 있는 정의를 추구해야 한다. 개인은 자신보다 뛰어난 것을 보고, 자신을

잃기도 하고 찾기도 하면서 스스로의 삶을 실현해가도록 노력
해야 한다.

공정한 소득 분배

공정(Fairness)은 한국 사회의 최대 화두다. 문재인 정부는 평창
올림픽 여자하키 남북단일팀 논란, 조국 장관후보자 사태, 인천
국제공항공사 비정규직의 정규직화 등 국면마다 공정성 시비와
맞닥뜨렸다. 경향신문이 진행한 2021년 설문조사에 따르면, 국
민 10명 중 4명(40.7%)이 한국 사회가 지향해야 할 가치로 공정
을 꼽았다. 평등, 자유, 협력, 성장, 평화 등 다양한 선택지의 비
중은 각각 10% 남짓이었다.

공정이란 재화와 가치를 배분할 때 받을 만한 자격이 있는 사람
에게 주는 것을 의미하는 배분적 정의의 원칙이다. 공정성의 개
념에 대한 정의는 간단하지만, 공정성을 판단하는 기준은 단순
하지가 않다. 재화나 가치를 받을 자격이 있는 사람이 누구인지
를 판단하는 기준은 그 시대의 사회통념에 따라 다르고, 개인의
철학과 가치관에 따라서도 다르기 때문이다.

지금 우리는 세계를 바라보는 시각을 두 가지로 구분하고 있다.
하나는 우리가 살고 있는 세계가 최선이며, 비교적 안정적이라
는 것이다. 다른 하나는 세상은 치명적인 문제를 안고 있으며,

불안정하다는 것이다. 이러한 차이는 사회에서 발생하는 문제들에 대한 평가를 다르게 할 수 있다. 1990년대 이후 발생한 신자유주의는 정부의 개입을 비판하고 시장의 자유를 중시하는 체제다. 이를 '보수' 혹은 '우파'라고 한다. 반대로 신자유주의를 비판하는 입장을 '진보' 혹은 '좌파'라고 한다. 이들은 신자유주의를 비판하고, 정부의 개입이 필요함을 주장한다. 일반적으로 후기 자본주의나 사회민주주의다.

우리 사회는 선진국에서는 유래를 찾을 수 없는 압축성장과 이에 따른 급격한 사회변동을 경험했다. 경제발전과 더불어 경제의 파이는 커지고 국민들의 생활수준은 크게 향상되었지만, 미시적인 분배의 문제에서 '한국 사회가 공정한가?'라는 질문은 계속 제기되어 왔다.

국민행복지수 연구에 따르면, 경제적인 요인에서 국민순생산도 중요하지만, 가처분소득과 균등한 소득분배, 여가시간 등이 중요한 것으로 나타났다. 특히 공정한 소득분배와 경제 정의가 실현되는 것이 중요하다. 중요한 요인 중에는 상대적 빈곤률, 노인빈곤률, 아동빈곤률, 성별 임금격차 등이다. 따라서 소득의 공정한 분배는 국민행복의 지름길이다.

최근 20년 간 계층별 소득에 따르면, 1995년에는 소득 상위 10%가 전체의 29%를 차지했으나, 2014년에 와서는 45%로 불평등이 크게 악화되고 있다. 한국개발연구원(KDI)의 조사 결과, 외환위기가 끼친 영향으로 응답자의 88.8%가 비정규직 증가를 꼽았다. 공무원 등 안정적인 직업 선호도도 86.0%로 높았다. 국민 간 소득격차 심화는 85.6%로 그 뒤를 이었다. 우리나라의 사회안전망은 경제협력개발기구(OECD)의 다른 나라들에 비해 보장 범위와 수준이 낮은 편이다.

기회는 평등하게

'법 앞의 평등'은 각 개인에게 공정한 기회를 보장하는 민주주의의 기본 원칙이다. 법 앞의 평등이 확립되지 않을 때, 많은 국민은 동일한 출발선이 보장되고 있지 않다고 느끼게 된다. 이는 공정사회 구현에 걸림돌이 될 수 있다. 우리나라는 인종문제와 같은 구조적 차별은 심각하지 않다. 그러나 다문화, 성소수자 등 다원화 사회의 새로운 문제가 발생하고 있다. 또 각 개인에게 동일한 출발선을 보장하라는 사회적 요구가 더욱 거세질 것이다.

미국의 경우를 보면, 1960년대 이전까지만 해도 흑인들은 투표권이 없었고, 흑인이라는 이유로 취업을 못하고 백인이 다니는 학교에서도 입학을 거부당했다. 당시 대부분의 미국인들은 이 것을 불공정하다고 생각하지 않았다. 그러나 흑인인권운동 이후 약 60년이 지난 지금은 인종차별을 사회적으로 금기시하는 분위기가 형성될 정도로 인식이 강하게 변화되었다.

최근 우리 사회의 공정은 '게임의 규칙'이 편파적이어선 안 된다는 요구로 해석된다. 입학시험·입사시험 등에서 경쟁이 벌어질 때 공정성을 따진다는 것이다. 공정하다고 인식하는 게임규칙은 '능력주의'다. 학력이나 학벌, 연고에 관계없이 본인 능력만을 기준으로 평가가 이뤄지고, 사회적 지위, 권력 등 재화가 분배돼야 한다는 것이다.

공정이란 불평등한 사회를 전제로 한 개념이다. 불평등이 심할수록 소수의 제한된 기회를 놓고 치열한 경쟁이 벌어진다. 입시 공정성을 둘러싼 민감한 반응도, 어떤 대학을 가느냐가 어떤 직업을 얻고 얼마나 많은 소득을 거둘지 결정한다는 믿음이 광범위하게 퍼져있기 때문이다. 운동장이 기울어져 있다면, 출발선이 같다고 해도 기회의 공정은 허구에 불과하다.

과정은 공정하고 투명하게

다산은 평생을 꿈과 희망을 안고 살았다. 자신이 살던 나라를 요순시대의 세상으로 만들고 싶었던 것이다. 당시의 조선을 매우 불공정한 나라라고 여기면서, 대표적인 불공정이 바로 국가의 시험제도라고 불만을 토로했다. 「목민심서」 '왕역(往役)' 조에서 "고시관으로 차출되면 한결같은 마음으로 공정하게 처리해야 한다. 만약 경관이 사심으로 일하려 한다면 마땅히 불가함을 끝까지 고집해야 한다"고 주장하고 있다. 채점관의 한 사람으로서 부당하고 불공정한 채점에 절대로 반대하여 공정한 채점이 되도록 해야 한다는 것이다.

최근 숙명여고 입시비리, 금융기관 및 공공기관의 채용비리가 민낯을 드러냈다. 해당 은행은 특정 대학 출신 지원자와 외국대학 출신 지원자의 면접 점수를 올리고, 이 밖의 대학 출신 지원자의 점수를 내리는 방법으로 합격과 불합격 판정을 조작했다. 상당수 공공기관에서는 채용과 입찰 비리가 드러나 기관장 해임, 관련자 징계 및 검찰 수사로 이어졌다. 공공기관의 채용비리 특별점검 결과는 많은 국민들에게 좌절과 분노를 더했다. 특히 청년들의 꿈과 기회를 빼앗는 채용비리는 용서받을 수 없는 범죄이자 사회악이다.

박석무 다산연구소 이사장은 "시험이 공정해야 나라가 발라진다"고 질책한다. 특권이 개입하고 권력이 남용되기 때문에 절차적 정의, 과정적 정의로서의 공정이 필요한 것이다.

패자부활의 희망

네덜란드 마르틴 허켄스는 '유 레이즈 미 업(You raise me up)'을 세상에서 가장 잘 부르는 남자다. 파바로티를 닮은 미성(美聲)만큼이나 60년 간 그의 굴곡진 삶이 극적이다. 음악 신동이었던 그는 가난으로 꿈이 좌절됐다. 장학금이 끊기자 제빵사가 됐다. 그는 30년 동안 일한 회사에서 해고를 당하고 생계를 위해 거리로 나서 다시 노래를 불렀다. 딸에게 떠밀려 나간 TV 오디션 프로 〈갓 탤런트〉에서 아리아 '남몰래 흐르는 눈물'을 불러 우승 트로피를 거머쥔다. 돋보기안경을 쓴 초로(初老)의 사내가 감격해 올 때 네덜란드 국민도 함께 울었다.

높은 시청률을 기록하며 종영한 〈미스트롯〉은 한국판 '갓 탤런트'였다. 허켄스처럼 가난해 꿈을 포기했거나 밑바닥을 전전하던 무명 가수들이 꿈을 되찾고 이름을 다시 얻었다. 나이 마흔의 숙행은 한겨울이면 스키바지에 헬멧을 쓴 채 퀵 오토바이에 매달려 행사장을 뛰어다녔다. 남진의 노래 '나야 나'를 부르며 무명의 설움을 달랬다. 만년 무명의 이름을 불러준 게 〈미스트롯〉이다. 최종 12인에 올라 생애 첫 전국 콘서트를 하게 된 숙행은 '나야 나, 내가 뭐 어때서'를 외치며 세상을 향해 활짝 웃었다.

경연 프로가 국민의 뜨거운 사랑을 받는 건, 패자(敗者)를 다시 일으켜 세우는 반전의 드라마이기 때문이다. 루저들이 이를 악물고 도전으로 재기의 발판을 얻을 때, 사람들은 자기 일처럼 기뼈하고 응원한다. 대중매체를 연구하는 사회학자에 의하면, 경연프로의 꾸준한 인기는 우리 사회, 공동체를 향한 대중의 기대 심리와 맞닿아 있기 때문이라고 한다.

요즘 제2, 제3의 〈미스트롯〉이 시청자들의 관심을 모으며 '패자 부활'을 꿈꾸게 하고 있다. 예상치 못한 일로 꿈과 기쁨을 잃은 경우가 많다. 그 때 내 손을 잡아줄 안전망, 든든한 국가가 필요하다. 그래서 북유럽 나라들이 부러움의 대상이다. 국가는 단 한 명의 낙오자도 없도록 국민의 일상 곳곳에 재활 시스템을 구축해야 한다.

02 _ 청렴韓 세상

'청렴(integrity)'이란 말 그대로 '깨끗하고 거짓이 없음'을 나타내는 말로서, 공직자가 갖추어야 할 기본적인 소양이자 존재 이유이다. 아울러 국가경쟁력을 높이는데 있어서 핵심적인 요소이다. 예전에는 청탁을 하지 않는다는 의미였지만, 요즘은 정보공개, 친절하고 공정한 서비스, 적극적인 업무처리, 책임성, 절제, 배려 등 보다 넓은 의미로 사용된다.

2021년 초에 일어난 광명과 시흥 신도시 개발지역 투기 사건에서 보듯이, 부패사건에는 LH 직원만이 아니라 공무원, 기초자치단체 의원, 국회의원 보좌관과 친족 등 광범위한 공직자들이 연루되어 있다. 서울시 자치단체 구청장의 관내 개발지역 주택 매입, 서울시장 보궐선거 후보까지 땅 투기 의혹을 받고 있는 실정이다. 우리는 이런 부도덕한 행위를 그동안 수없이 접했다.

흥사단 투명성사회운동본부가 2019년에 발표한 '성인-청소년 정직지수' 조사결과에 따르면, 성인(직장인)의 지수는 60.2점으로 청소년 77.3점에 비해 무려 17.1점이나 낮게 나타났다. 청소년의 모범이 되어야 할 어른들의 윤리의식이 청소년 윤리의식보다 현저히 낮은 것이다. 더불어 초등학생 87.8, 중학생 76.9, 고등학생 72.2, 20대 51.8, 30대 55.6, 40대 58.7, 그리고 50대 이상은 66.5점으로 나타났다. 특히 20대 윤리의식이 심각한 것으로 나타났다. 20대가 51.8점으로 가장 낮았다. 20대가 타 연령대에 비해 상대적으로 큰 차이로 낮은 것은, 20대의 사회에 대한 부정적 시각과 자신들의 미래에 대한 불안감이 반영된 것으로 보인다.

매년 12월 초가 되면 600여개 공공기관이 바짝 긴장을 한다. 국민권익위원회가 중앙행정기관, 지방자치단체, 교육청, 공직유관단체 등에 대한 청렴도 측정결과를 발표하기 때문이다. 국민권익위원회는 공공기관과 업무경험이 있는 국민(외부청렴)과 공공기관의 공직자(내부청렴)가 응답한 설문조사 결과와 부패사건 발생을 반영해 종합청렴도를 평가한다. 내·외부 부패경험 추이와 사례, 국민들이 생각하는 적극행정, 업무처리 과정의 공정성, 갑질 관행에 대한 인식 등을 분석하여, 기관 유형별로 개선하도록 권고하고 있다.

결과가 발표되면 공공기관들은 부산하게 움직인다. 특히 하위 등급을 받은 기관은 원인을 분석하고 개선방안을 마련하느라, 관련 부서 직원과 기관장은 백방으로 노력을 하게 된다. 이제 청렴은 개인과 기업, 국가의 경쟁력이다. 공직사회 뿐만 아니라, 기업과 학교 및 사회단체까지 확산되어야 한다. 청소년과 국가 경쟁력을 위해서 '청렴韓 세상'이 답이다.

다산 선생의 '지자이렴(知者利廉)'

세상에서 가장 큰 사업이나 장사를 꼽는다면 무엇일까? 대개 고개를 갸우뚱할 것이다. 다산 정약용 선생은 다른 차원에서 큰 장사를 제시했다. 다산은 「목민심서」 율기(律己)편의 '청심조(淸心條)'에서 이렇게 말했다.

"청렴은 천하의 큰 장사다. 욕심 큰 사람은 반드시 청렴하여야 한다. 사람이 청렴하지 못한 것은 그 지혜가 짧기 때문이다. 공자는 인자(仁者)는 인을 편안히 여기고 지자(知者)는 인을 이롭게 여긴다고 말했는데 나는 청렴한 자는 청렴을 편안히 여기고, 지자는 청렴함을 이롭게 여긴다고 하겠다."

즉 지자이렴(知者利廉)이다. 그가 살았던 250년 전 당시 세태에서 가장 절실한 과제를 제시한 명구(名句)이다.

다산은 18년 유배생활 중에 장남 학연이 아버지의 구제를 위해

벼슬아치들에게 의술을 베풀고 있다는 소문을 듣고, 절개를 굽히지 않고 편지를 썼다.

"천하의 기준에 옳은 것을 지키며 이익을 얻는 것이 가장 높은 등급, 옳은 것을 지키며 해를 입는 것은 그 다음, 옳지 않는 것을 추종하여 이익을 얻는 것은 세 번째, 가장 낮은 것은 옳지 않는 것을 추종하여 해를 입는 것이다"

근본도 내력도 모르는 사람들을 사귀면서 아버지 구명운동을 벌인다면 오히려 손가락질을 받을 뿐이라고 질타한 것이다.

고건 전 국무총리는 공직생활 50년 동안 이 명구를 좌우명으로 삼고 살았다고 한다. 실제로 공직자가 성공하기 위해서는 반드시 청렴하지 않으면 안 된다. 그래서 청렴이야말로 공직자에게 가장 큰 장사라고 역설적인 표현을 쓴 것이다. 뇌물을 받고 부정을 저지르는 공직자가 승진하고 요직에 오르는 것은 정의롭지 못하다. 최근 고위 공직자의 자질과 능력을 검증하는 인사청문회 과정에서 청렴하지 못한 과거 때문에 낙마하는 사례들이 나오고 있다. 그래서 고위직 추천을 사양하는 경우도 상당하다고 한다.

청탁금지법(김영란법) 시행 5년

공직사회의 기강확립과 공직자 부정부패 방지를 목적으로 청탁금지법이 시행(2016년 9월 28일)된지 5년이 지났다. 처음 발의한 국민권익위원회 위원장 이름을 따 「김영란법」이라고 부르기도 한다. 청탁금지법(부정청탁 및 금품 등 수수의 금지에 관한 법률의 약칭) 시행으로 기념일, 명절 등 선물이나 접대 관련 문화가 많이 달라지고 있다.

국민권익위원회 '청탁금지법 인식도 조사'에 따르면, 우리 국민 10명 중 8~9명은 청탁금지법 시행에 찬성하고 있으며, 이 법이 우리 사회에 긍정적 영향을 주고 있다고 인식하는 것으로 나타났다. 또 응답자 중 다수는 '각자 내기(더치페이)'가 편해졌고, 인맥을 통한 청탁과 직무관련자의 접대 선물이 줄어들었다고 답했다. 국민(89.9%), 공무원(95.6%), 공직유관단체 임직원(97.0%)의 절대다수가 청탁금지법 시행에 찬성하고 있고, 언론사 임직원(74.5%), 영향 업종 종사자(71.3%)의 다수도 긍정적으로 평가하고 있다. 또 국민의 75.3%가 청탁금지법이 안정적으로 정착 중에 있다고 응답했으며, 74.9%가 부조리 관행이나 부패 문제 개선에 청탁금지법이 크게 영향을 준다고 답한 것으로 조사됐다. 이 법이 전반적으로 높은 국민적 지지를 받고 있고, 실질적으로 사회적 관습과 문화적 측면에서 변화를 낳고 있다고 보인다. 부정부패는 우리 사회를 좀 먹는 암(癌)적 존재로 작용하고, 그로 인한 피해는 고스란히 국민 모두에게 돌아가 국가발

전에도 저해 요인이 된다. 청탁금지법으로 '깨끗한 사회' 가
100% 보장되는 것은 아니지만, 국민 인식과 문화가 바뀌고 있
는 것은 분명하다.

왜 반부패와 청렴인가?

우리나라는 압축성장으로 국내총생산(GDP) 세계 12위(2019년)에
올랐지만, 부패와 국가 비효율성 등으로 국제사회에서 '코리아
디스카운트' 라는 불이익을 당하고 있다. 자본과 노동 같은 경제
적 요소만으로는 성장의 한계에 도달했다. 국가 생산성은 신뢰
성과 투명성 등 사회적 자본이 좌우하게 된다. 경영학의 아버지
피터 드러커는 "측정하지 않으면 관리할 수 없고, 관리하지 않
으면 발전하지 않는다."고 했다. 반부패와 청렴이 조직이나 국
가 경영에 필수요소라는 의미다.

반부패운동을 벌이는 비정부기구(NGO) 국제투명성기구
(Transparency International)는, 1995년부터 매년 설문조사와 애
널리스트들의 평가 결과를 집계하여 발표한다. 국제투명성기구
가 발표한 '국가별 부패인식지수(CPI)' 에 따르면, 우리나라는
2016년엔 방위산업 비리, 해외자원 비리, 비리 검사장, 스폰서
부장검사, 법조비리 부장판사 등 부패사건으로 전년보다 15단
계나 떨어진 52위(53점)로 나타났다. 2017년에도 최순실의 국정

농단과 관련된 기업들의 뇌물성 기부금 등으로 대통령이 탄핵되는 미증유의 사태로 51위(54점)를 기록했다. 이후 2018년에 45위(57점), 2019년에는 39위(59점)로 꾸준히 상승하고 있다.

다행히 2020년 국가청렴도(CPI)에서 100점 만점에 61점을 받아 역대 최고치를 기록했으며, 2019년 대비 6계단을 상승해 180개 국 중 33위를 차지했다. 국가청렴도는 국가의 공공·정치 부문에서 생기는 부패를 측정하는 지표로, 부패에 대한 관심을 갖게 하는 유용한 도구다.

우리가 선진국이라고 알고 있는 국가들이 대체로 부패 지수가 높음을 알 수 있다. EBS에서 제작된 〈지식채널e〉의 '대한민국 점수 5.5'에 따르면, 부패인식지수(CPI)가 1점 상승할 때 1인당 GDP는 25% 상승한다고 한다. 공해를 증가시키지 않고도, 일을 많이 하지 않고도, 경제성장률을 최대 1.4% 높이는 방법은 부정부패를 없애는 것이다.

달라진 국민의 눈높이

드라마 한류 열풍에 이어 2000년대 중반 이후 우리나라 가요에 대한 인기가 더욱 높아져, K-pop이라는 용어가 등장하였다. 최근에는 한글, 한식, 순수예술 등 한국 전반에 대한 관심으로 확대 중이다. 세계인들은 각종 가전제품, 자동차, 휴대폰 등 한국 제품에 대한 관심이 높아지게 되었고, 직접 한국을 방문하는 외국인 관광객도 늘어나고 있다.

ICT 발달로 정보가 순식간에 퍼져 나가고 모든 것에 대한 검증이 가능한 투명사회가 도래하였다. 거기에 국민의 알 권리 요구가 증대되고, 대중의 분노가 한 순간에 집결되는 시대다. 어느 때보다 투명하고 깨끗한 공직윤리가 조직의 생존을 좌우하게 된다. 성공의 문턱에서 그간 쌓아 놓은 부와 명성을 잃을 수 있는 것이다. 이제 민간 기업도 수익증대라는 전통적 가치 추구를 넘어, 준법과 윤리경영 등을 포함한 지속가능 경영을 추구하여야 한다.

부정부패를 근절하고 정직이 대우 받는 투명시스템을 하루 빨리 정착시켜야 한다. 윗물이 맑아야 아랫물이 맑듯이, 사회의 모범이 되어야 할 공직사회부터 부정과 부패를 뿌리 뽑겠다는 확실한 의지가 중요하다. 공직을 이용한 사익 추구는 엄벌하고, 이후 공직사회는 물론 어떤 직업도 갖지 못하게 하는 강력한 조치가 필요하다. 내가 부패행위를 하지 않아도 손해 보지 않는다는 사회적 신뢰가 무엇보다 중요하다.

03 _ 건강하고 안전한 나라

인간은 생활수준이 높을수록 자신의 삶을 더욱 건강하고 안전하게 누리기를 바라게 된다. 삶의 질과 수명 연장에 관한 욕구가 생기고, 외부 위협으로부터 보호받고자 한다. 안전한 환경에서 건강하게 생활하고, 질병에 대한 치료 혜택을 적절히 받을 수 있는 권리는 무엇보다 중요하다. 안전과 재난에 대비한 시설과 위급한 상황에서 국가의 대처수준은 국민행복에 있어 매우 중요한 안전장치다.

다양한 과학기술이 창출되는 문명의 시대에는 많은 것을 과학기술로 통제하게 된다. 이로 인한 새로운 위험요소 또한 많이 발생한다. 국가는 갈수록 복잡해지는 생활환경 속에서 등장할 수 있는 예기치 못한 갖가지 위협 요인들을 사전에 예측하고 제어하여, 일상생활의 안전을 담보할 수 있어야 한다. 대규모 테러나 전쟁으로부터 사회 전체의 안전을 보장할 수 있는 적극적인 대비 또한 갖추어야 한다. 일상적 생활의 화학물질 사용, 신종 전염병 발생, 대형 기후재난, 생활안전 취약계층 보호 등 각종 위험요소에 대한 원인, 장소, 취약계층 등을 분석한 통합적 관리와 대응이 중요하다.

2018년 사회 안전·재난대응 여론조사 결과에 따르면, 새로운 위험요인들에 대한 불안감이 심각하다. 대기오염, 수질오염 등 '지구적 생태위험' 요인에 대한 우려가 가장 높아 76%에 달했다. 경제 불확실에 따른 생계위험이 69%, 약물중독, 학교폭력 등 사회 해체 위험은 68%였다. 각종 질병과 생명윤리를 저해하는 건강위험, 사이버 재난 및 산업재해 같은 기술재난도 67%로 뒤를 이었다. 일본 후쿠시마 원전사고 같은 방사능 유출사고나 테러와 같은 전통적 위험요인도 각각 61%, 59% 수준이었다.

위험을 통제하고 국민의 안전을 보장하는 것이 국가의 존재 이유다. 하지만 국가의 이런 역할은 점점 어려워지고 있다. 우리 사회가 산업화, 과학기술 발달, 세계화로 인해, 과거에는 일어날 가능성이 없었던 위험들이 더 빈번하게 발생하게 때문이다. 이런 상황에서는 국가가 모든 위험을 통제할 수 있다고 말로만 주장하는 경우, 국민들에게 불신이 생긴다. 그러므로 국가는 국민들이 어떤 위험을 참아낼 수 있는가, 어떤 위험을 우선 관리할 것인가에 대한 합의를 도출해내는 것이 중요하다. 또한 급격한 근대화에 대한 성찰이 이뤄져야 한다. 더 크고, 더 빠르고, 더 좋은 발전만을 생각하는 것이 아니라, 발전이 가져올 수 있는 위험도 함께 성찰해야 한다. 이것이 우리 삶의 질을 높여줄 수 있다.

의료 패러다임의 전환

개인의 특성에 따른 질병 예측, 장기 재생 등을 통해 건강수명이 연장된다. 그러므로 고령사회에 있는 우리나라에서는 고령층의 건강을 지원하는 정책이 요구된다. 실버의료와 관련된 기술을 개발하고, 실버의료타운을 건설하는 등 고령층의 정신적·육체적 건강을 유지하도록 하여야 한다. 또한 새로운 질병의 출현과 감염경로를 예측하여 질병의 확산을 최소화하고, 유행 시 신속하게 치료할 수 있는 기술개발이 필요하다.

헬스케어 패러다임이 질병치료 중심에서 예방적 일상관리로 바뀌고 있고, 국민의 정신보건환경이 크게 악화되고 있다. 특히 우리나라는 OECD 평균에 비해 매우 높은 자살률 증가를 보이고 있으며, 국민이 받는 체감 스트레스도 세계 최고 수준으로 조사될 정도로 정신건강 환경이 좋지 못한 실정이다. 아울러 당뇨·심뇌혈관 질환 등 만성질환 예방과 지속적인 관리도 필요하다. 이런 점을 고려하여 사전 예방적 건강관리를 중심으로 한 공공의료시스템을 강화해야 한다. 예방의료 체제 강화와 더불어 공공의료시스템 정비를 통해 국민에게 더 많은 의료혜택이 돌아가도록 해야 한다.

기술의 발전과 인구 및 수명의 변화에 맞춰, 미래지향적이고 혁신적 의료기술 제도를 갖춰야 한다. 수명이 늘고 비용은 급증하는 두 가지가 미래 의료분야 문제이다. 초고령사회에 대비한 의료비 상승에 대처할 수 있는 중장기 재정계획과 의료전달체계의 재정비도 수반돼야 한다. 안전성은 유지하되, 위험도가 낮은 신기술이라면 혁신과 실험을 쉽게 할 수 있는 의약품 및 의료기기, 서비스 등에 대한 스마트 규제 시스템으로 전환하는 것이 바람직하다.

한국형 사회안전망

우리는 오랫동안 성장이 가장 큰 복지라거나, 경제성장이 어느 단계에 도달한 다음 복지투자를 늘려야 한다는 식의 이른바 낙수효과 또는 경제발전론 복지정책을 시행해왔다. 빠른 경제성장과 생활 향상을 경험하면서 낙수효과론은 수십 년 동안 사회정책을 규정하는 틀이 되었다. 그러나 외환위기로 사회안전망 위기를 겪은 데다, 곧이어 저출산·고령화 문제가 대두되면서부터 복지정책이 없으면 미래를 기약할 수 없는 상황이 되었다. 우리가 지향하는 복지국가는 현재 직면하고 있는 다양한 문제들을 해결하는 과제까지 안고 있다. 노동시장의 양극화, 청년실업, 저성장 등의 문제를 해소하는 과제와 배치되어서는 안 된다. 우선 고령화 문제이다. 준비되지 못한 고령화는 개인과 사회에 고통스런 결과를 초래할 수 있다. 다음은 저출산 문제로 생활양식의 변화부터 양육과 교육비 부담, 여성의 일자리 연속성 등 다양한 분야에 걸쳐 있다. 마지막으로 성장에 기여하는 복지다. 대외의존도가 높은 나라일수록 사회안전망이 튼튼해야 한다. 내수 확대 차원에서도 중요하다.

우리나라 복지제도는 역사가 오래된 유럽과 북미 국가들에 기반을 두고 있었다. '보편적 복지', '선택적 복지', '생애 맞춤형 복지' 등 기존의 복지 논쟁을 뛰어넘어야 한다. 복지를 늘려야 하는 당위성이 분명하고, 국가경제와 고용구조 개선에 기여할 것이 타당하기 때문이다. 그러나 복지 확대가 국가재정이 감당할 수 있는 범위를 넘어서는 안 된다. 복지 지출의 낭비를 줄이면서 고용 확대와 질을 개선하는 영역에 집중적으로 투자해야 한다.

대형시스템 보완과 안전문화

오늘날 우리는 과거와는 비교할 수 없을 만큼 첨단기술의 복잡성과 시스템간의 연계성이 고도로 높은 사회에 살고 있다. 하지만 이를 운영할 인력을 제때에 양성하지 못하거나, 관련 제도와 규정 때문에 뒷받침하지 못하면 커다란 인재를 불러 올 수 있다. 대형기술시스템에 문제가 생기면, 고도로 발달된 교통·통신 수단을 통해 그 피해가 순식간에 전국적으로 확산되기 때문이다.

주요 공공서비스 및 사회 기간시설 대부분이 대형시스템으로 운용되고 있으므로 사회 전체가 혼란에 빠질 수 있다. 광역 지역의 정전, 원전 사고, 전국적 규모의 인터넷 단절 등이 실제로 발생한다면, 그 충격이 모든 산업과 국민생활에 연쇄적으로 확대될 수 있다. 과학기술의 발전에 맞춰 더욱 복잡하고 수준이 높아지므로, 이를 적절하게 다룰 수 있도록 필요한 인적, 제도적 장치도 함께 마련해야 한다.

우리나라에서 발생하는 여러 가지 대형사고의 원인은 기술적인 요인과 사회적인 요인이 혼재되어 있다. 큰 사고가 일어나기 전에 반드시 유사한 작은 사고와 사전 징후가 선행한다는 '하인리히 법칙'이 있다. 어떤 상황에서든 문제되는 현상이나 오류를 초기에 신속히 발견해 대처해야 한다는 것을 의미한다. 동시에 초기에 신속히 대처하지 못할 경우 큰 문제로 번질 수 있다는 것을 경고한다. 이 법칙을 항상 유지하고 항상 시스템을 보완하고 안전문화를 생활화하는 것이 중요하다. 우선 사회적 조정과 협력을 원활히 하여, 위험을 사전에 예방하는 안전시스템 구축이 중요하다. 또 분산되어 있는 관리 주체들이 정보를 공유하고 공조하는 시스템이 필요하다. 다음은, 대형 시스템을 운영함에 있어 인간은 언제든지 실수를 할 수 있다는 점을 고려하여, 이에 대한 대응책을 포함시켜야 한다. 마지막으로, 고도로 복잡한 시스템에 대한 사용자의 이해 수준을 높여야 한다. 긴급 상황에서 대응력을 훨씬 높일 수 있기 때문이다.

부문 간 연관성이 높아진 오늘날의 환경에서는 기술적, 제도적 보완책을 마련하는 것만으로는 부족하다. 모든 구성원들이 공유하고 안전문화를 생활화하는 것이 매우 중요하다. 대형시스템을 설계할 때 반드시 고려해야 할 것이 '인간은 완벽하지 않다는 점'이다.

사전예방이 무엇보다 중요

최근에도 태안화력발전소 노동자 사망, 제천 찜질방·밀양 세종병원·이천·평택 냉동 창고 화재 등, 인명 살상으로 이어지는 크고 작은 사고들이 일어나고 있다. 문제는 30년 전의 재난들과 별로 다를 바가 없다는 것이다. 부실시공, 감독소홀, 부실경영, 경고묵살, 땜질식 보수, 규정무시, 위험징조 무시 등이 대형 참사로 이어지고 있는 것이다.

중대한 인명 피해를 주는 산업재해가 발생했을 경우, 사업주에 대한 형사 처분을 강화하는 중대재해처벌법이 2022년 1월 27일부터 시행되었다. 이 법에 따르면, 안전사고로 노동자가 사망할 경우, 사업주 또는 경영책임자에게 1년 이상의 징역이나 10억 원 이하의 벌금을, 법인에는 50억 원 이하의 벌금을 부과할 수 있다. 또 노동자가 다치거나 질병에 걸릴 경우에는 7년 이하 징역 또는 1억 원 이하의 벌금에 처해진다.

재난이 발붙일 수 없는 상황이면 최선이겠지만, 재난으로부터 자유로운 나라는 없다. 다산 정약용 선생은 목민심서에서 "재난을 미리 짐작하고 예방하는 것은, 재앙을 만난 뒤에 은혜를 베푸는 것보다 훨씬 낫다."고 강조했다. 규제와 처벌보다는 비용이 적게 드는 감시와 예방 시스템이 중요하다. 감시와 예방에는 민과 관의 협력이 필수다.

04 _ 깨끗한 환경

깨끗한 환경에서 인간다운 삶을 영위하면서, 필요한 에너지와 자원을 충분히 얻을 수 있는 '자연과 함께하는 세상'을 만들어야 한다. 깨끗한 에너지와 자원 공급이 충분해야 하고, 환경오염이 없어야 한다. 특히 지구온난화의 주범인 온실가스를 저감하려는 노력이 필요하다. 자연과 공존하며 발전할 수 있는 지속가능한 발전은 전 지구적 과제가 되었다.

20세기 인류의 역사는 '카우보이식 경제개발의 역사'라고 할 정도로 개발지상주의의 기치 아래 성장의 단맛에 빠져 앞만 보고 달려 왔다. 자연을 정복의 대상으로 여겼던 시대에 환경보호란 배부른 소리에 불과했다. 그러나 이제는 상황이 달라졌다. 자연의 보복이 지구를 죽음으로 몰아가고 있는 것이다. 지구공동체의 특별한 노력이 없는 한, 21세기에도 우리 모두가 지구에서 살 수 있을지 장담할 수 없게 되었다. 21세기는 생태주의 시대다.

환경문제에 대한 각성을 요구하는 운동은 1970년대부터 본격적으로 전개되었다. 제1회 유엔환경회의(스톡홀름)에서 '지구의 유한성'이라는 문제에 인식을 같이했다. 1972년 로마클럽의 '성장의 한계(The Limits to Growth)'는 1900년부터 1970년까지의 데이터를 토대로, 2100년까지 인구, 산업화, 오염, 식량, 자원 고갈을 예측하여 큰 반향을 일으켰다.

2017년 세계안보정상회의에서 빌 게이츠는 "바이러스는 핵무기보다 많은 사람을 살상할 수 있다."며 "전쟁에 대비하듯 준비하지 않으면 가까운 미래에 대유행(팬데믹)으로 수천만 명이 죽을 수 있다."고 경고했다. 현대사회는 팬데믹 위험성이 훨씬 크다. 비행기를 타고 하루 이틀 안에 전 세계에 전파된다. 과거보다 밀집한 대도시가 많아서 더욱 위험하다.

2020년 초, 중국 우한에서 발병한 코로나19는 반년 만에 세계를 정복하였다. 6월 기준 전 세계 214개 국에서 확진자가 나올 정도로 짧은 시간에 퍼져나갔다. 지금도 세계에 많은 시민이 불안에 떨고 있다. 과학기술이 발전해도 전염병을 완전히 차단하는 것은 불가능하다. 농경생활에서부터 시작된 전염병은 문명의 발달이 가져온 인류의 가장 큰 비극이다.

이제 환경문제는 선택이 아닌 필수의 문제가 되었다. 환경과 개발은 어느 정도 양립할 수 있는가? 지나치게 인간 중심적으로 환경문제를 바라보는 것은 아닌가? 환경오염이 어느 정도 해소되어야 깨끗하다고 할 수 있는가? 인구 증가, 자원 남용, 대기오염 등 지구환경의 위기는 과학기술 발전을 통해 해결될 수 없다. 보다 근본적인 문제로서 새로운 생활양식을 창출하고 실천하는 것이 중요하다.

자원남용과 생태계 파괴

자원이란 어떤 필요에 의해서 쓰이는 것들을 의미한다. 석탄, 기름, 기타 화석연료 등은 재생이 불가능한 자원들이다. 재생 불가능한 자원들은 사용할수록 고갈된다. 자연의 가장 큰 특징은 다양성이다. 자연에는 늘 다양한 생물이 한데 어울려 산다. 이런 자연에 인간이 개입하면 어김없이 나타나는 현상이 바로 '다양성의 파멸'이다. 지구의 생태계는 촘촘하게 짜인 먹이사슬로 연결되어 있다. UN의 생물다양성 전망보고서에 따르면, 1970년부터 2006년까지 지구상에 살고 있는 생물종 중에서 31%가 사라졌다. 이런 추세로 간다면 해마다 3만~5만 종의 생물이 사라지고, 20~30년 내에 전체 생물종의 25%가 멸종하게 된다.

지구가 대기, 수질, 토양 등의 모든 생태계 영역에서 수많은 환경문제로 몸살을 앓고 있다. 물과 공기는 생태계의 자정능력이 상실될 정도로 오염되었고, 농약과 비료의 과다한 사용으로 토양도 황폐화되었다. 절제할 줄 모르는 화석연료의 소비 때문에 기후변화 또는 지구온난화가 가속화 되고 있고, 그 결과 해마다 엄청난 기상이변을 속출하여 천문학적인 피해를 야기하고 있다. 최근에는 발전소와 자동차에서 배출되는 방사능물질 및 합성화학물질로 환경문제는 더욱 광범위하고 복잡해졌다. 우리나라 인구밀도는 도시국가를 제외하면 세계 3위다. 도로 1km당 자동차 밀도는 세계 최고 수준으로 도쿄의 4.7배, 파리의 8배에 이른다. 이런 측면에서 우리나라 환경정책과 환경산업은 중요하면서도 어려운 분야다.

지구를 위한 신재생에너지

자원 고갈과 지구 온난화 문제를 해결하기 위해 세계적으로 신재생에너지를 개발해야 한다는 당위성은 오래전부터 인식되어 왔다. 우리나라 또한 온실가스를 자발적으로 줄여야 하는 신기후변화협약의 체결로 온실가스 감축 목표치를 맞춰야 하는 상황이다. 미세먼지로 인한 국민들의 불안감이 증가하면서 화석에너지의 한계를 실감하고 있다. 후쿠시마 원전 사고로 인해 원자력 발전에 대한 불안감으로 신재생에너지의 이용 확대가 절실한 형편이다.

신재생에너지는 재생에너지와 신에너지를 통틀어 일컫는 말이다. 재생에너지는 사용하여도 자연적으로 채워지는 에너지를 말한다. 바람으로 전기를 생산하는 풍력발전, 태양 빛을 전기로 전환하는 태양광 전지, 땅속에 축적된 열에너지를 이용하는 지열에너지, 재배한 식물을 이용한 바이오매스 등이 있다. 신에너지는 수소와 산소의 화학 반응을 통해 전기를 생산하는 연료전지, 핵융합 등의 새로운 에너지원을 말한다.

풍력과 태양광 같은 신재생에너지는 생산량을 통제할 수 없다. 따라서 모자라는 시간에 전력을 수입하거나 많은 예비 발전소를 갖춰야 하는 문제가 발생한다. 이를 해결하기 위해 에너지 저장 기술이 많이 연구되고 있다. 배터리를 이용한 에너지 저장 장치(ESS)가 세계적으로 보급되고 있는데, 세계 시장에서 선두권인 우리나라 업체들의 수혜가 예상된다.

신재생에너지원 실용화에는 기존 에너지와 비교해 가격 경쟁력을 갖는 것이 가장 중요하다. 장기적으로 가격 경쟁력을 확보하기 위한 기술개발에 노력해야 한다. 에너지와 자원은 지속적으로 사용량이 늘어날 것이며, 이 문제를 해결하기 위해 새로운 에너지원을 발굴하면서 기존에너지의 효율화, 폐자원의 재활용, 신자원의 개발에 더욱 관심을 가져야 한다.

고탄소사회에서 저탄소사회로

2008년 글로벌 금융위기 이후, 세계적인 저성장·저소비로 인해 주요국의 온실가스 배출량은 감소한 반면, 우리나라를 비롯해 중국과 인도 등에서는 지속적으로 증가하고 있다. 특히 우리나라는 2010년 전 세계 배출량 7위로 상승하여 고탄소형 경제구조가 심화되었다.

최근 탄소 중립이 새로운 글로벌 패러다임으로 대두됨으로써 선택이 아닌 필수가 되었다. 파리협정(2016년), 유엔 기후정상회의(2019년) 이후 121개 국가가 '2050 탄소중립 목표 기후 동맹'에 가입하면서 글로벌 주요 의제로 부각되었다. 코로나19로 기후변화의 심각성에 대한 인식이 높아지면서, 세계 주요국은 탄소 중립 선언에 속도를 내고 있다.

우리나라도 2020년 10월 '2050 탄소중립'을 선언하고, 2050년까지 온실가스 순배출(배출량-흡수량)을 0(넷 제로)으로 만들겠다고 했다. 하지만 '2050 탄소중립' 실현은 쉽지 않은 과제다. 제조업 중심의 산업구조, 높은 화석연료 비중, 높은 무역의존도 등 국내 여건을 고려할 때, 2050년 탄소중립 실현은 매우 도전적인 과제다.

그럼에도 무역의존도가 높은 우리 경제·산업구조의 특수성을 고려하면, 새로운 국제질서 대응을 위한 적극적 변화는 불가피하다. 탄소중립에 미온적으로 대응할 경우, 주력산업의 투자 및 대외구매(글로벌 소싱) 기회가 제한되는 등 수출·해외 자금조달·기업 신용등급 등에 부정적 영향을 줄 수 있기 때문이다.

지속가능한 발전

많은 국가나 단체들은 '지속가능한 발전(Sustainable Development)'에 주목하고 있다. 지속가능한 발전은 인류가 지향해야 할 좌표를 제안하고 있지만, 이에 대한 논쟁도 끊이지 않고 있다. 1992년 브라질 리우회의에서 채택된 '의제 21(Agenda 21)'은, 지구환경 보전을 위해 각국 및 국제사회가 이행해야 할 분야별 실천방안을 구체적으로 제시하고 있다. 모든 국가들이 환경정책에서 가장 중요한 가이드라인으로 준수해야 할 의무사항이다.

지속가능한 발전이란 경제적·환경적 지속가능성을 고려하여 경제성장과 환경보호를 함께 실현하는 발전이다. 결국 사람들은 경제 발전의 문제와 자연 환경의 보호라는 문제는 구별된 문제가 아니라, 서로 관련이 깊은 문제라는 것을 깨닫기 시작하였다.

코로나19 사태를 포함해 급변하는 경영환경 속에서 많은 기업들은 생존 자체를 걱정하고 있다. 과거에는 기업의 지속가능성을 재무적 성과로 판단했으나, 최근에는 재무적 성과를 위한 과정(경영활동)에 관심이 급증하고 있다. 즉 협력업체에 대한 불공정 강요, 폐기물 무단 방출 등으로는 지속가능성이 어렵기 때문이다. 가장 대표적인 글로벌 기준이 환경(E), 사회(S), 지배구조(G)를 통해 기업의 비재무적 성과를 평가하는 'ESG프레임워크'이다.

2019년, 미국 경영자 단체인 비즈니스라운드테이블은 '기업의 목적에 관한 성명'에서 새로운 경영 패러다임을 제시했다. 주주만이 아니라 종업원, 협력업체, 지역사회 등 다양한 이해관계자를 포함시킨 것이다. 최근 우리나라 기업 총수들이 발표한 신년사에 공통으로 등장하는 단어도 바로 'ESG 경영'이다. 'ESG 원년'을 선포하는가 하면 친환경, 저탄소, 미래가치를 강조하는 이미지 광고를 잇달아 선보이고 있다. 얼마나 돈을 잘 버느냐를 평가하는 것이 아니라, 어떻게 돈을 벌고 쓰는지를 평가해 사회적 책무를 강조하는 것이다.

독일의 생태철학자 한스 요나스는 그의 대표작 「책임의 원칙」에서 환경 문제에 대한 근원적 질문을 던지고 있다. 새로운 책임 윤리로 '보존의 윤리', '예방의 윤리'를 강조한 것이다. 가정에서 할 수 있는 일, 사회에서 할 수 있는 일, 국가에서 할 수 있는 일, 전 세계인 모두가 해야 할 일에 대해 살펴보고 실천하는 것이 중요하다.

05 _ 더 행복한 삶

그리스의 대표적 철학자이자, 오늘날에도 모든 학문의 아버지로 불리는 아리스토텔레스는 "행복이란 개인의 잠재력을 실현하기 위한 목표를 발견하고, 최고의 자아를 실현하기 위한 노력의 과정을 뜻한다."고 말했다. 아리스토텔레스는 걸어 다니면서 생각하기를 즐겼고, 사색을 통해 삶과 인간을 둘러싼 환경, 동물, 과학과 우주 등의 문제에 귀를 기울였다고 한다. 그것이 그가 철학자이자, 경험주의 자연과학자가 될 수 있었던 이유였다.

사람은 누구나 멋지고 행복한 삶을 목적으로 태어나며 그러한 삶을 살아갈 수 있는 능력을 지니고 있다. 행복은 개인의 전체 삶에 대한 주관적인 감정과 평가로 정의되지만, 객관적인 환경 요인이 강조되는 '삶의 질'과 유사한 개념으로 사용된다. 따라서 만족감, 자립감, 안정감, 성취감, 문화적인 풍요로움, 스트레스 등 주관적인 판단요소가 깊이 관여한다. 동시에 객관적인 차원에서 삶에 대한 물리적 요소인 의식주, 건강, 소득, 교육, 보건, 여가생활 같은 지표를 통한 물리적 조건도 크게 기여한다.

UN계발계획(UNDP)은 인간개발지수를 통해 국가의 행복지수를 평가해 왔다. 우리나라는 177개국 중 행복지수 26위(2006년 기준)를 차지했다. 한국개발연구원(KDI) 경제정보센터가 2021년 발간한 〈나라경제〉 5월호에 따르면, 최근 3년(2018~2020) 평균 행복지수는 10점 만점에 5.85점이었다. 이는 전체 조사 대상 149개국 중 62위에 해당하고, OECD 37개국 가운데 35위로서 최하위권이다. 지난 60년간 경제적으로는 괄목할 만한 성장을 했지만, 국민행복 측면에서는 매우 낙후되어 있다. 특히 건강만족도, 근무비중, 대기오염, 취업률, 가구당 금융자산 등에서 다른 나라들에 비해 낮은 수치를 나타냈다.

삶의 불안정과 고용불안을 겪고 있는 요즘 젊은이들은 사회적 성취 또는 성공을 인생의 목표로 잡기보다는, 현재의 조건에서 내가 가장 행복할 수 있는 목표에 매진하려고 한다. 혼자 살더라도 여행으로 인생의 즐거움을 찾고, 승진이 보장된 고연봉이 아니더라도 내가 하고 싶은 일을 하며 살고 싶어 한다. 우리 시대의 평균적인 삶에 맞추기보다는 자신의 삶의 질을 추구하기 위해 미움 받을 용기까지 내고 있다. 알프레드 아들러의 심리학이 그들의 마음에 와 닿는 것이다.

행복 증진을 위해 고려해야 할 것은 무엇일까? 우선 심화되고 있는 사회적 불평등을 완화해야 한다. 다음은 사회안전망을 만들어야 하며, 취약계층에 대한 배려가 필요하다. 그리고 불안정, 우울증, 자살 등이 세계 최고인 오명을 씻기 위해 불안을 정량화해 관리하여야 한다. 국민행복에 기여하지 않는 경제성장은 무의미하다. 국가전략과 정책을 국내총생산(GDP)을 늘리는 방식으로 짜는 것이 아니라, 행복지수를 높이는 방식으로 재편돼야 한다.

아이들의 성장을 도와주는 교육

앨빈 토플러는 "한국 학생들은 하루 10시간 이상을 학교와 학원에서 자신들이 살아갈 미래에 필요하지 않은 지식과 존재하지 않을 직업을 위해 시간을 허비하고 있다."고 지적했다. 지식을 많이 쌓는 것만으로 직업을 구할 수 있는 시대는 끝났다. 하나의 직업으로 평생을 살아갈 수 있는 시대도 지났다. 인공지능과 협업하는 능력, 창의력과 같은 역량이 필요하다.

우리나라 교육은 학생들의 개성을 고려하지 않고, 획일화된 일반 자질(지능, 교과 성적, 성실성 등)을 추구하면서 교육성과를 올리고 있다. 교육성과는 학교의 실적으로 나타나며, 그 실적은 일류 직장의 취업과 일류 대학의 입학 숫자로 계산된다. 시험성적과 석차로 아이들을 분별하는 방식으로는 미래교육의 희망을 찾을 수 없다. 학교의 교육 능력을 신장하기 위해 자율성과 다양성, 창의력을 끌어내는 학교와 사회를 만들어야 한다.

교육수요자(학생, 학부모)의 진화는 매우 다양하고 빠른 데 비해, 공급자(정부, 학교)는 더딘 현 상황에서 수요자에 대한 새로운 인식이 필요하다. 정보통신기술의 발달은 지식의 저장 및 유통 방식을 획기적으로 변화시켰다. 지식과 정보에서부터 전 세계의 유명 강의에 이르기까지 포털 사이트에 모두 탑재되어 있어, 교육에 혁명적인 변화가 일어나고 있다. 기존의 '공급자중심 교육'에서 탈피하여, '수요자중심 교육'으로 교육정책을 전환해야 한다. 경쟁 교육은 이제 학생에게 효율적인 교육으로 바꾸어야 한다.

암기식 교육과 반대인 '함께하는 교육'이 있다. 대표적인 예가 친구들과 토론하고 공부하는 유대인들 공부법인 '하브루타'이다. 일상에서 일어나는 다양한 주제를 다른 사람과 나누는 것을 의미한다. 10여 년 전 우리 사회도 토론교육, 독서교육이 효과적 대안으로 떠올랐지만, 실제로 교육에 미치는 영향은 미미한 수준이다. 학교교육의 큰 과제는 불확실한 미래를 개척해나갈 인재를 기르는 것이다. 개인의 창의성이 사회공동체에 의해 받아들여지기 위해서는 협동정신이 바탕에 있어야 한다. 그리고 개인의 주도적인 습관을 길러야 스스로 어려움을 헤치고 나아갈 수 있다. 따라서 주도형 창의 · 인성교육을 강화해야 한다.

끊어진 사다리 이어가기

다양한 청년 일자리 대책에도 불구하고 청년실업의 본질적이고 구조적인 문제를 해결하기에는 한계가 있었다. 취업을 원하는 청년들의 기대치와 시장에서 창출되는 일자리 사이에 괴리가 있기 때문이다. 청년실업률은 상승하고 있지만, 중소기업의 구직난은 계속 심화되는 현상도 발생하고 있다. 금융위기 이후 일자리는 주로 중소기업 부문에서 창출되지만, 청년들은 중소기업을 회피하고 있다. 원인 및 처방과 관련해서는 아직 충분한 사회적 합의가 미흡한 실정이다.

청년 노동시장에서의 미스매치(mismatch) 원인에 대한 진단은 다양하게 이루어져 왔다. 그 중 가장 빈번하게 거론되는 요인들로서는 산업수요와 괴리된 교육제도, 정규직 과보호로 인한 취업기회 제한. 대−중소기업 간 이중구조 등 세 가지를 꼽을 수 있다.

과도한 교육열로 대학 졸업자가 지나치게 많이 공급되고 있으며, 공학계열에는 초과 수요가 발생하고 있지만, 사회계열에서는 초과 공급 현상이 나타나고 있다. 산업 및 지역과 연계한 교육활성화 선도대학사업(프라임사업) 등을 통해 전공별 조정이 효과적으로 이루어져야 한다.

또한 정규직 근로자들의 해고가 어렵기 때문에 신규로 진입하는 청년들의 취업이 줄어들고 있다. 임금 피크제, 성과 연봉제, 해고요건 완화 등이 추진되고 있지만 아직 미흡하다. 정규직 해고요건을 완화하거나 성과 보상 시스템을 마련하는 등 노동시장의 유연화가 필요하다.

대-중소기업 간 이중구조가 해소되지 않는다면, 교육제도 개선이나 노동시장 유연화 정책의 효과는 상당히 제약될 수밖에 없다. 우리나라 노동시장의 이중구조가 심화된 근본적 원인은 대-중소기업(원청-하청) 간 불공정거래에 있다. 따라서 청년 노동시장의 미스매치 현상을 궁극적으로 해소하기 위해서는 대기업과 중소기업 사이에 교섭력의 비대칭성을 해소함으로써 중소기업 일자리의 질을 끌어올리는 것이 중요한 해법이다.

북유럽식 삶의 가치

최근 북유럽 스타일을 동경하는 학부모들이 많다고 한다. 북유럽 상품은 과거를 회상하게 하는 노래와 오래된 가구, 소박하지만 세련됐으며 화려함보다 자연친화적이고 실용적이다. 먼 나라에서 왔음에도 생소하지 않고 금방 친숙해지는 이유다. 가구를 포함한 리빙 제품에 이어 패션, 아웃도어 그리고 핀란드식 교육까지 범위를 넓히고 있다.

소박함과 근검절약을 결코 부끄러워하지 않는 문화, 부정부패나 비리를 찾아보기 힘든 청렴결백한 조직문화, 일과 경쟁보다는 휴식과 자기성찰을 중시하는 문화, 속물적인 행복보다는 마음의 평화와 여유를 찾는 소소한 삶의 기쁨에 가치를 둔다면 우리도 분명 희망이 있다. 사회적 큰 변화가 아니더라도, 각자의 일상 속에서 할 수 있는 북유럽적인 삶의 가치는 무엇일까? 첫째, 탁월함에 대한 강박에서부터 자유로워져야 한다. 모든 면에서 뛰어나고 출중해야 한다는 강박 때문에 어른들의 행복뿐 아니라 아이들의 삶까지 위협받고 있다. 둘째, 상품을 소비하는 쾌락을 자제하고, 직접 손으로 만지고 내 삶을 가꾸는 일을 시작해 본다. 북유럽에서는 유치원생들도 목공과 바느질을 배운다. 내 집과 살림을 아름답게 가꾸며 즐기는 일에 아낌없이 투자한다. 셋째, 행복의 기준을 외적 조건이 아닌 내적 충만함으로 바꾼다. 쉬워 보이지만 엄청나게 어려운 관점의 전환이다.

자신에 충실한 삶

우리나라 헌법에는 '모든 국민은 인간으로서의 존엄과 가치를 가지며, 행복을 추구할 권리를 가진다.' 라고 못 박고 있다.

자기 삶을 이끄는 가치가 무엇인지, 무엇을 했을 때 자유롭고 행복하다고 느끼는지, 어떤 일을 하면 보람을 느끼는지 스스로 인지하고 삶을 선택해 나가야 한다. 대다수의 경우 나이가 들면 들수록 결국에는 '남의 나' 가 아닌 '나의 나' 를 찾게 된다.

100세 철학자 김형석 교수에 따르면, 행복하고 싶지만 행복해 질 수 없는 사람들은 크게 두 가지 부류로 나뉜다. 우선 정신적 가치를 모르는 사람이다. 돈이나 권력, 혹은 명예를 좇는 사람 은 거기에 '만족' 이 없어 행복을 찾기 어렵다는 것이다. 또 이 기주의자도 자신만을 위해 살며, 인격을 갖추지 못해 절대로 행 복해질 수가 없다는 것이다.

2018년 4월, 폴 라이언 미국 하원의장이 "가족과 더 많은 시간 을 보내고 싶다. 자녀에게 '주말 아빠(weekend dad)' 가 아닌 '풀 타임 아빠' 가 되어주겠다."며 11월 선거에 불출마를 선언했다. 라이언 의장은 공화당 내 대표적인 40대 기수로, 보수의 목소 리를 중량감 있게 대변했다고 평가받는다. 하지만 남편으로서, 아버지로서의 역할을 제대로 하지 못하였던 것이 그의 인생이 었는데, 이제는 그러한 역할을 제대로 하면서 살기로 했다는 것이 불출마 이유였다. 부통령 후보였던 그가 정치로부터 은퇴하겠다는 선언은 매우 특이했다.

많은 일들은 우리 자신의 삶과의 관계에서 의미를 갖는다. 이 관계를 깊이 있게 인식할 때, 진정한 의미의 행복을 찾을 수 있다. 남의 옷차림, 거주지, 자동차로 그의 행복을 판단하는 '속물주의'와 결별해야 한다. 우리는 특별하지 않음으로써, 탁월하지 않음으로써, 남에게 내 의견을 강요하지 않음으로써, 지금보다 훨씬 자유롭고 행복해질 수 있다.

06 _패러다임이 변하고 있다

인간은 어렵고 힘들거나 실패했을 때 무의식적으로 전략을 생각하게 되어 있다. 즉 '왜 내가 그 길을 갔던가? 앞으로 어떤 길을 가야 하는가?'에 대해 생각하게 된다. 우리를 둘러싼 환경은 매우 급변하고 있다. 아무리 앞선 기업이나 국가라 할지라도 급변하는 환경변화에 대응하지 못하거나 혹은 변화를 창조하지 못할 경우 파산할 수 있다. 실제로 전 세계적으로 일세를 풍미하던 초우량 기업이 역사에서 사라진 예는 수없이 볼 수 있다.

급변하고 불확실한 환경에서 경영자나 국가 지도자가 효과적으로 대응할 수 있는 학문이 전략경영이다. 전략경영은 조직의 장기적 성과를 결정하는 경영자의 의사결정 행위를 말한다. 전략적 경영을 통해 조직의 핵심역량을 확보해야 하기 때문이다. 세계적 경영전략가 게리 해멀에 따르면, '핵심역량'은 고객에게 가치를 제공해 줄 수 있는 제품·서비스를 창출하는 능력이다. 예를 들어, 소니(Sony)의 최소화 기술, 혼다(Honda)의 모터기술, 모토롤라의 무선통신 등이다. 특히 혼다는 엔진기술의 핵심역량을 바탕으로 인접 부문으로 다각화에 성공한 사례를 가지고 있다.

개인이나 기업, 국가가 다양한 전략을 잘 활용하면, 경쟁자보다 더 높은 곳에 베이스캠프를 칠 수 있다. 우리가 원하는 목표 지점에 더 빨리 올라갈 수 있다는 것을 의미한다. 일본 최고의 자산가 손정의 소프트뱅크 회장은 자신이 읽은 4천여 권 중 인생 최고의 책으로 「손자병법」을 꼽은 바 있다. 그는 지금도 사업의 전환점이나 어려움에 부딪힐 때는 그 책을 읽으면서 지침을 찾는다고 한다.

당뇨병 치료약으로 유명한 덴마크 제약회사 노보 노디스크(Novo Nordisk)는 중국의 고도성장과 서구식 음식 습관을 보면서, 당뇨병 환자가 급증할 것으로 예상하고 약을 개발했다. 예상대로 당뇨병 환자와 치료약 수요가 급증했다. 패러다임 변화에 잘 대비한 것이다. 잘나가던 미국 리먼 브라더스, AIG, 메릴린치 등 쟁쟁하던 금융회사들이 2008년 금융위기가 닥치자 순식간에 부도가 나거나 매각되었다. 아날로그시계 산업을 선도하던 스위스 시계회사들도 한때 일본 기업의 전자시계 생산에 위기를 맞이했다. 모두 패러다임 변화를 잘 몰랐기 때문이다.

토마스 쿤(Thomas Kuhn)의 주장에 의하면, 자본주의 경제학은 정상과학(normal science)으로서의 기능을 상실하고 있다. 현재의 자본주의 패러다임은 주변부(periphery)는 물론이고 중심부(center)에서도 극심하게 도전을 받고 있다. 주변부는 기존의 자본주의 패러다임으로 결코 행복한 사회(happy society)를 꿈꾸기는 불가능하다. 그리고 중심부에서 잘 적용되던 이론들도 인터넷 혁명과 정보통신 혁명으로 깨지고 있는 것이다.

창조적 해결을 위한 '양손잡이 조직'

세상은 서로 다른 가치가 섞여 진화한다. 과거의 경영은 선택과 집중이었다. 개인이나 기업, 국가가 동원할 수 있는 자원과 역량에 한계가 있으므로, 여러 사업이나 전략에 투자하면 자원의 분산으로 오히려 하나도 제대로 할 수 없기 때문이다. 하지만 미래예측이 거의 불가능하고 시장질서가 시시각각으로 바뀌는 초경쟁 시대인 요즘엔, 상호 모순적인 전략을 동시에 추구하는 조직만이 살아남을 수 있는 환경이 되었다. 즉, 서로 양립할 수 없는 목표나 가치를 동시에 추구하는 것이 어느 하나를 선택하고 다른 하나를 버리는 것보다 조직 경쟁력을 결정하는 요인으로 작용할 가능성이 높다.

'거대기업은 유연할 수 없다.'는 규모와 유연성 간의 패러독스를 해소하고 벽 없는 조직을 구축해 새로운 전성기를 이끈 G.E.나, '품질을 높이면 원가가 올라갈 수밖에 없다'는 상식을 깨고 자동차 시장을 석권한 토요타의 사례가 그렇다. 특히 삼성은 반도체, 휴대폰, TV 등 다각화된 사업구조를 지녔음에도, 제조의 효율성과 세계 최고 수준의 연구개발, 디자인, 마케팅 역량을 동시에 구축했다. 규모의 경제와 전문성을 극대화하는 이른바 '하이브리드 경영'으로 일본의 소니를 넘어 세계 시장의 패권을 차지할 수 있었다.

최근 기술혁신의 중요성이 대두되면서 파괴적 혁신에 대한 논의가 활발하다. 새로운 유형의 기술혁신에 적극적인 대응을 하지 못한 기업들이 경쟁에서 탈락하는 사례를 너무나 많이 보아 왔기 때문이다. 그러나 전통적인 기존 기술의 개선, 즉 지속적 혁신도 기업에 대단히 중요하다. 그러므로 이들 두 유형의 기술 혁신의 효과적인 관리가 필요한 시대다.

하버드대학 마이클 터시먼 교수는 이 같은 두 유형의 혁신과 변화를 동시에 경영할 필요성을 강조하면서, 이에 효율적인 조직으로 '양손잡이 조직(Ambidextrous Organization)'을 제시했다. 그는 많은 기업들이 기존 기술에 대한 효과적인 방어와 새로운 기술을 통한 효과적인 공격을 추진하지 못한다고 지적한다. 성공한 기업이 큰 성공에 도취한 나머지 새로운 변화에 적절히 대응하지 못한다는 것이다. 양손잡이 조직은 선택과 집중이라는 통념에 의문을 제기하고, 이를 창조적으로 해결하기 위해 노력하는 조직을 말한다.

미래 변화와 대응 전략

미래 변화의 핵심동력으로 정보통신기술 고도화 등 과학기술 발달이 자리한다. 첨단과학기술과 정보통신의 발달에 따라, 전 세계인들이 엄청난 양의 정보를 실시간으로 공유하는 정보폭발의 시대가 왔다. 무인자동차 등 본격적인 로봇시대, 3D프린트 생산기술, 인공지능, 인식정보 확산, 사물인터넷으로 상징되는 '초연결 사회'의 도래, 의료기술의 발달에 따른 인간수명 100세의 '호모 헌드레드(Homo Hundred)' 시대 등이 상징적 변화들이다.

국가와 사회의 온전한 발전은 환경과 시대변화에 얼마나 능동적으로 대처하느냐에 달려 있다. 변화에 대한 적극적 대응이 곧 발전이다. 변화를 태만히 하거나 무시하는 경우 도태될 수밖에 없다. 자연환경과 시대적 변화 상황에 능동적으로 대응하는 과정이 바로 미래변화의 새로운 패러다임을 창조하는 것이다.

한국과학기술평가원에서 발표한 미래사회 변화의 8대 메가트 렌드에 따르면, ▲글로벌화 심화 ▲갈등의 심화 ▲인구구조의 변화 ▲문화적 다양성 증가 ▲에너지 및 자원의 고갈 ▲기후변 화 및 환경문제 심화 ▲과학기술의 발달과 융복합화 등 7개와 이들 메가트렌드를 가속화 시키는 ▲중국의 부상을 꼽았다. 여 기서 중요한 것은 우리나라의 현황과 전망, 기회와 위협 요인 등을 분석하여 대응 전략을 준비하는 것이다.

우리나라를 둘러싼 국내·외 조건 어느 하나 위기가 아닌 것이 없다. 시대변화 속에서 국가의 미래전략을 새롭게 수립하여 희 망을 키워야 한다. 우리 앞에 놓인 장기적 난제들을 해결하기 위해 사회적 합의와 혁신적 시스템으로 전환이 필요하다.

지금 중요한 것은

폴라로이드, 코닥, 노키아 같은 세계적인 기업들은 최고 인재를 두고 지속적인 혁신을 해왔음에도 불구하고, 이미 사라졌거나 위기에 처해 있다. 이는 포드, GM 같은 미국 기업과 소니, 샤 프, 파나소닉, 닌텐도 같은 일본의 명문 기업들에서도 일어나고 있다. 절대 강자라고 불렸던 강한 기업들이 순식간에 추락하는 '빅뱅의 시대'가 온 것이다.

우리나라는 지난 60년 동안의 피땀 어린 노력을 통해 산업화—

민주화-정보화라는 선진국 조건, 즉 트리플 크라운을 달성했다. 그 결과, 2018년에는 세계에서 일곱 번째로 50-30클럽(인구 5천만 명 이상+국민소득 3만 달러 이상)에 가입하는 쾌거를 이루었다. 치열한 교육열로 수많은 인재를 양성했고, 과학기술을 기반으로 선진국과 추월 전을 전개하여 대성공을 이룩했다. 하지만 추월의 시대는 이제 끝이 났다. 더 이상 카피할 것도, 벤치마킹할 대상도 없어졌다. 이제부터는 우리 스스로가 질문하고 해답을 찾아야 하는 '초월(超越)의 시대'를 맞게 된 것이다.

스티브 잡스는 "소크라테스와 점심을 함께할 수 있다면, 애플이 가진 모든 기술을 그것과 바꾸겠다."고 했다. 소크라테스는 인문의 세계를 상징한다. 미래는 사람의 마음을 보는 힘, 인문의 힘을 얼마나 지니고 있느냐에 달려있다. '인문의 시대'가 도래한 것이다.

게리 해멀은 그의 저서 「지금 중요한 것은 무엇인가」에서 급격한 변화와 치열한 경쟁을 이겨낼 행동으로 가치(Value), 혁신(Innovation), 적응성(Adaptability), 열정(Passion), 이념(Ideology) 등 다섯 가지를 강조하고 있다. 기존에 우리가 해온 조직관리를 새롭게 하고, 자본주의, 조직, 조직적 삶에 관한 기본 전제를 다시 생각하라고 주장한다.

우리 한국사회에 중요한 것은 계층이동 사다리, 공동체, 교육,

비전, 사회안전망 등이다. 희망적인 미래를 위해 우리가 고민하고 해결해야 할 과제는 ▲자본주의의 위험한 자만심 버리기 ▲고귀함(선·정의·아름다움) 되찾기 ▲혁신적(뉴노멀) 사고 ▲따라하지 말고 주도하기 ▲엔트로피(제도적 관성) 피하기 ▲미래 경쟁력 강화 ▲열정의 공동체 만들기 ▲통제 벗어나기 ▲위계질서 없애기 ▲관리 부담 줄이기 등이다. 이 숙제들이 우리의 혜안과 혁신에 강력한 에너지를 줄 것이다.

07 _ 코로나 이후가 더 중요하다

우리나라는 세계 10위권에 속하는 번영을 누리고 있다. 20여 년 전에 시작된 한류는 최근 방탄소년단, K-방역, 영화 〈기생충〉과 드라마 〈오징어게임〉으로 더욱 빛을 발하고 있다. 식민지 유산과 6.25 전쟁의 잿더미 속에서 60여년 만에 이런 성과를 올렸다는 것은 대단한 일이다.

그런데 현재의 번영을 미래 세대에게 물려줄 수 있을까? 전망도 상황도 녹록하지 않다. 오래 전부터 신성장 동력을 발굴·육성해야 한다고 했지만, 역대 정부는 단기성과에 급급했다. 정권마다 장기 전략은 만들었지만 정권이 바뀌면 목표와 방향이 하루 만에 달라졌다.

과학기술정보통신부가 2016년 「미래전략 보고서」를 수립했다. 10년 후의 관점에서 가장 중요하게 생각하는 이슈에는 저출산·고령화, 불평등, 삶의 불안정성 등으로 나타났다. 이 외에도 고용불안, 저성장과 성장전략 전환 등 경제이슈, 국가 간 환경영향 증대와 기후변화 등 환경이슈, 남북문제 등 정치이슈 등이 10대 이슈에 포함되었다. 특히, '삶의 질을 중시하는 라이프스타일'은 여러 이슈와 가장 연관 관계가 많은 것으로 나타났다.

2020년 이후 B.C.의 C는 Christ가 아니라 Corona다. 토머스 프리드먼 뉴욕타임스 칼럼니스트는 "세계는 코로나 이후(AC-After Corona)와 이전(BC-Before Corona)으로 나뉠 것"이라고 예측했다. 헨리 키신저 전 미국 국무장관도 월스트리트저널 기고문을 통해 "코로나19의 대유행이 끝나더라도 세계는 이전과는 전혀 다를 것"이라고 역설했다. 코로나로 야기될 사회적·경제적 변화에 어떻게 대처할 지에 대한 관심이 모아지고 있는 것이다.

2022년 상반기에는 제20대 대통령선거와 제8회 전국동시지방 선거가 예정되어 있다. 선거공약에는 과거에 보지 못했던 과제들로 채워질 것이 분명하다. 코로나19로 인해 달라진 삶의 문제들이 대통령선거와 지방선거 향배를 결정할 시대적 과제가 될 것이다. 우선 코로나19 방역과 백신 접종으로 대표되는 '생명권', 기본소득 논의와 증세 문제로 대변되는 '생존권', 부동산 문제를 포함한 주거와 일자리 부족 등을 포괄하는 '생활권' 등의 3대 과제(3생)가 가장 핵심으로 꼽힌다.

우리는 코로나 사태를 통해 위기와 반성을 경험했다. 또한 4차 산업혁명의 폭발적인 영향력을 확인했다. 앞으로도 신종 전염병의 팬데믹 쇼크가 반복될 것이란 예측이 지배적이다. 감염 예방을 위해 '비대면'에 대한 수요는 점점 늘어날 것이고, 4차산업혁명은 가속화될 것이다. 포스트 코로나 시대의 대안적 삶을 모색해야 할 때다.

행동백신과 생태백신

코로나 바이러스가 사라진 이후, 도시의 삶은 어떻게 지속될까? 2020년 6월 초, 서울시 주최로 국제행사인 'CAC(Cities Against Covid-19) 글로벌 서밋 2020'이 온라인으로 개최됐다. 세계 주요 도시의 시장과 석학, 분야별 전문가 등이 참여하여 방역은 물론 기후 및 환경 등 포스트 코로나 시대에 나타날 협력 과제에 대해 논의하였다.

이 모임에서 코로나는 기후변화와 밀접한 관련이 있는 것으로 나타났으며, 기후변화 역시 코로나처럼 하나의 팬데믹 현상으로 무시무시한 기후재난을 예기하고 있다고 경고했다. 또 이미 진행되고 있는 기후변화 현상 속에서 인류가 찾아야 할 생존의 길은 '문명 우선주의'가 아닌 '공생 우선주의'로 나가야 한다고 강조했다.

'생태적 전환(Ecological turn)'을 주제로 기조강연을 한 최재천 이화여대 자연과학부 석좌교수는 코로나로 인해 벌어지고 있는 세계적 혼란에 대해 "인류는 지금 뿌린 대로 거두고 있다."고 경고했다. 이 문제를 보완할 수 있는 방법으로 약품 백신보다는 '행동 백신'과 '생태 백신' 등 2가지 백신이 선행되어야 한다고 주장했다.

행동 백신이란 전염병에 대한 정보를 습득하면서 사회적 거리를 둬야 한다는 점을 깨닫고 이를 행동으로 실천하는 것을 의미한다. 생태 백신은 연구나 조사처럼 꼭 필요한 것이 아니면 일상생활에서 가급적 생태계와 거리를 두는 자세를 뜻한다. 최 교수는 "행동 백신과 생태 백신은 약품 백신보다 훨씬 빠르고 손쉽게 실천할 수 있는 백신들"이라고 소개하며, "코로나19 사태로 인해 인류의 생존이 위협을 받고 있는 시기인 만큼 생태적 전환을 서둘러야 한다."고 강조했다.

원트(Want)가 아닌 라이크(Like)

그동안 과도한 경쟁주의와 수월성 중심의 평가로, 개개인의 다양한 목표는 사라지고 사회가 원하는 획일화된 모습으로 살아

왔다. 그 결과, 사회구조적인 문제로 발생하는 실패도 개인의 탓으로 돌리고 더 많은 노력을 기울였음에도 또 좌절한다.

세계 10위권의 경제대국으로 급속한 성장을 이룩한 과정에서 개인의 행복 추구는 미뤄놓다 보니 모두가 고립된 존재가 되었다. OECD 삶의 질 측정에서 "필요할 때 도움을 줄 수 있는 친척이나 친구가 있다."라고 응답한 비중이 72.4%로 OECD 회원국(88%) 중 가장 낮았는데, 연령의 증가에 따라 더욱 줄어드는 것으로 나타났다.

앞으로는 개인의 가치관에도 많은 변화가 일어날 것이다. 전체보다 개인을 중시하고, 차별화되는 삶을 살아가면서 타인으로부터 인정받고자 하는 흐름이 일고 있다. 집단 중심적인 가치관에서 벗어나 개인인 온전한 존재로 존중받고 나만의 가치를 기준으로 삶을 결정하는 것이다. 삶의 질을 중시하는 사회를 이루기 위해서는 개인의 자유와 권리를 존중하여 차별화된 가치기준을 인정하는 인식이 필요하다.

인지심리학자 아주대 김경일 교수는 중요한 시사점을 던진다. 자본주의 사회에서 남들과 끊임없이 비교하고 경쟁하는, 소위 '인정 투쟁'에서 벗어날 때가 되었다는 것이다. 특히, "사회적으로 강요된 원트(want)에서 각자가 좋아하는 라이크(like)로, 다시 말해 효능감을 안겨주는 것들에 집중해야 한다."고 제안

한다. 코로나19 사태를 겪으며 소유와 욕망에 대한 재정의가 이루어지고 있다. 앞으로는 더 적은 것을 가지고 너와 내가 함께 행복할 수 있는 '지혜로운 만족감을 추구하는 사회'로 나가야 한다.

뉴노멀 등장

코로나는19는 14세기 유럽의 흑사병이 사회 및 경제 체제, 미술·문화의 근본적 변화를 가져왔듯이, 20세기 후반에 만들어진 사회시스템 붕괴를 가속화시킬 것으로 보인다.

첫째는 지구화한 산업이다. 1990년대 이후 해외직접 투자가 진전되면서 세계 산업 네트워크는 복잡하게 얽혀있다. 두 번째는 도시화다. 세계 인구 절반이 도시에 거주한다. 도시 간 네트워크화로 글로벌시티 간 거리가 국내 도시와 농촌 간 거리보다 더 가까운 시대가 됐다. 세 번째 금융화다. 현대 자본주의 체제에서 모든 경제적 자원의 가치를 배분하고, 운영하는 기본원리는 자산 가격화다. 자본시장과 금융시장의 가치 사슬이 전 지구에 퍼져 있다. 네 번째 거버넌스의 한계다. 현대국가는 경제·사회 준칙에서 벗어나는 일을 하는데 어려움을 겪는다. 선출직 공무원, 대통령과 국회의원이 뜻대로 할 수 있는 일이 점차 사라지고 있다.

우선 지구 산업네트워크가 코로나19 이후 멈췄다. 도시 네트워크화도 위기에 처했다. 해외여행이 금지되고, 시내에서 하는 영업 활동에서 이익을 보장할 수 없는 상황이다. 코로나19는 사람과 사람 사이의 거리를 벌려 놓았다. 단위면적당 수익성이 뚝 떨어지게 됐다. 기존의 도시 네트워크는 유지가 어렵다. 금융화도 깨지고 있다. 어떤 금융시장도 코로나19 이후 발생할 모든 리스크를 제대로 예측할 수 없게 됐다. 코로나19로 허둥대는 정부를 보면서 국가 거버넌스의 실종을 볼 수 있었다. 선진국이라는 미국과 유럽도 예외가 아니었다.

뉴노멀을 정착시키기 위해서는 몇 가지 사회적 합의가 있어야 한다. 첫 번째로 사회적 방역시스템이 잘 갖추어져야 한다. 국민이 안심하고 경제·사회·문화 활동 등을 할 수 있도록 기반이 구축되어야 한다. 다음은 국민건강 뿐 아니라 경제적 문제도 심각한 상황이다. 이런 위기 상황에는 국가가 적극적으로 개입하여 다양한 정책들을 펼쳐야 한다. 실업률을 최소화 하고, 고용을 창출하는 시스템을 구축해야 한다. 마지막으로, 지금까지 우리는 소비가 미덕이라는 차원에서 곧 쓰레기가 될 물건들을 계속 생산해 냈다. 앞으로 어떻게 하는 것이 생태계를 보전할 수 있는가에 대해 성찰해 봐야 할 것이다.

국민의 고통을 공감하는 것을 넘어 코로나로 인한 사회문제들에 대한 해결책을 제시해야 한다. 온 사회가 강력한 의지를 갖고 새 원칙을 정해 새로운 미래를 만들어가야 한다.

온고지신(溫故知新)

오랫동안 거대한 중국 옆에서 온갖 침략과 시달림을 당하면서도 한반도가 자주성을 유지하며 문화와 언어를 지켜냈다는 것을 놀라운 일이다. 만약 플로리다 반도가 미국에 흡수되지 않고 독립된 국가로 발전하려고 했다면, 과연 가능했을까? 우리 선조들의 지혜와 용기에 다시금 감탄이 나온다. 무엇보다 '선비정신'이 한몫을 했을 것이다.

푸른 눈을 가진 한국인 이만열(임마누엘 페스트라이쉬) 교수가 2017년 「한국인만 몰랐던 더 큰 대한민국」이라는 책을 발간했다. 그는 한국인의 미래는 과거 문화유산 속에 있음을 일깨워주고 있다. 우리의 잠재력으로 '선비정신', '효도문화', '홍익인간' 등을 꼽는다. 선비정신은 개인의 이해를 떠나 오로지 대의와 국가, 백성을 위해서 시시비비를 가리는 것이다. 효도는 개인과 공동체를 한데 묶어 지속가능한 고유문화를 만들었다. '널리 인간을 이롭게 한다.'는 뜻의 홍익인간은 자신뿐 아니라 다른 사람, 사회, 국가 그리고 지구를 이롭게 한다는 말이다. 가히 물질만능 시대의 한계를 극복할 대안으로 주목받을 만하다.

「논어」'위정편'에 '온고지신(溫故知新)'이란 말이 있다. 옛것을 익히고 그것을 미루어서 새것을 알아 현실 문제를 해결한다는 뜻이다. 지금의 불확실성은 선조들의 지혜에서 답을 찾을 수 있다. 오로지 성장만을 향해 맹목적으로 달려가는 것이 아니라, 나와 연결된 모든 주체들과 이익을 공유하는 상생 관계를 통해 동반 성장을 실천하고 건강한 세상을 만들어야 한다.

08 _ 지방이 살아야 한다

지난 수십 년간 우리는 중앙집권형 체제를 유지해 왔다. 돈, 권력, 사람 등 모든 것이 서울로 집중되었다. 중앙정부를 중심으로 한 압축성장을 통해 우리는 지난 60년 동안 300배 이상의 경제성장을 이룩했다. 자랑스러운 일이 아닐 수 없다. 그러나 더 이상 이 체제로는 앞으로 나아갈 수 없다. 수도권은 수도권대로, 지방은 지방대로 생활은 더욱 불편해지고 경쟁력은 추락하게 된다. 발전이 아니라 생존마저 걱정해야 하는 처지가 되고 있다.

인구가 갈수록 줄어들면서 기업들이 도산하고 실업자가 늘고 있다. 지역경제가 쇠락하면서 일자리가 없어지니 젊은이들이 전부 서울로 올라가려고 한다. 지방자치단체들은 저마다 '청년을 끌어들이는 정책'을 펴지만 백약이 무효한 상황이다. 낙후지역이 경제성장의 효과로 조금 나아지는 동안, 수도권과 그 연계 지역은 빠른 속도로 성장하면서 과실도 그곳에 편중되어 체감하는 격차는 더욱 커지고 있다. 지금 지방의 현실은 암울하다.

관련기관의 통계와 많은 연구결과에 따르면, 머지않아 지방의 도시들 중 30~40%가 사라질 것이라고 한다. 역대 정부마다 균형발전이라는 슬로건을 내걸고 지방 살리기에 엄청난 돈을 쏟아 부었지만 별 효과가 없었다. 공공기관 지방 이전이 가장 활발했던 2013~2016년, 수도권에서 지방으로 이동한 인구는 5만 8천 명에 불과했다. 균형발전의 핵심은 인구인데, 정부 정책은 계속해서 사람이 아닌 지역에 초점을 맞췄기 때문이다.

지방대학을 나와 그 지역에서 취직하고, 돈을 모아 결혼하고, 아이를 낳아 키우면서 나이 들어갈 수 있게 해야 한다. 맨 주먹으로 서울에 올라와 성공해서 금의환향하던 시대는 끝났다. 지방분권 개헌이 필요한 이유다. 돈과 권한을 지방에 내어 주고 각자 답을 찾으라고 해야 한다. 사람마다 다르듯이 지방도 제각각 사정이 다르다. 자기 지역이 뭘 해야 다시 살아날지 가장 열심히 고민하는 것도, 가장 정확한 답을 찾는 것도 결국 지역의 주민들이며, 해당 지방자치단체일 수밖에 없다. 지방이 살아나면 굳이 서울로 몰려들 필요가 없다.

현재 도시와 농촌 간 극심한 양극화로 몸살을 앓고 있다. 지방

주민이 느끼는 상대적 박탈감은 더욱 커졌다. 지자체와 중앙정부의 역할이 중요하다. 대안은 국토 균형발전이다. 서울 못지않은 양질의 거주 인프라로 주민 만족도를 높이는 정책이 필요하다. 전국에 조성된 혁신도시에 역할을 부여하고, 혁신도시 기업들은 지자체와 일자리 창출에 힘을 기울여야 한다.

지방분권시대

오늘날 세계는 급변하는 환경에 발 빠르게 대처하기 위해 국가보다 도시나 지역의 경쟁력이 중요해지고 있다. 일본, 프랑스, 독일 등은 규모의 경제 실현을 위해 지역정책의 기조와 방향을 '지방분권화', '광역화'로 전환하고, 지역의 특성을 반영한 지역 주도의 맞춤형 정책을 추진하고 있다. 우리나라도 2000년대 초반부터 지방분권과 균형발전 정책을 통해 지역혁신체계를 꾸준히 구축해 왔다. 그러나 중앙행정 권한의 지방이양 미흡, 재정분권의 미약, 자치입법권의 협소 등 분권형 지방자치를 달성하는 데 해결해야 할 과제가 남아 있다.

지방자치는 오늘날의 환경 변화에 가장 효과적으로 대응할 수 있는 정치·경제체제가 되고 있다. 지방자치의 주체인 지역 주민들을 하나의 집단의식으로 묶어낼 수 있는 고유한 '지방성'을 가져야 한다. 이러한 지방성은 지역 문화·역사의 고유성에 대한 지역 주민들의 인식과 공동체적 합의에 의해 형성된다. 지방이 지역 주민들로부터 이러한 인식과 공동체적 합의를 도출하기 위해서는 지방자치권의 확립이 선행되어야 한다.

지방을 다시 살려야 한다. 세계화·지방화(세방화)의 외부 환경 변화에 적절히 대응하기 위해서는 분권형 행정체계·입법체계·재정체계를 갖추도록 권한 재배분이 이뤄져야 한다.

젊은 여성을 끌어들일 정책이 중요

한국고용정보원의 '주민등록 인구통계'에 따르면, 젊은 여성 (20~39세) 인구와 65세 이상 고령 인구의 상대 비중이 1:1일 때 인구가 유지되는 최소 방어선이다. 그 상대 비중이 0.5 미만일 경우는 인구 소멸 가능성이 매우 크다는 것이다. 고령 인구 비중이 상대적으로 낮은 젊은 도시는 대기업 공장이 입주했거나 공단·산업단지가 들어섰다는 공통점이 있다. 또한 최근 10년 간 인구변동 추세에 따르면, 젊은 여성이 어느 지역을 선호하는지 뚜렷하게 나타난다. 지난 10년 간 20~39세 여성 인구 증가율이 가장 높은 지역은 경기도 화성시로 86.2%가 늘었다. 다음은 부산 기장군으로 57.1% 증가했다. 세종시(52.6%)와 경기 오산시(44.6%), 경기 파주시(43.7%), 대전 유성구(34.8%), 경기 김포시(32.9%) 등도 젊은 여성이 크게 늘어난 도시다. 신도시 등 대

규모 아파트 단지가 들어섰거나 여성을 고용할 수 있는 대기업이 새로 입주했다는 공통점이 있다.

요즘 지방에서 수도권으로 젊은 층이 블랙홀처럼 흡수되고 있지만, 대도시의 높은 생활비와 일자리 경쟁으로 자녀를 낳고 기르기가 어렵다. 젊은 여성이 모일 수 있는 매력적인 도시를 개발하는 정책의 패러다임 전환이 필요하다. 문화와 여가시설, 결혼해서 살기 좋은 주거환경, 자녀를 키우기 좋은 양육 및 교육 여건을 제공하는 정책을 펼쳐야 한다. 무엇보다 젊은 여성이 지역에 정착할 수 있는 매력적인 일자리를 제공하는 게 중요하다. 젊은 층 전체를 대상으로 한 모호한 정책보다 20~39세 여성에 집중하는 정책이 더 효과적일 수 있다는 의미이다. 이런 차원에서 경북의 '인구감소·저출생 극복', 부산의 '저출산 종합계획', 전남 화순군의 '유아·여성·고령 3대 친화도시', 강원도의 '풀뿌리 벤처기업', 경북 청송군의 '한국판 다보스 포럼' 등은, 인구 감소를 완화하고 유입을 유인하는 지역 맞춤형 시책이라고 볼 수 있다.

베이비부머 귀향에 관심을

베이비부머의 맏형인 1955년생이 65세 이상 법정 노인으로 진입했다. 순차적으로 고령 인구가 된다. 경제발전을 주도했던 베이비부머들 중 상당수는 은퇴 이후 이도향촌(離都向村)을 희망한다. 2018년 농촌경제연구원 설문에 따르면, 50대의 42%, 60대 이상의 34.3%가 서울을 떠나 농어촌으로 이주하는 데에 관심이 있다고 밝혔다. 이것이 난제들을 해결할 하나의 동력이 될 것으로 보인다.

중장년층이 귀향을 망설이는 이유는 크게 세 가지다. 우선 고령자를 위한 의료시설이 적다. 두 번째 이유는 부족한 문화여가시설 때문이다. 베이비부머는 노인세대에 비해 문화활동에 대한 욕구가 크다. 세 번째 이유는 은퇴 후 일자리가 많지 않기 때문이다. 이들은 은퇴 후에도 다른 일을 지속하길 원한다.

고령친화 서비스업이나 귀농 관련 일자리를 만들 수 있다. 귀향인을 위해 도시에 있는 주택을 담보로 연금을 받을 수 있게 해주는 주택연금 제도도 활용할 수 있을 것이다. 도시에 집이 있는 상황에서 고향에 있는 주택을 사는 경우에 '양도세 비과세' 혜택을 주거나, 자식에게 집을 증여할 때 부과되는 '증여세 감면' 제도도 생각해 볼 수 있다. 베이비부머는 지난 30~40년 정치·경제·사회 변화를 주도해온 세대다. 이들의 자산은 다른 어느 세대보다 그 수가 많고 소비력이 높다. 그리고 똑똑하며 사회 참여 의지가 강하다. 이들이 앞으로 활발하게 일하고 적극적으로 소비하면서 경제에 활력을 불어 넣는 역할을 하도록 해야 한다. 도시를 떠나 지방 중소도시나 농촌에서 살며 젊은이들과 충돌하지 않는 일을 하면 된다. 일종의 세대 간 공간분리 전략이다. 이는 두 세대를 융합하게 하는 상생전략이기도 하다.

지역혁신 역량을 키워야

새로운 분권·분산의 시대에는 모든 지방이 주체가 되어 능동적으로 지역발전을 이끌어 나가지 않으면 안 된다. 지역이 스스로 기획 및 추진 역량을 강화하고, 부가가치를 창출하고 확산하여야 한다. 지역에서 혁신이 일어나지 않고 무조건 지원만 바라서는 안 된다. 지역 대학이 혁신역량을 키워 지역 기업이 필요로 하는 인재를 제공해야 한다. 광역 간 연계협력을 넘어서 광역·기초 간 등 다양한 혁신 모형이 창출될 수 있도록 전환되어야 한다. 균형 관점에서 성장의 기회를 제공하지만, 선택과 경쟁을 통해 차별화된 성장을 도모하도록 정책 전환이 필요하다.

지역에 대한 주민참여는 공동체의식과 시민의식을 높인다. 동시에 활발한 의견 제시와 감시 활동을 통해, 지방정부 정책결정의 투명성을 제고하고 혁신을 가능하게 한다. 지방분권과 지역혁신을 위해서는 주민의 참여뿐만 아니라, NGO 등을 중심으로 하는 지역 차원의 시민운동의 역할도 매우 중요하다. 전남 장성군의 혁신 사례를 소개한 「주식회사 장성군」은 전국 지방자치단체는 물론 일본과 중국에서도 벤치마킹하고 있다. 장성군은 평생학습의 효시로 알려진 사회교육 프로그램, '21세기 장성아카데미'를 26년 째 이어가고 있다.

명실상부한 지방분권·지방자치의 실행을 위해서는 지방에 있는 많은 특별행정기관(중기청·노동청·통계청 등) 기능을 광역자치단체에 이관해야 한다. 유사한 기능을 광역자치단체와 중앙정부의 지방기관이 중복 또는 나눠서 수행하는 것은 비효율적이다. 아울러 자치입법권을 강화하고, 조직과 인사의 자율권을 확대해야 한다. 또한 재정 부족으로 기채를 하거나 중앙정부에 의존하지 않도록 지방세 비중을 획기적으로 높여야 한다.

09 _ 정치를 바꿔야 한다

'정치'의 사전적 의미는 '나라를 다스리는 일로 국가의 권력을 획득하고 유지하며, 국민들이 인간다운 삶을 영위하게 하고, 사회 질서를 바로잡는 역할을 한다.' 고 정의하고 있다. 정치는 국민들의 삶을 바꿀 수 있는 지금까지 검증된 위력적인 수단이다. 그래서 우리 정치가 달라져야 하고, 본래 목적인 보통사람들의 삶을 더 낫게 만드는 데 기여해야 한다.

지금 경제는 나쁘고 국내외 여러 문제가 얽혀서 민생이 심각하다. 청년실업, 고령화, 저출산, 교육 불평등, 양극화 등 풀어야 할 과제가 수두룩하다. 그런데 정치는 보통 사람들의 먹고사는 것과 별 관련 없는 데 정신이 팔려 있다. 자기들끼리 드잡이 하면서 '저쪽이 죽어야 내가 산다.' 는 식으로 다투기 일쑤다. 정치는 시대의 흐름을 읽어야 하고 시대정신을 이끌어내야 하는

데, 국회는 이런 기능을 하지 못하고 있다.

오늘날 우리 정치에 이념과 철학은 보이지 않는다. 보수와 진보를 나누는 것도 무의미하다. 표만 보이면 보수정당도 자유시장 원칙을 기꺼이 포기하고, 진보정당도 혁신적 변화에 종종 눈을 감는다. 보수라는 가치를 수구적 관점에서만 본다면, 우리 정치에는 현실적 이해만 추구하며 미래를 외면하는 우파보수와 좌파보수만 존재한다. 2020년 총선을 통해 우파보수가 먼저 궤멸되는 심판을 받았다. 좌파보수도 그 자리에 안주하면 언제 궤멸될지 모른다. 지난 선거과정에서 586세대 정치인들에 대한 비판이 고개를 들기 시작했다. 지난 반세기 동안 이룩한 경제성장과 정치민주화라는 두 가지 기적에 기대어 국민들의 감성만 자극하는 정치는 이제 종말을 눈앞에 두고 있다. 국정운영의 핵심은 역시 '먹고 사는 문제'다. 우리 경제의 본질적 과제는 민생회복과 성장을 위한 산업의 구조조정이다. 우리 사회의 양극화는 세계적으로 심각한 수준이다. 소득 상위 1%가 전체 국민소득의 12%, 상위 10%가 48%를 가져간다. 10%가 절반을 가져가고, 90%의 국민이 나머지를 나눠 갖는다. 성장이 멈춰가는 요즘은 서민 삶이 갈수록 척박하다.

희망의 대명사인 청년들의 한숨이 날로 깊어가고 있다. 이제 유권자들을 양극단으로 내몰고 지역색깔에 의존하는 낡은 정치를 끝내야 한다. 젊은 층과 수도권 민심에서 소용돌이 치고 있는 변화와 쇄신을 주목해야 한다. 진화를 거부하는 기득권 정치를 확 바꿔야 할 때다.

국가는 보수와 진보 양 날개로 난다

진보와 보수라는 정치사상은 18세기 후반 에드먼드 버크와 토마스 페인이 미국의 독립과 프랑스혁명에 대해 벌인 논쟁에서 탄생했다.

우리를 둘러싼 사회와 직면할 때 우리는 그 사회의 잘 돌아가는 것에 감사하면서 그것을 강화하고 축적하는 쪽으로 움직일지, 아니면 형편없이 돌아가는 것에 분노하면서 그것을 뿌리 뽑고 변화시키는 쪽으로 움직일지를 결정한다. 이러한 행동은 우리의 정치질서(근대적 자유주의)가 실제로 정확히 무엇인지에 관한 국민의 내재된 관념에 달려 있다.

현실에서 보수와 진보의 구분을 단순히 태도와 성향만으로 판별하기는 어렵다. 누구나 보수와 진보, 양면을 지니고 있기 때문이다. 자신이 보수라고 생각하는 사람은 자신이 변화보다는 안정을 추구하기 때문이라고 한다. 반대로 진보라고 생각하는 사람은 새로움과 변화를 추구하는 성향이기 때문이라고 말한다. 하지만 현재 우리 사회에서의 보수와 진보의 구분은 경제적 측면에서 더욱 명확하게 나뉘었다.

단순하게 말하면 정부의 시장 개입을 어떻게 바라볼 것이냐 하는 문제다. 보수는 신자유주의를 옹호하고, 시장의 자유를 추구하며, 세금을 축소함으로써 자본가와 기업이 지지하는 입장이다. 반면 진보는 후기 자본주의와 사회주의를 옹호하고, 시장에 대한 정부의 개입을 추구하며, 세금을 올림으로써 복지를 향상하려는 입장이다. 그렇기 때문에 진보적 견해는 노동자, 농민. 서민 등이 지지한다. 하지만 최근엔 보수와 진보할 것 없이 '묻지마' 복지공약으로 포퓰리즘 경쟁을 하기 시작하면서 이런 구분도 애매해졌다.

지금의 보수는 철학이 없다

지금의 야당인 국민의힘은 보수 이념을 잘못 정의해왔다. 반(反)공산주의가 오늘의 대한민국 번영을 이루는 토대가 된 것은 사실이지만, 시대의 흐름이 바뀌었다는 것을 자각하지 못했다. 한국 보수가 퇴색되고 과거 회귀적인 성향을 답습하면서 국가주의와 관료주의에 물들어 있었다. 원래 보수는 따뜻한 공동체를 지키는 가치를 갖고 있다. 자유시장 경제를 기반으로 국가주의적 보수에서 자유주의적 보수로 가야 한다. 다양하고 새로운 생각들이 많이 나와야 사회가 발전할 수 있기 때문이다.

자기희생 없이는 보수의 가치를 지킬 수 없다. 근면, 절제, 공익은 보수가 강조하는 덕목으로 솔선수범이 필요하다. 그런데 자신은 빼고 국민에게만 이렇게 살도록 요구하면 사회의 건전성은 사라진다. 보수가 중시하는 자유가 마치 사회적 의무의 최소화와 개인적 이익의 극대화를 의미하는 양 행동하면 사회 갈등은 심해진다. 잔뜩 기울어진 운동장은 그냥 둔 채, 약자에게 스스로 기어오르라고 하면 불공정에 대한 불만이 폭증한다. 2018년 지방선거 후 '보수가 보수를 심판했다.'는 말이 나왔다. 연이어 패배한 원인으로 지도부의 바람직하지 못한 행태와 소속의원들의 무기력하고 이기적인 모습, 막말 등을 꼽았다. 중립적인 유권자는 물론, 상당수 보수 성향의 유권자가 국민의힘을 심판하는 데 합류하게 했다. 또한 정부여당의 잘못된 국정운영보다는 대안이 없는 '빈정거림'이 싫은 것이다. 빈정거림은 정부여당의 잘못을 가려주는 가림 막이가 될 뿐이다. 국민의힘이 없으면 대통령과 여당이 최대의 정치적 위기에 빠지게 된다는 조크까지 등장하는 이유가 여기에 있다.

한국 보수는 애덤 스미스를 다시 읽어야 한다. 스미스는 「국부론」에서 경제발전을 다루지만 「도덕감정론」에선 사회통합을 강조한다. 또 자기통제와 인애심(仁愛心) 없인 사회통합을 이룰 수없고, 통합 없이는 경제 발전도 어려움을 강조한다. 그러나 상공인들은 정치인과 유착하여 보호무역을 통해 독과점 지대를 누려왔다. 한국 보수는 자기통제의 덕을 갖춘 기득권의 개혁자인지 아니면 사익의 추구자인가 되돌아 봐야 할 때다.

지금의 진보는 정책이 없다

지금의 더불어민주당도 한 때 '폐족(廢族)'이라 칭할 정도로 몰락의 길을 걸은 적이 있다. 그러나 문재인 정부에서 다시 전성기를 누리고 있다. 하지만 15년 넘게 이어지는 장기집권은 최근 거센 반발에 부딪히기 시작했다. 586세대(이전 386)가 자신의 기득권을 유지하는 데만 급급해, '헬조선'의 현실을 외면하고 있다는 것이다. 후속세대에 배분돼야 할 부와 권력을 오랫동안 독점하면서 세대간 '불평등'이 갈수록 커지고 있다는 비판이다.

문재인 정부는 집권 이후 줄곧 소득주도 성장, 최저임금, 탈원전, 사드 재검토, 일본군 위안부 재협상 등을 밀어붙였다. 기울어진 운동장을 소득주도성장이란 방식으로 고쳐보려 했으나, 오히려 성장은 멈추고 불평등은 악화됐다. 정책 전문 관료를 배제한 채 청와대는 대선 캠프와 시민단체 출신, 진보학자를 중심으로 일방적 독주를 해 왔다. 청와대가 586 운동권에 둘러싸여 '집단사고'에 빠진 게 아니냐는 비판도 거세지고 있다.

시장과 시민사회의 자율을 존중하기보다는 국가권력을 통해 무엇을 해보겠다는 국가주의적 경향이 강하고, 대중의 요구에 영합하는 대중영합주의적 성격도 짙다. 국가주의와 대중영합주의는 시대착오적이다. 노조 등 지지세력의 이해관계 때문에 많은 정책이 표류하고 있다. 전문가의 조언에 귀를 기울여야 한다. 대선 중요 공약인 협치·탕평·소통은 막힌 지 오래다. 적폐청산을 내걸고 검찰·국정원·국세청 등을 동원해 이전 정권을 계속 털고 있다. 사회가 분열되고 양극화는 더 짙어졌다. 인터넷 중심으로 '악플'을 주고받으며, 점차 불안감, 적대감, 불신이 확산하고 있다.

이런 정치와 지도자가 필요하다

우리나라 역사에서 박수를 받으며 퇴임하는 대통령이 한 명도 없었다. 임기 동안 권한을 위임받은 대통령이 해야 하는 일은, 과거의 업적을 이어받아 좋은 점을 더욱 발전시키고 잘못된 점을 시정하는 것이 원칙이다. 임기 동안 '세상을 확 바꾸는' 것이 어려운 일임에도 불구하고 밀어붙이는 데서 무리가 따른다. 여기에 측근들의 호가호위(狐假虎威), 패거리정치, 연고주의, 지역주의, 학벌주의 등이 한 몫을 해왔다. 5년 단임의 제왕적 대통령제의 폐단이다.

자유를 존중하는 보수와 평등을 주장하는 진보는 나름의 가치를 가지고 있다. 우리가 가야 할 길도 보수와 진보의 극한 대립이 아니라, 중간의 어디쯤이 될 수 있다. 보수와 진보의 선택은 어떤 입장이 옳고 다른 입장은 그르다고 단정할 수 없다. 보수와 진보의 선택 문제는 현재의 상황을 고려하여, 개인과 전체의 이익에 어느 쪽이 더 부합하는가를 합리적으로 판단해야 한다. 국가공동체는 이익공동체가 아니라 가치공동체다. 그러므로 헌법적 가치에 대한 이해와 존중이 대단히 중요하다. 또한 역사에 대한 자부심과 자긍심이 높아야 한다.

민주주의 정치는 민의를 수렴하고 공익을 추구함으로써 의미를 갖는다. 다양한 주체들의 의견이 표출될 수 있도록 하되, 정치적 포퓰리즘을 견제할 제도적 장치도 필요하다. 이제는 획일화된 형태의 대통령제, 의회제, 혼합형 등 다른 나라 제도의 모방이 아니라, 실천이 가능한 한국정치의 모델을 만들어 가야 한다. 급변하는 사회변동의 충격을 완화하도록 하고, 미래세대를 대변하는 장치도 고려해야 한다.

국가 지도자는 포용력을 갖추고 유머를 잃지 않는 사람이 안성맞춤이다. 내 편 네 편을 가르지 않고, 언행일치, 시종일관, 선공후사가 분명한, 당당하고 떳떳한 삶을 살아온 사람이라야 한다. 국가적 과제의 본질과 핵심을 꿰뚫어야 한다. 국가에 필요한 사람이면 설득해 국정에 참여시키고 소통과 협조를 구해야 한다. 역대 정부의 잘한 일은 적극 계승하고, 잘못된 일은 반면 교사로 삼는다. 무엇보다 준비된 사람이어야 한다.

10 _ 나는 오늘도 이력서를 쓴다

그만하면 잘 살았어, 수고했다

나는 베이비붐이 절정이던 1957년 전라남도 나주에서 4남 2녀 중 셋째로 태어났다.

1964년에 설립 후 6년 밖에 안 된 초등학교에 입학하였다. 당시는 베이비붐의 절정인 시기로 콩나물 교실에서 60~70명이 2부제, 3부제로 학교를 다녀야 했다. 게다가 학교를 짓는데 필요한 모래, 자갈을 나르느라 수업에 빠지기도 했다. 농사일이 바쁜 농번기에는 인근 마을로 '농촌 일손 돕기'에 지원을 나가기도 했다.

초등학교를 졸업하고 2년이 지난 1972년도에 어렵사리 면소재지에 있는 사립 중학교에 입학하였다. 소재지까지 거리는 약 3km로 하루에 왕복 6km를 걸어 다녀야 했다. 학교가 끝나면 집에

돌아와 집안일을 하는 것이 다반사였다. 3학년 2학기에는 야간 학습 때문에 학교 근처에서 자취생활을 했다. 당시는 서울과 부산을 제외한 지방 고등학교에는 입학시험 제도가 있었기 때문이다. 늦가을쯤 되어 갑자기 입학시험이 없어져 혼란을 겪기도 했다.

광주 지역 입학시험이 없어지면서 두 번째 '뺑뺑이'로 고등학교에 진학했다. 광주에 학창시절은 여러 가지로 어려움이 많았다. 집안 형편상 변두리 지역에서 자취를 해야 했고, 광주뿐만 아니라 다른 시군에서 올라온 애들과 경쟁해야 했기 때문이다. 더구나 고등학교 진학 조건으로 부모님과 약속한 '육군사관학교 진학'은 3년 내내 나를 짓눌렀다. 3학년 때는 자취생활을 벗어나고자 중학생을 가르치는 가정교사 생활을 1년간 했다.

육사와 사범대학 진학에 실패하고 졸업한 1978년 7월 연기했던 군대에 입대했다. 군대 생활도 순탄하지 않았다. 강원도 화천군 공병대 수송부대에서 운전병으로 근무하던 중 몸을 다쳐 원주에 있는 후송병원에 입원하게 되었다. 이후 광주 통합병원에서 장기간 치료와 수술을 받고 1979년 11월 의병제대를 했다. 제대 며칠 전 박정희 대통령 시해 사건을 접했다.

제대 후 몸을 추스를 여유도 없이 1980년 4월 광주에서 출판사 세일즈맨 생활을 시작했다. 1달 반쯤 지난 5월 18일 광주 민주

항쟁이 일어났다. 사태가 수습되고 다시 회사를 다녔으나, 5.18
의 충격을 이겨내지 못하고 10월에 다시 고향으로 내려갔다. 고
향에서 보낸 4개월은 하루하루가 편하지 않았다. 부모님과 동
네 어르신들 눈치가 신경이 쓰였고, 아직도 완전하지 않은 내
몸을 생각하며 미래가 불안하기도 했다.

1981년 2월 초 공무원 시험을 준비하기 위해 광주에 있는 독서
실에 들어갔다. 3월 하순 전라남도 지방공무원 시험을, 4월엔
총무처 국가공무원 시험을 치렀다. 몇 개월 후 두 개 모두 합격
소식을 접했다. 그 해 8월에 고향인 나주에서 면서기(9급)로 공
무원 생활을 시작했다. 1982년 7월에는 총무처 시험이 문교부
를 거쳐 전라남도교육청으로 추천이 되었다. 이후 과학기술부
로 옮겨, 과학기술 및 교육 분야에서 35년 4개월을 근무하고
2016년 12월 과장(3급)으로 은퇴했다.

공무원을 퇴직하면, '무엇을 하며 어떻게 살 것인가' 고민 끝에
2011년 기술경영 박사 과정을 시작하여 2017년 초에 마쳤다.
지금은 고향의 대학에서 강의를 하면서 공공기관 감사로 근무
하고 있다. 다른 베이비부머도 비슷한 과정과 어려움을 겪었을
것이다. 베이비 모두에게 응원과 격려를 보낸다.

'그만하면 잘 살았어, 수고 했다. 파이팅!'

베이비부머는 '낀 세대'

"불운과 행운을 함께 가졌던 세대, 쓸쓸하고 찬란하다."

장석주 시인은 「베이비부머를 위한 변명」이란 산문집(2017년)에서 올해 나이 58~67세인 베비비부머들을 이렇게 묘사하고 있다. 베이비부머의 맏형으로 태어난 시인이 동시대를 살아온 혹은 버텨온 720만(전체 인구 약 15%) '동지'들에게 보내는 '치유'의 메시지로 보인다.

한국전쟁 이후 태어난 베이비붐세대는 그동안 우리 사회에서 주목받지 못하고, 6·3세대와 386세대, 아날로그와 디지털세대 사이에 '낀 세대', '가교 세대'로 취급당했다. IMF외환 위기의 충격과 부담을 아무 준비 없이 온몸으로 부딪쳐야 했던 세대다. 그들은 고령화된 부모와 자식들의 부양책임을 무한정 짊어지려는 세대다. 자립심이 유난히 강하고 남에게 폐를 끼치지 않으려는 자존심이 강한 특성을 지니고 있다. 그럼에도 가치관이 서로 다른 부모 세대와 자식 세대의 개성 강한 주장에 '쥐어 짜이는 세대(squeezed generation)'이기도 하다.

베이비부머들은 성장과정에서 경험한 자신과 주변의 빈곤, 청소년기를 끝까지 따라다녔던 병영과 군사문화 속에서 분단과 냉전을 경험했다. 또한 개발의 시기를 거치며 풍요의 시기를 맛보기도 했다. 병영, 군사문화, 냉전 그리고 건설·경제성장의 시대는 정치적 · 정신적 억압의 시대였으나, 다른 한편으로는 풍요의 시대라는 역설을 지닌다. 이러한 역설은 이들의 사회적 · 정치적 의식이 가지고 있는 복잡성과 모호성을 설명해준다. 2018년 무술(戊戌)년, 새해가 되면서 매스컴에서는 '58년 개띠'들의 얘기를 대대적으로 다루고 있었다. 신문과 방송뿐만 아니라, 연극, 영화, 시와 소설 등에도 소개되었다. 현대사의 굴곡을 겪으며 쉼 없이 달려온 '58년 개띠'가 환갑(還甲)을 맞는다는 것이다. 개떼처럼 많다고, 생활력이 강하다고, 맹랑하다고 '58년 개띠'로 불렸다.

'57년 닭띠'인 나는 궁금하기도 했지만 은근히 시샘을 느꼈다. 1년 전 새해엔 57년 닭띠에 대해 특별한 이슈가 없었던 것과 너무 달랐기 때문이다. 58년생이 57년 닭띠나 59년 돼지띠와 달리 '58년 개띠'라는 키워드로 묶여 있는 이유를 나중에야 어렴풋이 이해하게 됐다. 그들은 박정희 대통령 아들 박지만과 동갑내기로 고등학교 입학시험이 갑자기 없어져 처음으로 '뺑뺑이(추첨)'로 진학했다. 그래서 명문고 서열에서 벗어나 기죽지 않고 무엇이든 덤빌 수 있었다는 것이다. 중학교를 2년 늦게 진학한 나는 59년, 58년생들과 함께 1980년대 민주화, IMF 외환위기, 대통령 탄핵 등 격동의 한국사를 온몸으로 겪어왔다.

아직 할 일이 남았다 - 응답하라 베이비!

우리나라는 성공적인 근대화의 역사를 가지고 있다. 전 세계 최빈국 중에서 유일하게 경제성장과 정치민주화를 동시에 이뤘다. 특히, 대부분의 개발도상국들이 빠지는 '중진국의 함정'을 돌파한 유일한 국가이다. 천연자원의 혜택이 전혀 없는 상태에서 교육과 과학기술만으로 주력 업종의 발전을 통해 경제성장을 달성했다. 이러한 경제 및 산업발전은 지난 60년 간 전 세계에서 유일한 성공 사례라고 할 수 있다. 다양한 사회개발 지표(수명, 영아사망률, 복지예산 등)가 증명하듯 삶의 질도 뚜렷하게 향상되었다.

그러나 이러한 산업화와 경제성장 과정 뒤에는 어두운 면이 존재한다. 오랫동안 특정 산업 육성을 위해 소수 대기업에 지원을 집중하였으나 '낙수 효과'는 없었다. 국민들의 노력에 대한 경제적 과실이 일부 대기업에 집중되어 부가 제대로 순환되지 않는 현실이 벌어지고 있는 것이다. 성장을 추구하는 보수와 분배를 추구하는 진보의 대립이 산업화와 민주화의 성과를 동시에 갉아먹는 상황이 펼쳐지고 있다.

압축적 경제성장과 산업발전이 낳은 청년실업, 저출산, 고령화, 교육 불평등, 양극화, 공정성, 지방소멸 등 풀어야 할 문제가 산적해 있다. 오늘 우리는 더 많은 가능성을 지녔지만, 더 큰 불안을 느끼는 모순에 빠져 있다. 이런 모순을 극복하기 위해서는 경제성장, 민주화와 같은 과거의 획일화된 시대정신이 아니라, 더 다양해진 새로운 시대정신에 주목해야 한다.

베이비부머들은 대한민국이 급격한 경제성장을 이루던 역동적인 시기에 사회에 진출했다. 그들은 산업화와 민주화의 전사로서 각자 걸어온 길은 달라도 모두가 열심히 살았다. 그래서 누구보다 주도적이고 능동적인 성격을 지녔고, 자신의 아이디어와 경험을 바탕으로 사회를 변화시킬 수 있는 역량을 갖추고 있다. 그들 고유의 능력을 발휘해 어려운 사람들을 돕는다면, 그 자체로 사회에 기여하는 것이다. 이것이 미래 세대인 청년들을 위한 길이고, 베이비부머들의 자존감을 찾는 데에도 도움이 될 것이다. 응답하라 베이비!

다시 이력서를 쓰자

2016년 한국고용정보원 조사에 따르면, 베이비부머 임금근로자의 25%는 2021년, 50% 이상이 2024년 이내에 은퇴할 계획으로 나타났다. 은퇴 속도가 2021년을 기점으로 더 빨라질 것이라는 예측이다. 그러나 베이비부머는 이전 세대와 비교해 학력 수준이 높고, 노동시장 참여가 활발한 세대라는 점에서 재취업의 의욕 또한 높은 것으로 나타났다. 이들은 은퇴 후 생계비 때문에 구직 활동을 하는 경우가 많다. 아무 대책 없이 출근을 중단할 수밖에 없는 베이비부머들이 거리를 배회하게 된다. 퇴직과 함께 찾아온 고립과 고독의 시간이 공포로 다가올 수 있는 것이다.

직장은 소득 보전과 함께 인격 실현의 터전이라는 점에서 중대한 의미를 갖는다. 그러나 일자리 상당수가 생계형 일자리로 노인 빈곤 등 사회문제로 이어질 수도 있다. 고령화시대를 대비해 고학력·고숙련 베이비붐 세대를 노동력으로 적극 활용하고, 중고령층 일자리의 질적 수준 개선과 노동 및 취업 역량을 강화하는 정책적 지원이 필요하다.

나는 공무원을 퇴직한 이듬해인 2017년 8개월 동안 대학, 공공기관 등 7곳에 이력서를 제출한 경험이 있다. 몇 차례 낙방도 했지만, 다행이 5년째 할 일이 있고 만날 사람이 있는 시간을 보내고 있다. 하지만 지금 다니고 있는 대학과 공공기관 근무도 금년이면 종료될 예정이다. 그래서 2020년 말 지방에 있는 기관의 경력직 공개채용에 도전했다. 서류 준비에 2~3일간 정성을 들였고, 3배수 면접까지 갔으나 고배를 들고 말았다. 실제로 나이 제한은 없었지만, 아무래도 60대 중반이라는 나이가 장애가 된듯하다.

내 인생 2모작은 교육과 과학기술 분야에서 쌓은 경험을 활용하여 사립대학과 공공기관에서 기여했지만, 3모작은 민간 기업, 사회단체 등에서 기여하고 싶다. 이왕이면 교육이나 과학기술 분야이면 더 좋겠다는 생각을 갖고 있다. 나는 오늘도 내일도 이력서를 쓸 것이다.

"리부팅이 필요한 시점이다"

현재의 번영을 물려줄 수 있을까?

코로나19(감염병)의 등장은 그 누구도 예상하지 못한 전례 없는 위기를 만들어냈다. 팬데믹을 경고한 전염병학자들도 있었지만, 그들도 언제 발생할지는 예상하지 못했다. 우리는 2020년 초, 세계를 강타한 코로나 팬데믹을 통해 디지털세계가 얼마나 중요한 것인가를 10년 앞당겨서 학습하게 되었고, 사람 냄새 나는 아날로그 세상의 소중함도 깨닫게 되었다. 또한 나와 무관하다고 생각한 사람의 기침 하나가 내 일상을 뒤집어 놓은 상황도 겪었다. 그 영향으로 어떤 물질적 가치보다도 생명의 가치가 우선한다는 현장을 목격하기도 했다.

우리는 지금까지 나(白)에게 득이 되는 것은 남(他)에게는 실이 되고, 남에게 득이 되는 것은 나에게 해가 되는 경쟁과 대립관계로만 생각했다. 하지만 코로나 팬데믹으로 '나를 위해 쓰는 마스크는 곧 남을 위해서 쓰는 마스크'라는 공생관계로 인식하게 되었다. 누구나 쓰고 다니는 똑같은 마스크 한 장에서도 새로운 의미를 발견하게 된 것이다.

드라마 〈오징어 게임〉이 넷플릭스를 시청하는 전 세계 83개국에서 모두 1위를 차지하는 선풍적 인기를 끌었다. CNN이나 BBC에서도 〈오징어 게임〉의 흥행을 심층 분석하여 보도했다. 빌보드 차트 선두를 이어가는 BTS를 위시한 K팝뿐 아니라 전 세계적으로 아카데미상에 빛나는 영화 〈기생충〉과 〈미나리〉 등 한국문화의 열풍이 이어지고 있다.

우리는 선진국 문턱에 도달해 있음에도 '성공의 대한민국'이라는 자부심 아래 '위기의 대한민국'에 대한 불안감에 시달리고 있다. 인공지능과 플랫폼 비즈니스 활성화로 인한 일자리 문제와 저출산·고령화로 인한 복지 부담 증가가 가장 큰 사회문제로 등장했다. 젊은 세대는 부동산 가격 폭등으로 자신의 생애에서 내 집 마련이 불가능하다고 느낀다. 고령층은 인간다운 삶을 유지하기 어려울 것만 같은 '노후 빈곤'에 대한 두려움이 있다. 이런 불안은 결국 불평등 문제와 맞닿아 있다. 특히 아파트 가격으로 대표되는 자산 불평등에서 삶의 질 양극화에 이르기까지 당장 풀어야 할 일차적 과제는 불평등의 해결이다.

세상은 거침없이 변하고 있다. 우리의 삶은 해결해야 할 문제들의 연속이며, 문제를 해결해 가는 과정 자체가 삶이라고 해도 과언이 아니다. 사회문제를 풀어내는 것은 그리 쉬운 것이 아니다. 현실의 복잡성을 풀어내야 하기 때문이다. 사회는 고립된 개인의 집합체가 아니라, 서로 연관을 맺고 살아가는 사회적 존재들이 모여 살아가는 곳이다. 우리의 삶에 깃들어 있는 문제들을 나와 관련된 문제로 받아들여 함께 해결해 나가야 한다. 더 나은 미래를 후손에게 물려주기 위해 산업화와 민주화를 경험한 베이비부머가 다시 나서야 하는 이유이다.

해야할 일이 많다

2022년 새해의 한국갤럽 조사에 따르면, ▲경제회복·활성화(32%) ▲부동산 문제 해결(32%) ▲코로나19 대처(15%) ▲일자리·고용(9%) 등을 우리 사회의 시급한 과제로 꼽았다. 저출산과 고령사회, 갈등해결과 사회통합, 지속적인 성장과 번영, 에너지와 환경문제, 디지털 전환 대응, 미·중 관계 등 우리를 둘러싼 환경이 숨 가쁘게 돌아가고 있다. 세계가 움직이는 방향과 우리의 현실을 명확히 인식하고 앞길을 뚫을 수 있는지 여부에 따라 우리 삶이 결정된다. 위기를 기회로 만들기 위해 풀어야 할 과제들이 너무 많다. 4차산업혁명의 기반이 되는 과학기술과 코로나19 팬데믹이 만든 위험사회가 결합돼 전 세계는 '뉴노멀 2.0 사회'로 접어들고 있다. 글로벌 차원의 새로운 회복과 민주적 혁신이 뉴노멀 2.0 사회에 대응하는 새로운 시대정신이라 할 수 있다. 우리 사회의 리부팅이 필요한 시점이다. 우선 요구되는 것은 '강하고 유능한 정부'다. 경제의 불확실성과 위험의 상시화라는 미래의 도전에 맞서 정부는, 시장을 적절히 제어하고 국민의 안전을 최대한 보장할 수 있는 강한 존재이자, 시행착오를 최소화하고 국민 다수의 삶의 질을 실질적으로 제고할 수 있는 유능한 존재여야 한다. 미래의 디자이너이자 해결사가 필요한 것이다.

사상가이자 정치가인 영국의 존 스튜어트 밀은 좋은 정부란 사회문제를 효율적으로 해결할 수 있는 정부라고 했다. 눈앞의 어려움과 한계, 우발적 상황 등을 파악해 궁극적 목표를 달성할 수 있는 사람이 최고의 정치가라는 말도 남겼다. 시대를 읽고 대처하는 유능함이 필요하다. 뚜렷한 청사진으로 희망을 제시하되, 어려운 상황을 정직하게 털어놓고 고통스러운 개혁에 대한 공감을 얻어내야 한다.

천천히 서두르자

'천천히 서둘러라(Festina lente)'는 로마 황제 아우구스투스가 한 말이다. 서두르되 내가 무엇을 위해서 서두르는지를 분명하게 인식하라는 뜻을 담고 있다.

우리나라는 지난 60년 간 기적이라고 불릴 정도로 급속한 발전을 이루었다. 최근 성장정체로 위기론이 확산되고 있는 것은 우리나라가 변곡점에 놓였기 때문이라 볼 수 있다. 압축성장을 이룬 만큼 우리 사회에 갈등과 혼란이 생기는 것은 어찌 보면 자연스러운 일이다. 변화의 필요성에는 동의하면서 아무도 자신은 손해를 보지 않으려 하니 갈등이 생기는 것이다. 창의와 도전정신으로 과거와 다르게 접근하지 않으면 돌파구를 찾기 어렵다.

위기를 극복하고 변화의 미래를 제대로 준비하기 위해서는 현재의 상황을 냉정하게 진단해야 한다. 불확실한 도전에 나설 수 있는 용기와 담대함도 필요하다. 사회구성원 모두가 합의할 수 있는 새로운 규칙을 만들어야 한다.

나는 1957년에 태어난 전형적 베이비부머로 40년 동안을 공직자로 살았다. 주로 교육과 과학기술 분야에서 일하면서 고민과 갈등을 했고, 보람을 얻기도 했다. 지금은 대학에서 미래 세대에게 우리가 겪고 있는, 앞으로 겪게될 다양한 얘기를 하고 있다. 비슷한 시기인 60년간 우리나라는 산업화와 민주화, 정보화를 이루고 선진화를 향해 달려가고 있다.

나는 베이비부머 일원으로 오늘날의 번영을 이루는데 청춘을 바쳤지만, 정신적으로 풍요롭고 인간다운 사회를 만드는 데에는 실패했음을 인정한다. 쑥스럽기 짝이 없지만, 40년 공직생활을 정리하고 싶었다. 공직에 대한 소회, 직면한 사회문제, 인생관 등을 담았다.

이를 계기로, 앞으로 대학을 넘어 기업, 지역사회, 사회단체 등 더 많은 곳에 내 경험과 지식을 전달하고 싶다. 천천히 하되 조금은 서둘러 준비하려고 한다.

References
참고문헌

도서

한국교육개발원, 「한국교육 미래비전」, 학지사, 2011

이범, 「매래를 바꾸는 행복한 교육」, 다산에듀, 2009

김태윤, 「유대인 교육의 오래된 비밀」, 북카라반, 2020

이성조, 「그래도 행복해 그래서 성공해」, Inspire(영감의 언어), 2017

임홍택, 「90년생이 온다」, 웨일북, 2019

맬컴 해리스/노정태, 「밀레니얼 선언」, 생각정원, 2019

김동연, 「대한민국 금기 깨기」, 샘앤파커스, 2021

현원복, 「대통령과 과학기술」, 과학사랑, 2005

김영섭 외, 「과학대통령 박정희와 리더십」, 엠에스디미디어, 2010

국가생존기술연구회, 「국가생존기술」, 동아일보사, 2017

안재정 외, 「미래과학, 환경을 부탁해」, 꿈결, 2017

권기균, 「세상을 바꾼 과학이야기」, 에르디아, 2013

송성수 외, 「과학기술로 세상 바로 알기」, 북스힐, 2017

김인수, 「모방에서 혁신으로」, 시그마인사이트, 2005

백영경 외, 「한국사회문제」, 한국방송통신대학교출판문화원, 2017

최훈 외, 「현대사회와 직업윤리」, 강원대학교출판부, 2016

앤서니 기든스/김미숙 외, 「현대사회학」, 을유문화사, 2018

장하성, 「한국 자본주의」, 헤이북스, 2014

조영태, 「정해진 미래 시장의 기회」, 북스톤, 2018

존 네이스비트/조항래, 「거대한 새물결」, 예찬사, 1984

조원경, 「한 권으로 읽는 디지털 혁명 4.0」, 로크미디어, 2018

이종범 외, 『인간과 환경』, 북스힐, 2017

올리히 벡/홍성태, 『위험사회』, 새물결, 2014

배원병 외, 『PBL을 위한 공학윤리』, 북스힐, 2017

박권일, 『한국의 능력주의』, 이데아, 2021

조영태, 『인구 미래 공존』, 북스톤, 2021

송호근, 『그들은 소리 내 울지 않는다』, 이와우, 2013

미래창조과학부 미래준비위원회, 『10년 후 대한민국』, 지식공감, 2015

미래창조과학부 미래준비위원회, 『이제는 삶의 질이다』, 지식공감, 2016

미래창조과학부 미래준비위원회, 『뉴노멀 시대의 성장전략』, 시간여행, 2016

미래창조과학부 미래준비위원회, 『미래 일자리의 길을 찾다』, 지식공감, 2017

미래창조과학부 미래준비위원회, 『4차 산업혁명 시대의 생산과 소비』, 지식공감, 2017

KAIST 미래전략대학원, 『대한민국 국가미래전략 2015』, 이콘, 2015

KAIST 미래전략대학원, 『2030 카이스트 경고』, 김영사, 2020

채사장, 『지적 대화를 위한 넓고 얕은 지식』, 한빛비즈, 2015

마이클 샌델/이창선, 『정의란 무엇인가』, 김영사, 2011

마이클 샌델/안기순, 『돈으로 살 수 없는 것들』, 미래엔(와이즈베리), 2012

정약용/다산연구회, 『정선 목민심서』, 창비, 2005

정약용/박석무, 『유배지에서 보낸 편지』, 창비, 2019

정선양, 『전략적 기술경영』, 박영사, 2011

송병락, 『전략의 신』, 샘앤파커스, 2015

게리 해멀/방영호, 『지금 중요한 것은 무엇인가』, 시공사(알키), 2011

이만열(임마누엘 페스트라이쉬), 『한국인만 몰랐던 더 큰 대한민국』, 레드우드, 2017

국가균형발전위원회, 『국가균형발전의 비전과 전략』, 동도원, 2004

마강래, 『베이비부머가 떠나야 모두가 산다』, 개마고원, 2020

유성엽, 『지방이 나라다』, 티엔아이미디어, 2014

양병무, 『주식회사 장성군』, 21세기북스, 2006

이정복, 『21세기 한국 정치의 발전방향』, 서울대학교출판부, 2009

최재식, 『은퇴 후에도 나는 더 일하고 싶다』, 한빛비즈, 2017

김남형, 『공직, 은퇴할 때 후회하는 27가지』, 시간과공간, 2016

장석주, 『베이비부머를 위한 변명』, 연두, 2017

보고서, 강연 등

교육부, 『2020년 업무계획』, 2020

교육부, 『2021년 업무계획』, 2021

교육부, 『미래형 교육과정 추진계획』, 2021

김누리, 『세바시, 대학이 나라를 망치고 있다』, 2020

20대연구소, 『밀레니엄 세대 이슈 분석』, 2018

과학기술정보통신부, 『2020년 업무계획』, 2020

과학기술정보통신부, 『2021년 업무계획』, 2021

한국정보화진흥원, 『AI, 윤리로 들여다보기』, 2018

청와대, 『국민과 함께한 국민청원 4년』, 2021

김병모, 『고고학자가 본 한국인 구성』, 중앙공무원교육원, 2009

최재천, 『신인류시대, 정답은 생태백신』, 2020

김경일, 『신인류시대, 행복의 척도가 달라진다』, 2020

한국과학기술기획평가원, 『지방분권시대, 지역혁신역량 강화 방안』, 2020